さらば、荒野

ブラディ・ドール❶

北方謙三

ハルキ文庫

角川春樹事務所

BLOODY DOLL

KITAKATA KENZO

さらば、荒野

北方謙三

さらば、荒野

BLOODY DOLL

KITAKATA KENZO

目次

1　シティホテル

　雨が降りはじめていた。フロントグラスに付着した水滴でようやくそれとわかるほどの、細かい雨だ。ワイパーは使わなかった。先行車のテールランプが赤く滲《にじ》んで見える。シティホテルの駐車場は、玄関の裏手にあった。車から降りると、濃い霧にでも包みこまれたような気分が、私を襲ってきた。

　黒いクラウンは、道路のむこう側に停《と》まった。時折行き過ぎるヘッドライトが、濡《ぬ》れた車体を羽化したばかりの甲虫《かぶとむし》のように夜の中に照らし出した。

　駐車場から玄関まで歩く間に、湿気は躰《からだ》の芯《しん》にまでしみこんできた。クラウンからは、白っぽいトレンチを着た男が降りてきて、大股《おおまた》で道路を横断してくる。

　玄関の前で私と行き合った。

　厚い硝子《ガラス》の扉に手をかけ、私は男をふりかえった。眼《め》を合わせようとはしない。じっと立っている私の脇を、男は急ぎの用事にでも追われているように素速くすり抜け、ホテルに入った。

　ロビーには、五、六人の人影しかなかった。男は、その中の誰に会いにきたわけでもなさそうだった。私がエレベーターの前に立つと、その男も立った。扉が開く。乗りこんでも、私はボタンを押さなかった。男が六階のボタンを押す。動きはじめてから、私は最上階の八階のボタンを押した。そこの片隅に、レストランと並んで小さなバーがある。私の行先はそのバーだった。

六階で扉が開き、男が無表情で降りていった。一度も眼を合わせようとはしなかった。私が事務所を出た時から、黒いクラウンはずっと後ろを走ってきた。きのうもそうだった。偶然ではないらしい、と気づいたのはついさっきのことだ。

八階で扉が開いた。

「降りはじめましたですか？」

初老のバーテンが、私のバーバリーの水滴に眼をとめた。

カウンターの端で、キドニーがジャック・ダニエルのボトルを抱えていた。むくんだ目《ま》蓋《ぶた》の奥の眼が、チラリと私の方へ動いた。

「ジン・トニック」

私はコートを脱いで、キドニーの隣りに腰を降ろした。

「俺のテネシー・ウイスキーを一杯やらんか？」

「稲村《いなむら》の爺《じい》さんと会わなくちゃならん」

「ふうん、店じゃなくここでか」

市長の稲村千吉《せんきち》は、私の経営しているクラブへよくやってくる。ほかにも私はバーとキャバレーを一軒ずつ持っているが、市長の体面を考えているのか、そちらの方へは姿を見せない。『ブラディ・ドール』は、小さいがこの街で唯一の会員制高級クラブだった。内装にも金をかけてあるし、女の子も選んで雇ってある。もっとも、この街で高級といっても高が知れていた。地もとのやくざの幹部も、駅前の商店主も、市長も、キドニーも会員だった。人口十五、六万の、ありふれた地方都市に過ぎないのだ。

「市長に呼びつけられる覚えはないんだがな」

「爺さんたちにゃ、せいぜいお愛想《あいそ》を使っておくことさ。この街でうまくやりたきゃな」

キドニーがパイプに火を入れた。琥珀《こはく》のステムのついた海泡石《メアシアム》の高級品だが、白い石が血色の悪い顔を妙に際立たせていた。

つられたように、私も煙草《たばこ》をくわえた。

客が入ってきた。六階で降りた、例の男だった。カウンターの反対の端にコートも脱がずに腰を降ろし、低い湿った声で水割りを注文した。眼が合った一瞬を、私は逃さなかった。ジン・トニックを顔の前に翳《かざ》し、にやりと笑ってみせる。強張《こわば》った表情が返ってきた。二度と、私の方へ顔をむけようとはしなかった。

淫靡《いんび》な香水を思わせるパイプ煙草の香りが、キドニーの躰のまわりにたちこめていた。まったく、のべつまくなしに口から煙を吐き出している。それでも、葉巻の匂《にお》いよりはましだ。稲村はいつも、親指よりも太いやつをくわえている。

「市長が女に一杯食わされた話、知ってるか？」

「あれか」

陳情かなにかで中央の役所へ出かけ、銀座の酒場の女をひとり連れてこようとした、という話だ。稲村は女に金を渡し、マンションまで用意して待っていたのに、女は風を食らってしまった。それでも諦《あきら》めきれず、三度も東京に捜しに行ったと囁《ささや》かれていた。

その種の話は、大抵尾鰭《おひれ》付きで酒の肴《さかな》になる。私の耳に入れたのも、『ブラディ・ドール』のマネージャーだった。いまでは、私はもうほとんど店へ出ない。事務所でつまらない書類と格闘しているだけだ。それでも、週に一度くらいは、マネージャーから帳簿以外の報告を受ける。街の有力者の誰がどの女を目当てに通ってくるか、すでに関係を持っているかどうか、そういう情報を知っておくことは無駄ではなかった。

キドニーが、ジャック・ダニエルをちびりと口に含んだ。いつも酒瓶を抱えているので大酒を飲みそうに見えるが、せいぜいダブルで二杯がいいところだった。そしてほとんど水を飲まない。

「選挙前だったら、面白がる連中が沢山いただろうにな」

言葉と一緒に、濃い煙が私の顔を包んだ。興味はなかった。誰が市長をやろうと同じことだ。私は顔を横にむけ、空になったタンブラーをバーテンの方へ押しやった。

「レモンはいらんよ」

バーテンが頷《うなず》く。例の男は、水割りをストレートのようにチビチビと口に運んでいる。

「市長のお出ましらしいぜ」

キドニーが顔を寄せて囁いた。入ってきたのは、稲村の甥《おい》の若い秘書だった。どこへ現われる時も、必ず秘書に露払いをさせる。それから二、三人の取巻きに囲まれ、葉巻をくわえて悠然と入ってくるのだ。

だが稲村は、秘書のすぐあとにひとりで入ってきた。私は入口に背をむけたまま、気づかぬふりでジン・トニックを呷《あお》った。

「川中《かわなか》さん、奥の席へ」

秘書の耳打ちは妙な媚《こび》を含んでいて、男娼《だんしょう》の囁きのように不快な響きがあった。服装も態度も、市長秘書としては品がなさ過ぎる。胸にぶらさげている赤い縞《しま》のネクタイは、数字を書きこめばそのまま射撃の標的紙にでもなりそうだった。

カウンターの端の男は、両手に包んだグラスにじっと眼を落として動かなかった。

「川中エンタープライズは、N信用金庫と取引をしていたな。わしは頼まれてあそこの役員をやっとる、非常勤だがね」

葉巻をくわえたまま、稲村はいきなり言った。いやな匂いが鼻をついた。ボーイが、ブランデーグラスを三つ運んでくる。

N信用金庫からは、確かにいくらかの融資を受けていた。昨年の末、繁華街の真中にあるバーを買いとった時に、キャバレーを担保に借りたものだ。

稲村の口調に籠《こ》められたかすかな恫喝《どうかつ》のニュアンスを、私はブランデーと一緒に舌の上で転がした。

「君のところの業績は、なかなかなもんだそうだな」

喋《しゃべ》るたびに、稲村の鼻さきで葉巻が上下した。短軀《たんく》で額が狭く、突き出た腹と同じくらいに胸板が厚い。頭髪に混じった白いものが、この男の下品な印象をいくらか柔らげていた。ゴルフ焼けなのか、脂ぎった褐色の顔で、濃い眉《まゆ》の下の眼が時々暗い光を放つ。

市民には、妙な人気があった。この男の持っている臆面《おくめん》のなさが、多分その秘密だろう。高価な葉巻をくわえ、大物ぶり、失敗を笑い飛ばす。どこか抜けた感じが選挙民に警戒心を抱かせないのだ。しかし、利権漁《あさ》りの臆面のなさも相当なものらしい。

「N信用金庫がどうかしましたか？」

「別に。さっき理事長に会ったもんでな。その時君の噂《うわさ》が出た」

秘書が葉巻を勧めた。私は手を出さなかった。カウンターの端では、男が背を曲げたまましっとしていた。この距離では声は届かないだろう。もう一方の端で、キドニーが酔ったふりをして大声を出している。

稲村がキドニーにちょっと眼をくれ、左の掌《てのひら》でグラスを包みこんだ。それからゆっくりと葉巻を口からはなし、灰皿に置いた。吸口が唾液《だえき》でベットリと濡れていた。

「君、ゴルフは?」

濁声《だみごえ》にはちょっとした迫力があった。勝手に話題を変えて平然としている。私は笑って煙草をくわえた。

「ハンディ8ですよ、Nカントリーのオフィシャルで」

「ああ、そうだったな。わしもあそこの会員《メンバー》なんじゃや。今度、一緒に回らんかね」

「結構ですな」

私はこの街で客商売をしているのだ。この男が市長という肩書を持っているかぎり、街一番の名士であり、最上の客種にちがいなかった。

「君の駅前のキャバレーだがね」

稲村がまた話題を変えた。

「きわどいサービスをやっとるそうじゃないか。警察の風紀係が狙《ねら》っとるようだぞ。野党にもうるさいのがおる」

秘書が鳥のようにけたたましい笑声をあげた。赤い舌が覗《のぞ》く口に、灰皿でも押しこんでやりたくなった。

N信用金庫の借金は大したことがない。ちょっと無理をすれば、すぐにも返済できるくらいの額だ。だが、キャバレーが営業停止を食うとなると、話はちがってくる。収益の半分が途絶えるのだ。脅し方が巧妙で本格的になってきた。この街にキャバレーは六軒あり、どこも同じようなサービスをやっている。

「私の店だけが狙われているんですか？」

「君のところは大きいしな、それに一番派手だという噂じゃないか」

「冗談でしょう。店長に一応注意はしておきますが」

稲村がまた葉巻をくわえた。火は消えていた。秘書が素速くライターを出した。

「御用件はそれだったんですか？」

「いや、君の持っている売り物のことだ」

「売り物？」

「あるいはまだ君の手もとに入っとらんかもしれんし、これからも入らんかもしれん。だが、その所在くらいは知るはずだ」

「意味がわかりかねますが」

「ほんとかね？」

「具体的に話していただけませんか」

「いずれ知るはずだよ」

稲村の眼が、政治屋らしい狡猾《こうかつ》な光を放った。待ったが、いつまでも次の言葉は出てこなかった。

「つまり、それが私の手に入ったら売れ、ということですな？」

「わしに相談してくれりゃいい。悪いようにはせんよ。売り物としては危険なもんだ。酒場の経営者が扱うようなもんじゃない」

「でなけりゃ、私の店は営業停止というわけですか?」

稲村は私を見据えているだけだった。脅しでなく忠告だよ、こんな場合の常套句《じょうとうく》が出てこないだけましだ。

秘書がまた笑った。川中さん、心配されなくても。雀《すずめ》の囀《さえず》りのような声だった。まだ二十代の半ばだろう。一発食らわせて雀を追っ払ってしまいたい衝動が、いっそう強くなった。それを抑えるために、私はカウンターの端に眼をやった。男の姿は消えていて、飲みかけのグラスだけがカウンターに残っていた。

稲村が、東京の名門コースで有名プロとワンラウンド回った話をはじめた。用件はもう終りということだろう。ドライバーが三百ヤードだよ、君、それも全然曲がらずにだ。雀が大きく頷いた。

票か金だな、と私は考えていた。どちらでもいい。私に売るようなものはなにもない。しかし、このままでは済まないだろう。わざわざ自分から出てきて脅し文句を口にしたのだ。

顔をほとんど天井にむけてブランデーの最後の一滴をのどに流しこみ、稲村は席を立った。横に一本深い皺《しわ》の入った猪首《いくび》を、私は立ちあがって見送った。

「やつは笑わん男だな、一度も笑わなかった。笑顔は選挙用ってわけか」

キドニーがそばへ来た。この男は、政治家と名のつくすべての人種が嫌いだ。ジン・トニック、と私はバーテンに声をかけた。

「おまえ、うちのキャバレーへ行ったことあるか？」

「あるか、だと。これでも御常連だぜ。この間までいい女《こ》がいた。学生みたいな若造とどうにかなっちまいやがったがね」

キドニーが酒場を飲み歩くのは、女のためではなかった。酒のためでもない。私は顔の前を掌で払った。稲村の残していった葉巻の匂いは、まだ消えていなかった。

「車だろう。『ブラディ・ドール』まで俺を乗せてってくれ」

「悪いが、反対方向に行かなくちゃならん用がある」

私は窓の外に眼をやった。雨で滲んだ、小さな港の夜景が見えた。いつの間にか本降りになったようだ。

2　男たち

ゆっくり走った。雨で視界が悪い。ちょっと距離を置いて、ヘッドライトが追ってきている。十分ばかり遊んだ。それからスピードをあげて距離をあけ、狭い路地に車を入れた。T字路でバックして方向を変え、来た道を引き返した。

車の鼻さきがぶつかりそうになった。ブレーキの軋《きし》みが、闇《やみ》を裂いた。擦《す》れ違う道幅はない。ライトを上にむけて点《つ》けたまま、私は車を降りた。雨滴が、光の中で細かい硝子片のように輝いていた。

黒いクラウンに乗っているのは二人だった。助手席に例の男がいる。

自分でも予期していなかった黒い怒りが、不意にのどのあたりに衝《つ》きあげてきた。抑えようもなかった。稲村に脅された不快さが、いまごろになって爆発しようとしているのか。雨が顔を濡らした。

話し合いをするつもりだった。なぜ私を尾行《つけ》回すか訊《き》き出すために、多少の金を握らせてもいい、とさえ思っていた。そういう気持のすべてを、黒い怒りが吹き飛ばした。

ウインドーグラスを降ろして、運転席の男が顔を出した。

「ここは一方通行じゃないのかね？」

助手席の男より、いくらか若かった。さりげなく咎《とが》める、といった口調だ。私はいきなり男の髪を摑《つか》み、片足をドアにかけ力まかせに引いた。叫び声。男の上体が窓から飛び出してくる。男の手が、私の腕に絡みついた。引く力を緩めた。戻ろうとする相手の力を利用して、ルーフの角に後頭部を叩《たた》きつける。鈍い、いやな音だ。手の中で、男の頭がぐったり垂れた。

助手席の男が飛び出してきた。

「なんのつもりだっ？」

「自分に訊いてみろよ」

私は落ち着きを取り戻していた。怒りは泡のように消えようとしている。

「我々が官憲だったら、どうするつもりなんだ、君は？」

警察の覆面車でないことくらい、中を見ればすぐにわかる。私は笑った。こうなれば、力ずくで白状させるしかない。

男の方へ一歩踏み出す。男は腰を引いて身構えた。顔面にパンチをくれとでもいうような恰好《かっこう》だ。荒事に馴《な》れた連中ではない。

「なぜ尾行《つけ》た？」

もう一歩踏み出した。男が退《さ》がった。背後はビルの壁だ。雨が躰にまでしみこんできた。

男の表情に怯《おび》えがよぎった。

「喋って貰《もら》うぜ。いつまでも雨に濡れていたかない。秋の雨ってやつは気持のいいもんじゃないからな」

靴のさきに、私は故意に攻撃の気配を漲《みなぎ》らせた。男の背が壁についた。運転席でのびていた男が、ドアを開けて出てくる気配があった。ふりかえらなかった。立っているのがやっとだということは、乱れた足音でわかる。前の男を一発蹴《け》りあげ、それから後ろの男を料理する余裕はありそうだ。

額の水滴を一度拭《ぬぐ》った。踏み出そうと、爪《つま》さきに力をこめた。別のヘッドライトが、クラウンの後ろから近づいてきた。短く、クラクションが鳴った。

私は舌打ちをした。自分の車に戻り、ギアを入れ替えてゆっくりとバックさせた。

十時を回っていた。

「散歩かよ、この雨ん中を」

濡れた私の服を見て、神崎仁《かんざきひとし》が言った。機嫌が悪い。待たせ過ぎたのだ。私に無断で事務所を空にするわけにはいかない、と思ったのだろう。電話は大抵夜に入ってくる。雑用の女の子は五時に帰ってしまうし、ほかには売掛金の回収で外回りをしている営業部員がひとりいるだけなのだ。

「電話が二度あった。また掛けるってよ」

神崎は見事な白髪を掻《か》きあげ、ロッカーからコートを出した。三軒の酒場を回って管理するのが、この男の仕事だった。実につまらなそうな顔で、なんの間違いもなく仕事をこなす。報告などしたことはない。この男がなにか報告してきたら、大事件だと考えてよかった。

「車の持主を調べたいんだがな、神崎さん」

「どんな？」

神崎の表情が動いた。いい歳《とし》をして、こんなことが好きな男だ。

「黒いクラウンだよ。ナンバーはメモしておいた」

私は手帳の頁《ページ》を一枚破って神崎に渡した。神崎は内ポケットから老眼鏡を出した。

「東京だな。そいつは痛んでたか？」

「ひどいポンコツさ。バンパーはひしゃげてたみたいだった」

「急ぐんだろう？」

「まあ、早いにこしたことはない」

「だったら、警察《サツ》に調べて貰おう。俺の車は今夜当て逃げをされた。あの通りの車だ、どこをぶっつけられたか、わかりゃしねえや。ええと、場所はどこがいいかな」

「三吉町のあたりだな」

「三吉町ね。明日電話を入れる。今夜はもう戻らねえからな。ところで、理由は訊くな、かね？」

「そうだが、実は俺にもよくわからん。そいつは、二日間俺を尾行回《つけ》してたんだ」

「なるほどね」

神崎がにやりとした。老眼鏡の蔓《つる》で鬢《びん》が乱れていた。十年前から、この男の髪は白い。

いま五十二歳だ。

怕《こわ》がっているのではないか、俺は。

神崎が出ていってひとりになった。私は自分の心の中を覗きこもうとしていた。稲村の脅しを撥《は》ね返すのが難しいとは思わなかった。私を脅してせしめる票や金が見合わないだけの醜聞を、いつでも叩きつけてやれる。それでも、稲村が言った売り物というのがなんであるのか、気になって仕方がない。尾行を放《ほう》っておくこともできない。

やはり怕がっている。そういう自分が不思議だった。生活を守りたいのだろうか。快適な海辺のマンション、BMW、金で自由になるいい女、ヨット、釣り。確かに私はいまの自分の生活が気に入っていた。守ろうとするのは人情というものだ。

しかし私には、それを分かち合う家族がいない。愛している女もいない。そして、自分自身などどうなろうと一向に構わないと思っていた、十年前は。

私は煙草をくわえた。新しく開店する予定のクラブのことが頭に浮かんだ。盛り場の真中にあるバーは、そのために買収したものだった。キャバレーよりは品があるが、『ブラディ・ドール』よりはいくらか大衆的な、社用族むけのクラブにするつもりだった。大企業の工場がいくつも進出してきているこの街では、その種の店の需要があるのだ。

イタリアン・レストラン、ビジネスホテル、構想中の計画はほかにも沢山あった。八年前の私には、キャバレーが一軒あるきりだった。二年後に『ブラディ・ドール』を開店した。それから六年近く、二軒の店を営々とやってきた。力がついたのだ。酒場の親父《おやじ》から実業家へ飛躍する時期だった。その第一歩で躓《つまず》きたくない。だから怕がるのか。失って惜しいものを持ってしまったということか。

電話が鳴った。バーを任せてある女からだ。クラブとして新装開店すればなんとか様になりそうな女だが、安酒を飲ませるバーにはむいていない。三か月前、神崎が東京からスカウトしてきた。『ブラディ・ドール』に置くわけにはいかなかった。クラブを開店して移した時、客まで一緒に移ってしまう可能性がある。新しい客を摑むために、バーをやらせているのだ。

「喧嘩《けんか》の始末くらい、そっちでなんとかできんのか。まあいい、神崎がもうすぐ行くはずだ」

吐き捨てて私は受話器を置いた。客同士の殴り合いなど、酒場では珍しいことではない。電話が、私を仕事に引き戻した。デスクに置かれた、売掛金の伝票に手を伸ばした。ほかにも、眼を通しておかなければならないものがいくつかある。

十二時を過ぎれば、三軒の店の責任者が売上金を運んでくる。それを金庫に入れて、私の一日の仕事は終りだった。

男が腰を降ろしていた。テレビの前の安楽椅子《いす》だ。男は私を見ても表情を変えず、立ちあがりもしなかった。

　玄関には異常はなかった。鍵《かぎ》もちゃんと掛かっていた。靴が、底を上にむけてテーブルに置いてある。革の底はほとんど濡れていなかった。

「泥棒にしちゃ、やけに礼儀正しいな。それにのんびりしてる」

　男は来客用のスリッパを履いていた。部屋が荒された様子はない。私を待っていたのだ。とびかかる愚は避けた。それに対する用意はあるだろう。

「上着を脱いで貰いたい、川中さん」

　若いに似合わず、男の声は低く落ち着いていた。眼が動かない。腕を組んでいて、右手に握ったものが左腕の下から覗いて見えた。

　私は男を見つめた。グレー・フラノの上下に、黒いネクタイを小意気に締めている。催促するように、男がちょっと顎《あご》を動かした。

　脱ぐ時がチャンスだ。自分の部屋で、知らない男に主人顔をされて、黙って帰す気はなかった。男との距離を測った。四歩。遠過ぎる。私はさりげなく一歩踏み出し、上着を肩から落とそうとした。

　こちらの気配に敏感な男だった。右手の拳銃《けんじゅう》が姿を現わし、銃口が私の腹の真中にむいた。

「ゆっくりだ、川中さん。まず右手だけを抜け。それからテーブルの上に落とすんだ。あんたの手並みはさっき拝見した。だから出したくないものを出してる。使わせんで貰いたいね」

路地でクラクションを鳴らして私の邪魔をしたのはこいつだ。あの連中の仲間なのだろうか。それにしては人種が違い過ぎる。

四五口径の大きな自動拳銃《オートマチック》が、かすかに上下した。私は言われた通りに、上着をテーブルに落とした。

「シャツ」

男の声は、ほとんど愉《たの》しんでいるように聞えた。ネクタイを解き、シャツのボタンをはずした。ズボンも脱がされた。ブリーフと靴下だけという無様な恰好が、一瞬私に抑制を忘れかけさせた。

「おもちゃじゃない、動かんでくれよ」

男は、落ち着いた仕草で私の服のポケットを全部裏返しにした。シャツや上着の襟、ベルト、ネクタイまで丹念に調べた。透明のマニキュアをした細い指が、女体を撫《な》で回すように私の脱殻《ぬけがら》をまさぐった。

「捜しものがなんだか言ってくれたら、俺が自分で出そう。持ってたらの話だが」

「必要ない」

男が札入れに金を戻した。

「あんたについては、すべて調べた。退散することにするよ」

「部屋も調べたのか？」

「時間はたっぷりあった。不愉快な思いはさせていないと思う」

「見つかったのかね、なにか？」

男が笑った。はじめて見せた表情の変化だった。

引き際も鮮やかなものだった。

私は、ブリーフと靴下という恰好で、しばらく突っ立っていた。ようやく憤怒がこみあげてくる。テーブルを思いきり蹴りあげた。クリスタルグラスの灰皿が、飛んで絨毯《じゅうたん》に落ち、鈍い音をたてた。

ジンの瓶をひっつかんでラッパ飲みにする。腹の中が燃えた。俺のまわりでなにが起きているのだ。ようやく頭が動きはじめた。男が捜していたのは、小さなものだ。服の襟の裏側にも隠せるものだ。しかし、なんだ。稲村が言った売り物とは、それのことなのか。

床の灰皿を拾いあげ、煙草をくわえた。躰が冷えてきた。私はまだ裸のままだった。続けざまにジンを呷った。

何本目かの煙草をひねり潰《つぶ》した時だ。バルコニーに通じる硝子戸がゆっくりと開き、影がひとつ入ってきた。影はすぐに、色彩のある人間になった。頭から濡れそぼち、ブルーのスーツからは雫《しずく》が垂れてきそうだった。私の部屋は最上階で、バルコニーに雨を避ける場所はない。

仲間がひとり残っていた。

そいつも拳銃を握っていたから、そう思ったのではない。この連中のやり方が、一瞬にして私に理解できたからだった。無駄な暴力は使わない。効果的で、確実な方法を選ぶ連中のようだ。

先に立ち去った男は、私の服だけは入念に調べた。部屋も調べたような思わせぶりを言ったが、よく見るとその気配はなかった。小さなものなら、見つけるのも困難だろう。私に見つけさせようとしたのだ。使われていた来客用のスリッパは一足、侵入者がひとりと私が思いこんでも当然だった。そいつが立ち去れば、私はまず隠したものを調べる。私がなにかを隠していればだ。

だが私は、女を抱こうとした寸前に逃げられてしまった男のように、無様な恰好で怒り狂っただけだった。連中が欲しいものを、私は持っていない。醜態を演じて、私はそれを教えてやった。だからこいつは出てきたのだ。それにしても念の入り過ぎたやり方だった。

「御苦労なことだな。俺がすぐに抽出《ひきだし》を調べるとでも思ったのか?」

怒りを押し殺して、私は男の気を引いてみた。表情は動かなかった。さっきの男より、いくらか年嵩《としかさ》だ。

「部屋を調べちゃいないことくらい、すぐにわかったぜ。古い手を使ってくれるよ」

無駄な誘いだった。窺《うかが》ったが、付け入る隙《すき》はどこにもない。専門家《プロ》だ。拳銃の暴発を防ぐために、引金に指をかけない余裕すら見せている。

「川中さん、風邪をひくよ」

濡れそぼった男に、皮肉までさきに取られた。私は笑った。握りしめていたジンの瓶をテーブルに置いた。

「物騒なものをひっこめて、俺と話してみる気はないのか。場合によっちゃ、情報くらい提供できるかもしれん」

左手に靴をぶらさげて、男は玄関の方へ静かに移動した。銃口は私にむいている。男の姿が消えた。

私はもう、テーブルを蹴っ飛ばしたりはしなかった。ジンも飲まなかった。バス・タブに湯を張り、冷えきった躰を暖めてベッドに潜りこんだ。

3　美津子

ベルの音で眼が醒《さ》めた。まだ九時を回ったばかりだ。

「車の持主が割れたぜ。城北信用、東京の文京区湯島《ゆしま》にある小さな興信所らしい。当て逃げについちゃわからねえと言ってる。この街に出張中の調査員が使ってるそうだ」

神崎がクックッと笑った。

「独身のあんたが浮気の調査をされるわけはねえよな。なんで尾行《つけ》回してんのか探ってみるかね？」

「いや、もういいんだ」

「わかったのか？」

拳銃を持った連中が絡んでいる。これ以上神崎を引きこむべきではなかった。

「大したことじゃなかったんだ。あんたはもう手を引いてくれ」

「そう言われてもな。俺《お》りゃ交通係を誑《たぶら》かしたんだぜ。いずれその調査員とは対決しなくちゃならねえよ。そん時、金でも摑ませてみようと思ってた。ああいう連中は、金で転ぶのが多いんじゃねえかな」

なぜ尾行《つけ》られたかくらい、知っていてもいい、と私は思い直した。とにかくひとつの糸口にはちがいないのだ。

「深入りせずにな、神崎さん。あんたが相手にするのは探偵の二人だけだ」

「というと、ほかにもまだ尾行《つけ》回してんのがいるのかい？」

「ちょっと物騒な連中なんだ。大怪我《おおけが》をしかねないぜ」

「ほう」

驚いたというより、むしろいっそう興味をかき立てられたような声だった。神崎に喋ったことを、私はすでに後悔しはじめていた。

「とにかく、城北信用の調査員をいま警察《サツ》で捜してる。狭い街なんだ、大して時間はかかりゃしねえだろう」

「事故のデッチ上げがバレないようにな」

私は電話を切った。

外では昨夜からの霖雨《りんう》がまだ続いていた。

私はシャワーを浴び、髭《ひげ》を当たった。バスローブのままで、しばらく窓から海を眺めていた。部屋は八階だった。左に伊豆《いず》半島の山並み、右に駿河《するが》湾、晴れた日なら水平線の船がよく見える。いい部屋だ。十年前の私のねぐらはダンプの運転席だった。それから小さなアパートに移り、N市で最高級といわれるこのマンションに入ったのは五年前だ。

チャイムが鳴った。掃除婦が来るには早過ぎる時間だ。

昨夜のことがある。私はドアの覗き穴に眼を当てた。美津子《みつこ》だった。腕を組んで赤いコートを羽織り、ドアの正面に立っている。表情はよくわからない。

ドアを開けた。

「珍客だな。朝帰りの場所を間違えたんじゃあるまいな」

「御挨拶《ごあいさつ》ね。あなたの弟はもう四日も家へ帰ってこないわ」

「ほう、どこへ出張したんだ?」

「行方不明よ」

ソファに腰を降ろし、美津子はハンドバッグからラークを出してくわえた。

「心配しなくても、女と一緒なんてことはない。研究室の中で、日が経《た》つのを忘れちまってるのかもしれんぜ」

「あの人、あたしと別れたがってるわ」

「君以外の女にゃ眼もくれん男だと思ってたがな。やつは、君しか知らないんじゃないか、女は」

「別れたがってるのよ、ほんとに」

酔ってはいないようだった。まだ午前中だ。化粧をしていない肌がきれいだった。三十になった女だとはとても思えない。だが、髪は乱れていた。起きてすぐやってきたという感じだ。この女でも、亭主が四日戻らなかったら、やはり気になるのか。

「あたしの方から、別れてやるわ」

「そういう話なら、俺のところはお門違いだ。キドニーの事務所にでも駆《か》けこむんだな」

「宇野《うの》さんの依頼人は新司《しんじ》の方よ」

「信じられんね。俺はきのうキドニーに会った。なにも言っちゃいなかったぜ」

「いなくなる前、新司は何度も宇野さんに会ってたわ。あたしに隠れてね。でも、電話やなにかでわかってしまうのよね」

ラークを挟んだ指のマニキュアが剝《は》げかかっていた。

「俺にどうしろというんだ。新司は子供じゃない。どこへ行こうと勝手だろう。それに、やつがなにかやるからって、俺に相談を持ちかけるとでも思うかね?」

「兄として、あたしの話を聞く義務くらいあるんじゃなくて」

「君は、うちの店で飲む時は俺のツケにしてる。親戚《しんせき》付き合いはその程度にしといちゃくれないか」

痴話喧嘩の尻を持ちこまれるのはごめんだった。この夫婦は別れられない。もしできるなら、とうにそうしていたはずだ。

「あたし、絶対に別れないわ」

「別れる、と言ったばかりだぜ」

「こんなかたちじゃいやよ、まるで捨てられた女じゃない」

私が笑うと、美津子は横をむいた。

弟の新司がこの街に来たのは、二年前だった。東京から、この街の工場に付属している研究室に転勤してきたのだ。新設された研究室という話だった。なんの研究なのかは知らなかった。訊いたこともない。

二人しかいない兄弟が、生地からも遠く離れたこの街に住む偶然を、新司は喜びはしなかったはずだ。私がN市へ来てからの八年間、ほとんど交渉はなかった。会ったのは、おふくろが死んだ時の一度きりだ。おふくろも、私を避けて新司と暮していた。私はただ、従業員の給料でも振りこむように、いくらかの金をおふくろの銀行口座に振りこんでいただけだ。

兄弟としての付き合いが再開されたのは、美津子を通してだった。積極的なものではなかった。店で酔い潰れている美津子を車に放りこんで私が運んでいく、あるいは新司の方が迎えに来る、その時にちょっと言葉を交すくらいのものだ。

いつから、なぜ、美津子が酒に溺《おぼ》れるようになったのか、私は知らない。知ろうとも思わなかった。通信機の技術者である新司が、機械を扱うようにはうまく美津子を扱えなかった、というだけのことだろう。

十年前まで、私は東京にいた。満員の通勤電車に揺られている、平凡な会社員だった。美津子は、私の勤めていた会社の受付にいた。子供だった。少なくとも、あのころの私にはそう見えた。妹のように可愛《かわい》がってやった、そういう記憶がある。いつ新司と知り合いになったのかは知らない。私の裁判を、二人で並んで傍聴していたのを一度見たことがあるだけだ。そしておふくろの葬式の時、二人が結婚していることを知った。

「コニャックをいただいてもいい？」

「よしてくれ。夜まで飲み続けられちゃかなわん。それに、ここが独身男の部屋だってことも忘れるなよ。俺は安全な男じゃないぜ。牙《きば》にかかった女も数えきれないくらいだ」

力なく、美津子が笑った。酒に溺れながらも、私の知るかぎり美津子に男関係はなかった。それはちょっとした驚きだった。この街に現われた時の美津子は、私が知っている子供ではなかった。男をそそる魅力を、持て余すくらい躰に溢《あふ》れさせていた。店で飲んでいる時も、売れっ子のホステスよりもずっと客の視線を集める。

「帰った方がいいな。待ってりゃやつは戻ってくるさ。俺は事務所へ出る。ついでだから送ってやるよ」

「それくらいなら、ここへ来やしないわ」

不意に、美津子の顔が歪《ゆが》みはじめた。私は慌てて立ちあがり、マーテルを注《つ》いだグラスを渡した。

「一杯だけにしとけよ」

愁嘆場を避けるにはこれしかなかった。飲み方はひどくない。時間をかけて、ゆっくりアルコールに身を浸していくタイプだ。

「シティホテルに部屋を取ってやろう。キドニーに訊けば、新司の居所はわかるかもしれん。それからさきは二人で話し合うんだな」

二人がどういう経緯《いきさつ》で一緒になったのか、いまも私は知らなかった。私は訊こうとしなかったし、新司も美津子も喋らなかった。

美津子が、ブランデーを掌の中でくるくる回す。かすかな香りが漂ってきた。

神崎が、新しく雇う女の面接をやっているところだった。三人いたが、どれもいい歳だ。キャバレーへ回すほかはないだろう。二時を回っていた。

私は、女の子が運んできたお茶に手を伸ばした。美津子は、ホテルの一室でマーテルの瓶と抱き合っているだろう。あの瓶が空になるまで、かなりの時間があるはずだ。キドニーに電話を入れてみたが、事務所にも自宅にもいなかった。

デスクに、回収してきた売掛金の報告書があった。私はそれにざっと眼を通し、クリップにとめた。回収率は上々だ。よく働く営業部員だった。いまも雨の中を歩き回り、会社の経理課へ顔を出しては、古手の女事務員や経理課長に頭を下げているのだろう。

「N署の交通係へ行かなくちゃならねえ」

女たちを帰すと、神崎がそばへ来て言った。面接も神崎の仕事だった。現場任せにして、児童福祉法に抵触するような少女を雇ってしまったことがある。しかもその少女は、店のマネージャーの愛人だった。酒場は吹き溜《だま》りになりやすい。

「なにかあったら、キドニーを呼ぶといい」

「バレたところで、錯覚だったと言や済む話だ。それより、二人のうちのひとりを抱きこむつもりだが、いいんだな？」

「適当にな。くだらんことにあまり金を使いたかない」

「物騒な連中ってのは？」

隅のデスクの女の子を憚《はばか》って、押し殺したように低い声で神崎が言った。

「城北信用とは関係ないような気がするな、カンだが。手がかりを残すようなヘマもやらなかった」

「あんたのところに現われたのか？」

「どてっ腹に風穴をあけられるところだった。あれがおもちゃじゃなきゃの話だが」

「地の者《もん》か？」

「ちがうな。仕事にゃ馴れていたよ」

「ま、俺は探偵さんの顔《つら》を拝んでこよう」

神崎がにやりと笑った。

仕事は山ほどあった。ぼんやりしている時間などない。三軒の店の人事管理だけでも、本気でやろうとするとひと仕事だ。神崎が出ていくと、私は新しく開店するクラブに配置する従業員のことを考えはじめた。キャバレーでは重宝なボーイでも、クラブでは使いものにならないという場合もある。

内田健《うちだたけし》が姿を見せたのは、三時過ぎだった。ラフなジーンズ姿だ。『ブラディ・ドール』のマネージャーで、店ではタキシードを実にうまく着こなす。三十前だが、有能な男だった。

「なにかあったんですか？」

応接セットのソファに腰を降ろし、内田は来客用の煙草に手を伸ばした。

「なにか、というと？」

「いま保健所の連中が来て、うちの調理場の抜打ち検査をやってます」

こういうことは、はじめてだった。キャバレーで脅しておいて、別のところで仕掛けてくる、稲村のやりそうなことだ。自分が会員になっているクラブが衛生法にひっかかったとしても、別に名誉に関《かか》わりはないだろう。

「終ったのか？」

「まだです。コックに立ち合わせてますが、問題あるわけありませんよ。いやがらせとしか思えないな」

次はキャバレーか。いやバーの方を、建築基準法とか消防法で突っついてくるかもしれない。催促だ。しかし、稲村が欲しがっているものはなんなのだ。

「悦子《えつこ》、コーヒー」

内田が女の子に声をかけた。私がトラブルを抱えているとこの男が考えても、無理はなかった。まったく見えすいたいやがらせだ。

「これだけでは済まんかもしれんぜ。君はN署の風紀係の顔は知ってるな」

「一応はね。もっとも顔ぶれがかなり変ったって話は聞きましたが」

一年前、内田はキャバレーの方のマネージャーをやっていた。風紀係の刑事の顔を覚えるのは仕事の一部だったのだ。

「いま入っているショーは、別に問題ありませんよ。神崎の親父さんなんか、問題がなさ過ぎるって言ってるくらいです」

「女の子が酔って羽目をはずさんようにな」

「そこまでやるんですか？」

内田が肩を竦《すく》めた。酔うと裸になる癖のあるホステスがいる。それでさえ、店でやらせているという言い掛りをつけられかねなかった。

「話はちがいますが、社長の弟さんは東洋通信機でしたよね？」

「それがどうかしたのか？」

「どこかへ行かれているんでしょう？」

「知らんな。ずっと会っちゃいない。しかしなぜどこかへ行ったと思うんだ？」

「工場の幹部連中が店で話しているのを、耳に挟んだもんで。捜してるみたいでしたよ。難しい顔をして囁き合ってました」

「どんな話だ？」

「そこまではわかりません。なにしろ、女の子も遠ざけてましたから」

研究室にも出ていないとすると、美津子が言った行方不明というのも、あながち出鱈目《でたらめ》ではないということか。新しい女でも作ったというのなら、祝福してやってもいい。ひとりの女に固執して苦しむより、その方がずっといいに決まっている。

一階の喫茶室からの出前のコーヒーを受け取って、内田悦子がテーブルに運んできた。兄妹の視線が、ちょっと合った。

この二人を川中エンタープライズに入れたのは、神崎だった。亡くなった父親と、古い友人だったらしい。神崎は孤独な男だった。父親代りになって面倒をみてやる相手が欲しかったにちがいない。私ではひね過ぎている。それでこの兄妹が選ばれた。

雑居ビルの三階にある事務所に、内田がしばしば足を運ぶのは、妹の様子を見るためにだ。つまり、私が手をつけないかと心配している。まだ二十歳《はたち》にもならない小娘に、私がなにかしかねないと、本気で考えているふしがあった。

4　レナ

十分ほど待たされた。

出てきたのは秘書の方だった。昨夜と同じ派手な縞のネクタイをぶらさげている。

「保健所がうちの店の検査に来てね」

「ほう」

稲村は、もう私と会う必要はないと考えているのだろう。その方が脅しとしては効果がある。今度拝謁《はいえつ》を許されるのは、望みの品を届ける時というわけか。

「露骨ないやがらせだな」

「いやがらせ？　どういう意味だ」

「あんたの伯父さんは、俺がなにを持っていると思ってるのかな？」

「相談に来い、と市長は言われただけだ」

「それがなんの相談かを、訊いてるんだよ」

語気が荒くなった。秘書の顔色が変った。私は煙草を灰皿で揉《も》み消し、吸殻を秘書の方へ指で弾《はじ》き飛ばした。狙った通り、それはネクタイに当たった。

「この吸殻みたいに、俺を手軽に扱おうとは思わんで貰いたいな」

「ここをどこだと思ってる。誰にむかってそんな口をきいてるのか、わかってるのか」

「ここは市庁舎の応接室で、俺が喋ってるのは、私設秘書くらいしか使い道のない、市長の能なしの甥っ子さ」

「貴様っ」

「ほう、地が出たな。凄《すご》むのはあとにして、まあ俺の話を聞けよ」

私は新しい煙草に火をつけた。秘書の唇が慄《ふる》えていた。ここはやり過ぎるべきではない。脅しが無駄だということをわからせてやればいいのだ。

「いま新聞ダネになってる、汚水処理場建設の疑惑についちゃ、あんた勿論《もちろん》よく知ってるはずだな」

「それがどうした？」

「落札した業者と、市長はうちの店で四度会ってる。払いは業者の方だったな、当然といえば当然だが」

「汚職だというのか？」

「俺は事実を喋ってるだけさ。そしていま、こういう事実を血眼で捜してる連中が沢山いる」

「脅す気か、あんた？」

「俺が、丸腰でこの商売をやってるんじゃない、ということを知って貰いたいだけだよ。いつも、腰にいくつか爆弾をぶらさげてるんだぜ。俺は自分を守る方法くらいは心得ているし、不愉快な思いをいつまでも我慢しているタイプでもないんだ。いま話したのはほんの一部で、この二、三年の話を全部集めりゃ、本でもできそうなくらいだよ。あんたが、うちの店のなんという女の腹を脹《ふく》らませちまったかだって知ってるぜ」

秘書の顔が強張った。私は笑った。パンチの効果は充分だった。

「俺は客商売だ。そして客商売の仁義だって心得てるつもりだ。これ以上不愉快なことが起こらないかぎり、俺は貝だと思って貰っていい」

私は立ちあがった。秘書は、テーブルクロスの茶色いしみを見つめていた。

「俺の言った通りのことを、伯父さんに伝えてくれ。それがあんたの仕事だろう」

私は灰皿で煙草を消した。秘書の眼が灰皿の方へ動いた。

「それからもうひとつ、この件についちゃなにか誤解があるんじゃないのか。俺にゃさっぱり意味がわからないんだ。市長がなにか欲しがっているとしても、俺はそれに無関係だよ。それも忘れずに伝えてくれ」

秘書の表情は動かなかった。客をなくしたのだろうか。稲村が私の店の悪評をばらまけば、客は半分にも減りかねない。しかし、それで稲村に得はないはずだ。何事もなかったような顔でまた店に現われる、そう考えておこう。それが政治屋のやり方というものだ。


雨は降り続いていた。

私は市街を抜け、海辺の県道沿いにポツンとある『レナ』というスナックの前で車を停めた。

準備中の札が出ていたが、構わずに扉を押した。カウンターでナプキンを折っていた藤《ふじ》木《き》年男《としお》が、ふりかえってちょっと頭を下げた。五時を回ったばかりだ。

「ジン・トニック」

頷いてカウンターに入った藤木が、ジンの瓶に手を伸ばした。

新しく開店するクラブに、この男が欲しかった。攪拌《ステア》したギムレットを鮮やかに作る、と教えてくれたのはキドニーだった。キドニーがギムレットを飲むとは思えなかった。カクテルといえば、ごくたまにシェイクしたマティニーをやるくらいだ。

それでも、通りがかりに一度立ち寄って、お手並みを拝見した。確かに素人ではなかった。少なくとも、赤提灯に毛の生えたようなスナックにいる男ではなかった。私は固執しはじめたが、ほかに腕のいいバーテンが見つからないというわけではなかった。こちらが出した良い条件をにべもなく断ったから、逃げる女を追いかけたくなるような心理が働いた、というのでもなかった。心の底の深い部分で、藤木は妙に私を魅《ひ》きつけたのだ。お互いに似ているのだとは思わなかった。むしろ反対だ。それでいながら、三日も顔を見ないとなぜか気になる。

カウンターにタンブラーを置く音が、うつろに響いた。コースターなどこの店では使っていない。

「ママは？」

「八時過ぎでしょう、多分」

この店の経営者は、五十を過ぎた中年女だった。藤木は三十四、五。私と同じくらいの年恰好だが、ほとんど無駄口をきかないので、時としてひどく老けて見える。店の経営者との男女関係を、年齢差で否定する気はなかった。だが、藤木が店を離れようとしないのは、女に縛られているためではない。妙な確信だった。この男には、もっと別のなにかがある。

「屍《し》体《たい》、あがったのかな？」

今日は口説く気になれない。私はジン・トニックを口に流しこみ、タンブラーを振って氷を鳴らした。

「もう駄目でしょう。潮に乗ったのではないかという話です」

私が最初にこの店に来た晩は、ひどい風雨だった。迷走して衰えきった台風が、通り過ぎたところだったのだ。客は私ひとりだった。釣舟の事故が沖合いで起きたというニュースを、カウンターのラジオでやっていた。その日は朝から海は荒れていた。私の部屋の窓からは、波頭が砕けて白く泡立った海が見えていた。あんな日に釣りのために舟を仕立てた人間もいたのだ。

藤木が、ダスターでカウンターを拭《ふ》きはじめた。小柄で、無表情で、刈りあげた髪の額のあたりは薄くなりはじめている。

眼が時々光る。私を見て光るのではない。むしろ視線をそらした瞬間に、自分の心の中でも覗きこむように、奇妙な光り方をする。

酒屋が入ってきた。藤木はビールの空ケースを抱えて外に出ていった。私はジン・トニックの残りを飲み干した。なんということもなしに、ここまで車を転がしてきた。事務所に真直《まっす》ぐ帰る気がしなかっただけだ。そろそろ神崎も戻るかもしれない。

「うちの店に一度飲みにこないか」

ワイシャツの肩が濡れて、肌に貼《は》りついていた。それを別段気にした様子もなく、藤木は軽く頭を下げ、赤いベストを着こんで手際よく蝶《ちょう》ネクタイを結んだ。私が煙草をくわえると、素速くジッポーの火を差し出してくる。わざとジッポーを使っている。オイルの臭《にお》いが嫌いな人間もいるので、バーテンはジッポーの火など出さないものだ。

「東京だろう？」

東京から流れてくるのに、この街は適当な位置にあった。車で三時間はかからない。藤木の表情は動かなかった。

「俺も東京から流れてきた。十年も前の話だがね」

「うちのママもですよ。そして最初に勤めたのが、川中さんのお店だったそうです」

「ふうん、キャバレーの方だな。しかし、そんなことを喋ってもいいのか」

「川中さんがお見えになったら、そう言うようにと」

「なるほど、昔のよしみで従業員の引き抜きはやめてくれってことか」

藤木の顔にちょっと笑みがよぎった。

私は千円札を一枚カウンターに置いて立ちあがった。藤木の表情が動いた。

「また来るぜ」

「川中さん、いまお出にならない方が」

ドアに手をかけた私の肩に、藤木の声が追ってきた。意味がわからなかった。雨が激しいから引きとめているのか。私はちょっと手を振り、ドアを押した。

私のＢＭＷのそばに、塗装の剝げかかったブルーのスカイラインがいた。

三人降りてきた。ひとりは島岡《しまおか》組のチンピラだった。あとの二人はまだ子供だ。

「やっぱり社長さんの車ですかい」

バッジをひけらかしながら、チンピラが言った。尾行《つけ》ていたわけではないようだ。行きずりに私の車を見つけた、そんなところだろう。稲村と関係があるのではないか、と一瞬思った。しかし早過ぎる。それに稲村なら、もうちょっとましな連中を寄越すだろう。

島岡組は、五十人ほどの組員を抱える、この街で唯一の暴力組織だった。この街が養えるダニの数はそれくらいのものだ。

三人の険悪な気配を押しかえすように、私は煙草を捨て踏み躙《にじ》った。島岡組と事を構えなければならない覚えはない。

「俺たちゃ、これから熱海《あたみ》へくりこもうってところだったんだけどよ」

「用事を言えよ」

「話は早《はえ》え方がいいな。あんたの弟さんのことさ」

「弟がどうかしたのか？」

「俺の友達《ダチ》の女《スケ》を連れて逃《ふ》けやがったんだ」

「ほう、あいつがね」

「笑いごとじゃねえぞ。俺の友達《ダチ》は狂ったみてえになって捜し回ってる」

チンピラが一歩出てきた。あとの二人は私の左右に回った。兇器《きょうき》を持っている気配はない。

「それで」

私は足の位置を決めた。まずチンピラからだ。子供の方はどうにでもなる。

「俺に落とし前でもつけろってのか？」

「あんたはこの街じゃいい顔だ。それなりのやり方くらいは知ってるだろうが」

「やくざのやり方は知らんね」

チンピラの顔から笑みが消えた。ほんとうにチンピラだ。笑ったまま殴りかかってくる芸当もできないらしい。

傘がさしかけられた。藤木だった。

「お釣りをお忘れですよ、川中さん」

「ひっこんでろ、バーテン」

叫んだチンピラの顔が、そのまま強張った。二歩ばかり後退《あとじさ》りする。藤木はただ立っているだけだ。それだけでチンピラを圧倒していた。

私は成行を見守った。二人が顔見知りなのかどうか、よくわからなかった。自分より強いものに出会った小動物のように、チンピラはただ本能的に怯えている。

「あんたの弟を捜してんのは、俺たちだけじゃねえんだからな」

チンピラが吠《ほ》えた。傘を持ったまま、藤木が一歩踏み出す。チンピラが跳び退《すさ》った。

私は藤木の腕を摑んだ。

「熱海で遊ぶ足しにしてくれ」

私は札入れから一万円札を四、五枚摑み出した。すぐには手を出してこない。四つに折って、私はそれをチンピラの方へ抛《ほう》った。

十年前の私を、チンピラは知らない。藤木も知らない。

「弟と一緒の女はなんてんだ？」

「森川圭子《もりかわけいこ》、あんたの弟と同じ工場に勤めてる」

「頭にきてるおまえの友達というのは？」

「なんでそんなこと訊くんだよ？」

「そっちへ落とし前をつけるのが筋ってもんだろう。いま渡した金は挨拶料さ」

「石塚《いしづか》、石塚光一《こういち》ってんだ」

「石塚？　駅前の石塚商店の」

「専務さ。俺とは餓鬼のころからの仲なんだ」

親父は『ブラディ・ドール』の会員だった。茶を扱っている老舗《しにせ》だ。新司は、やくざの女に手を出したというわけではないらしい。

「ほかにも誰か弟を捜してると言ったな」

「会社のお偉いさんさ。あんたの弟は、女と一緒に会社からもなんかかっぱらったって話だぜ」

ほんとうなら、稲村が欲しがっているものはそれだとも考えられた。金の横領くらいで、稲村が動くはずはない。しかし、一介の研究員に過ぎない新司に、なにが盗めるというのだ。

「もういいぜ」

「え？」

「熱海で愉しんできなよ」

罠《わな》から放されたように、チンピラがスカイラインにとび乗った。突っ立っていた二人の坊やも後に続いた。

「なぜすぐに金を出さなかったのか、と言いたいんだろう」

藤木の方に眼をくれて私は言った。藤木は走り去るスカイラインを見ていた。私と並んで立っていると、頭は肩に触れそうなところにあった。

「お濡れになるといけない、と思っただけですよ」

「あいつは、君を怕がっていたな」

「まさか。なぜです？」

「なぜだろうな。俺も怕かったよ」

筋者《すじもの》の臭いがする男ではなかった。しかし、それがまったくないとも言えない。

「雨がひどくなってきた。車に乗られた方がいいんじゃありませんか」

「ただのバーテンとは思えんな。何者《もん》だ、君は？」

「流しのバーテンですよ、あなたに腕を買い被《かぶ》られている」

藤木が白い歯を見せた。私は車に乗った。傘をさして立っている藤木の姿が、ミラーの中で遠ざかっていった。

5　宇野弁護士

受話器を握ったまま神崎がふりかえり、ちょっと頷いた。

デスクに、内田悦子のメモがあった。美津子が来たらしい。『ブラディ・ドール』で待っている、とある。まだ六時過ぎだ。どうせ看板まで飲んでいるだろう。

私は、メモと一緒に置いてある従業員名簿を繰った。キャバレーの二人のホステスの名前に赤線が引かれ、三人が新しく加えられていた。ほとんど十日に満たない周期で、ホステスの一部は入れ代っていた。古参では、六年勤続という女もいる。私自身が店に出てビールを運んでいたころを知る女は、もういない。

キドニーに電話を入れてみた。二度目だ。誰も出なかった。この間まではアルバイトの女の子がひとりいたが、腹を立ててやめてしまった。口うるさいのだ。故意に苛《いじ》めているとしか思えない時もある。キドニーが女にやさしくなるのは、酒場でだけだった。

神崎が、自分の席から応接セットのソファに腰を移した。

「始末書でも取られたんじゃないのか、デッチ上げの事故で」

「いや、交通係の若いのも匙《さじ》を投げちまいやがった。なにしろ、二台ともいつスクラップ屋が引き取りに来てもおかしくねえ車だからな」

「いい加減に、新車に替えちゃどうなんだ」

「気に入ってるのは知ってるだろうが。あの型の車を転がしてるやつを、あんた一度でもこの街で見たことあるか」

神崎が、テーブルのポットを取り昆布茶《こぶちゃ》を作った。内田悦子が、帰り際にひと通り用意しておくのだ。神崎は酒を飲まない。八年前に女房を亡くした。その時から女もやらなくなった。

「いまの電話だがな」

昆布茶を啜《すす》りあげる音。私は立ちあがり、書類棚を開閉して音をたてた。電話のベルでも鳴らないものか。

「頭に繃帯《ほうたい》を巻いた方の探偵さんからだ。あんたがやったそうじゃねえか」

「はずみさ」

「頭に来るより、呆《あき》れてたぜ。狂犬みてえに手がつけられねえ男だとよ」

「いくらで転んだ？」

「二十万。連中はあんたの弟を捜してる。手掛りがねえんであんたを尾行《つけ》たのさ」

「やはりな」

「知ってたのかい」

「さっき似たような話を聞いた。それで雇主は誰なんだい？」

「わからねえ。連中も知らねえらしい。ただ、この街に来てるそうだぜ。まだ若くて、きちんとスーツを着こんだ男だってことだ。駅前の『虹《にじ》』で毎日午後一時に報告を受けてる。会いたきゃ行ってみるんだな」

　神崎が昆布茶を啜った。この癖だけはどうにもたまらない。老人臭い音を聞いていると、気が滅入《めい》ってくる。そしてそれを言うと、面白がってなおさら大きな音をさせるのだ。

「あんたの弟は、なにをやったんだ？」

「わからん。格別仲のいい兄弟ってわけじゃなかったからな」

「似てるぜ、あんたと」

「顔はな。子供のころからよく言われた」

「顔だけじゃねえさ」

昆布茶を啜る音から逃げるように、私は窓際に行った。下は狭い路地だった。新しいクラブを開店したら、この事務所も引き払う。街の中央通りに建ったばかりのビルに移るのだ。

「もう二、三十万も握らせりゃ、あの男はあんたのために働くぜ、連中の労働条件はひでえもんらしいからな」

「放《ほ》っとけよ、むこうからなにか売りこんできた時に買やいいんだ」

雨がやむ気配はなかった。

「俺は出かけるがね、その前にステーキでも一緒に食わないか」

「寿司《すし》がいいな、俺は。ステーキなんざ、若造の食らうもんだ」

キドニーは、思った通り事務所に戻っていた。病院から戻るのは、大抵七時過ぎなのだ。

「俺の頭がいまクリアーで、猛烈に仕事をはじめたところだってことくらい、わかっているだろう」

「多分、仕事に関係ある話だ」

「ふん、また子供でも雇って挙げられたか」

キドニーが書類から眼をあげた。

「弟のことさ」

「弟？」

「とぼけるなよ。川中新司、俺の弟だぜ」

「そういえば、奥方とは御昵懇《じっこん》だった」

「新司はおまえの依頼人《クライアント》だな？」

キドニーが書類を閉じた。デスクのパイプをスタンドごとひっつかんで、応接用のテーブルに持ってきた。モール・クリーナーを出して掃除をはじめる。七本のパイプ全部の掃除をやるつもりらしい。

「おい、キドニー」

「御舎弟は、おまえのことをあまり尊敬も信頼もしていないようだな」

弁護士と依頼人の関係は認める、という意味に私はとった。

キャビネットのジャック・ダニエルを出して勝手にやりながら、私は昨夜からのことを喋りはじめた。一本のパイプを掃除し終えるたびに、キドニーは煙道に息を吹きこんで通りを試した。

「モデルガンじゃなかったのか。一発も撃ちはしなかったんだろうが」

「本物の見分けくらいはつくさ」

ライフルを買おうとしたことがある。しかし、私には所持許可が出そうもなかった。それで、年に二度か三度、ハワイやアメリカ西海岸へ出かけていく。射撃練習場《シューティング・レンジ》で腕が痺《しび》れるまで実弾をぶっ放してくるのだ。ライフルの腕はかなりなものになった。拳銃《ハンド・ガン》も、そこらの警官並みには扱える自信がある。

「撃つまで本物かどうかわからんモデルガンだって、あるっていう話だぞ」

最後の一本のパイプに、キドニーはモール・クリーナーを通した。

「とにかくひどくキナ臭い。それが全部弟と関係あることだとしたら、俺にゃ知る権利があるはずだ」

「ないね。おまえの弟は立派な大人だ」

「俺が頼んでるんだぜ」

「誰にだって、失いたくない矜持《きょうじ》ってやつがあるんだよ、川中。俺にもさ。わが職業がそれだな」

「そんなに重大なことを、弟はおまえに依頼しているのか？」

「内容の問題じゃない」

キドニーは、掃除したてのベントステムのブライアパイプに煙草を詰めた。背中をどやしつけたところで、喋らせることはできないだろう。友だちをひとりなくすのが落ちだ。

えがらっぽい匂いが漂ってきた。いつものネービーカットではないようだ。

「新司に会うのまで、おまえにとやかく言われることはないよな」

「御自由に」

「どこにいるんだ？」

「居所がわからんのか。それで俺に職業的倫理を曲げさせようとしたんだな」

「つべこべ言わずに、早く教えろよ」

「知らんよ、俺も。もう四、五日会ってない」

多分、嘘《うそ》だろう。私に居所を教えることが、城北信用の探偵や本格派の二人にも教えることになる、と警戒したにちがいない。

「仕方がないな。しばらく放っておくか。ほんとうに困れば、なにか連絡してくるだろう。この街でのトラブルなら、おまえとはちがうところで、俺も力になれる」

「同業者以外にゃ敵がいない男だからな、おまえは」

「客商売はみんなそうだぜ、キドニー。そして、おまえだって客商売だ」

キドニーが笑った。顔に流れてきた煙を、私は掌で払った。

新司が私に相談してくるとは思えなかった。私も、本気で相談に乗ろうとはしないだろう。私がやるとすれば、この街でのちっぽけな成功を守ろうとすることだけだ。自分のものを守る権利は、誰にでもある。

「悪いが、仕事をさせて貰うぜ。明日、法廷がひとつ入ってるんだ」

掌で弄《もてあそ》んでいたグラスを、私はテーブルに置いた。キドニーにとっては大事な時間だ。明日になれば、もう血は濁りはじめている。

「邪魔したな」

私は立ちあがった。濃い煙を吐いて、キドニーが頷いた。


一度事務所に戻った。

デスクには、たっぷり二時間はかかりそうな仕事が山積みになっていた。それを一時間半で片付けた。十時になっていた。雨はまだやんでいない。

煙草をふかしながら、昨夜からのことをもう一度反芻《はんすう》した。いくらか筋道はついてきた。結局、私には関係ないことだった。それを、まわりの人間が無理に関係付けて考えている。じっとしていればいい、自分にそう言い聞かせた。そのうち事は収まってしまうだろう。

電話が鳴った。かすかに酔いの滲んだ美津子の声が、耳に流れこんできた。私は腰をあげた。じっとしていようと決めたばかりだったが、美津子が悪酔いをするとかえって面倒だ、という理由を見つけ出していた。

車を転がすと、事務所から『ブラディ・ドール』まで五分もかからない。

美津子は奥の席で、二人の常連の男客と戯れていた。ホステスとしてなら、高給を払っても惜しくない女だ。酔うとあだっぽい姐御《あねご》という感じになる。

「話がある」

そばへ来た内田に耳打ちし、私は頭を下げながら客席を縫って、更衣室へ入った。

「一度だけしか、俺は注意しないぜ」

一分の隙もないタキシード姿が、いっそう引き緊《しま》った。店では、内田はいつもこういう態度を取る。客の自尊心を満たす礼儀を心得た男なのだ。

「俺は自分の会社の者が、外部の人間のためにコソコソ動き回るのは好かん。まして、俺に探りを入れようなど論外だ」

「なんのことでしょうか？」

内田の顔が、かすかに紅潮した。

「君は昼間事務所へ来て、俺から弟の居所をさりげなく訊き出そうとしたな。まあ、待てよ。君が自分から酒席の噂を俺に報告したことはない。いつも俺の質問に答えるというかたちだった。口が堅いことを、俺は買ってたんだぜ」

「そんなに重大なことだったんですか、あれが？」

「内容でなく、君の行為そのものを問題にしてるんだ」

内田が頭を下げた。煙草をくわえると、素速くライターの火を差し出してくる。

「誰に頼まれた？」

「東洋通信機の丸山《まるやま》所長に。一万円頂戴《ちょうだい》しましたが、チップのようなものだろう、としか考えませんでした」

「そこまで報告すりゃよかったんだ」

「参ったな。いたるところに罠あり、ですね」

行っていい、と私は言った。内田は苦笑してもう一度頭を下げた。

香水の匂いが入り混じって漂っていた。饐《す》えた男女の愛憎の匂いまで紛れこんでいる。女の子たちが着替えをする部屋だ。

ブリキの灰皿で煙草を消し、私は木製の丸椅子に腰を降ろした。いったい何人が新司を捜しているのだ。稲村に繋《つな》がる線、会社の幹部、城北信用の線、拳銃を持ったあの二人、そして石塚商店の専務もそうか。まったく大した人気だった。

ドアが開いた。新司を捜している、もうひとりの人間が現われた。

「家へ帰ったのか？」

「荷物を取りにね。ホテルでは、女に不自由なものが沢山あるわ」

美津子は、黒っぽいシックなドレスに着替えていた。念入りに化粧をしているし、マニキュアもきれいになっていた。

十年前、美津子はマニキュアをしていなかった。なぜだか、それだけは鮮明に覚えている。何度か、映画に連れていってやったことがあった。もうちょっと続けば、妹に対するような感情が、恋に変っていたかもしれない。だが、あの女が現われた。美津子は私の視界の外に去った。私も、美津子の視界の外に去ったのだろうか。

「宇野さんと会ったんでしょう?」

思ったほど、美津子は酔っていなかった。

「やつはなにも喋らん。友だち甲斐《がい》のない男さ」

「なんだか変だと思わなくて?」

「なにが」

「あの人、あたしと別れたがってるんじゃないような気がしてきたわ。弁護士に相談して事を決めるような人じゃない、別れたいならあたしに直接言うはずよ」

「昼間とだいぶ雲行がちがうじゃないか」

「お酒が入ると、頭が回転しはじめるの」

美津子が笑った。歯のきれいな女だった。

「家へ送ろうか?」

「やっぱりホテルにするわ。手紙を置いてきたから、あの人が戻っても大丈夫よ」

私は立ちあがった。美津子の首にぶらさがった、葉のかたちのペンダントにちょっと指で触れた。

「君ら二人は、ほんとうに別れなくちゃならんところまで来ていたのか?」

美津子は答えなかった。表情も動かなかった。私はもう一度ペンダントに触れた。それから美津子の眼を覗きこんだ。寂しそうな眼だ。十年前は、明るい少女の眼だった。

「ほんとうのところ、君はどこまで知ってるんだ？」

「宇野さん、なにか喋ったのね？」

「いや。だが俺はこのところ、妙に不愉快な目にばかり遭ってる。その全部が、どうも新司の兄だというのが原因らしいんだ。だとすると、女房である君になにも起きてないというのはちょっと信じられんからな」

「不愉快なことって？」

「君がとぼけてるんでなきゃ、それでいい」

私はドアを開けた。店内の喧噪《けんそう》がとびこんできた。最後のショーがはじまっている。

6　擬餌《ルアー》

雨はあがっていたが、いつまた降りはじめるかわからない雲行だった。

石塚商店は、駅前の目抜通りの一等地にある。創業二百年、本家は静岡だが、この店もどうして大した構えだ。

私は茶を求める客のようなふりをして店に入った。女店員になにか指示を与えていた紺のスリー・ピースの青年が、私を認めて近づいてきた。専務の石塚光一だということは、すぐにわかった。長身だが、親父とそっくりの顔をしている。

「川中さんですね。『ブラディ・ドール』では時々遊ばせていただいてます」

石塚は、必要以上に顔を近づけて囁きかけてきた。会釈する余裕もないくらいだ。

「近くの喫茶店へ」

私は黙って石塚の後に続いた。

「長沢《ながさわ》が御迷惑をおかけしたようで」

コーヒーが運ばれてきた。

「長沢？」

「島岡組の長沢です。きのうの夜、熱海から電話がありまして」

あのチンピラの名前など、私が知るわけはなかった。石塚の顔には、季節はずれの玉の汗が浮いていた。それを拭おうともしない。

「いくらぐらい、御迷惑をおかけしたんでしょうか？」

「迷惑をかけたのは、こちらでしょう」

「とんでもない。長沢は大変な誤解をしておりまして。私の言い方もまずかったんですが」

典型的な坊ちゃんだった。親父に情事が発覚するのを怖れているらしい。それとも、やくざ者との付き合いが発覚する方を怖れているのか。

「ああいう連中に小遣銭をやるのは、私どもの商売じゃ必要経費みたいなものでしてね。気にされているとは思ってもいませんでした。私はお詫《わ》びに伺ったんですよ」

ようやく石塚が、ハンカチを出して額を拭った。それから、詫びを入れられる筋合いではないことを、くどくどと喋りはじめた。

「森川圭子はどういう女なんですか？」

説明とも弁解ともつかない石塚の話を、私は途中で遮った。

「だから友人です、ただの」

「あなたとの関係ではなく、森川圭子個人のことですよ。弟はいろんな方面に御迷惑をかけているらしいし、それに結婚もしています。私としては、まずどういう女と駈け落ちをしたのか知らないことには、尻拭いのしようもないというわけでして」

「東洋通信機の所長の秘書です。会社で使う茶をうちの店に買いに来たのがきっかけで。父親が昨年亡くなって、母親と二人暮しのはずです。それ以上のことは、私には」

森川圭子と石塚の関係が、言葉通りではないにしても、それほど深いものとは思えなかった。コーヒーに手をつけないまま、私は立ちあがった。長沢がいくらせびったのだ、と石塚がまた訊いた。

郊外へむかう道路が、この街では一番立派だった。

色づいた田圃《たんぼ》が途切れ、タイヤ工場の建物が見えてきた。そのむこうに電機部品工場、鉄工所、トラック工場と、広大な工場地帯が続いている。ほとんどがこの十年間に進出してきた工場だ。造成用の土を運んで、私は一日に何度もこの道路を往復した。ダンプ一台で渡り歩く、土埃《つちぼこり》にまみれた流れ者に過ぎなかった。いま私が握っているのは、ＢＭＷの軽快なパワーステアリングだ。

東洋通信機の工場も、そのころ進出してきた。それまでは、丘陵の頂に研究所と称する小さな建物と、鉄骨の通信塔があるだけだった。工場を新設した直後から、東洋通信機の業績は悪化しはじめた。過剰な設備投資が負担になっている、という噂だった。それが、五年ほど前から持ち直した。切れ者の重役が乗りこんできて、次々と改革を断行したらしい。新しい製品も開発したのだろう。そういうことを、私はただ、私の店で使われる交際費の額などから推測するだけだ。

「所長に面会したい。第二研究室の川中新司の家族の者だ」

守衛は私のＢＭＷにちょっと眼をくれ、約束はあるのかと訊いた。

「所長に直接電話してみてくれないか。会わないとは言わんはずだ」

初老の守衛は、私の言葉が気に食わなかったようだ。それでも私が睨《にら》みかえすと、受話器に手を伸ばした。

しばらくして、入ることを許可された。外来者カードに氏名を記入し、外来者用の駐車場に車を入れ、外来者用の玄関に回った。

通されたのは、小さな応接室だった。壁と絨毯に囲まれた部屋だ。窓がなかった。窓の代りに、赤い色調のドガの複製が掛かっていた。

私は煙草をくわえた。窓のない部屋は、妙に居心地が悪かった。ここまで来てしまったことを、多少後悔もしていた。じっとしていようと思っていた。じっとして、事が収まるのを待つつもりだったのだ。昨夜は、じっとしてはいられなくなった。自分で、自分の行動がよく読めないのだ。どうすればいいかという判断もつかない。考えてみれば、私ははじめて肉親のトラブルと直面したのだ。しかもそのトラブルには、危険の臭いがあった。

十分ほど待たされた。糊《のり》のきいた作業服の胸に名前と写真の入ったプレートをつけた所長が、ポーカーフェイスで入ってきた。丸山武史《たけし》。『ブラディ・ドール』に来た時に、二度挨拶に出たことがある。まだ四十代後半の若さだ。この男が、傾きかかった東洋通信機を建て直したと言われている。

肩書が常務でも工場では作業服を着ていることを、私ははじめて知った。

「弟さんのことかな？」

「長いこと休んでいるようですな？」

「なに、ほんの五日だ。ただし無断だからね、処分の対象にはなる」

丸山が煙草に火をつけた。その間も、眼は私を見つめていた。

「弟の首を繋げていただくために伺ったわけじゃないんですよ」

「ほう、解雇していいのかね」

「おたくには、買い戻さなければならないものがあるんじゃないですか？」

私は喋りはじめていた。喋ることで、このトラブルの中により深く引きこまれると感じながら、口は動いていた。新司のためになにかしようとしているのか。それとも、政治屋に脅されたり、拳銃を突きつけられたりしたことに、ただ腹を立てているだけなのか。大人しく引きさがっているのが、私の柄に合っていないことだけは確かだ。

丸山は、表情ひとつ動かさなかった。

「おたくに買い戻していただくのが、一番角が立たない、と思っているんですがね」

丸山の指さきから、灰がポトリと落ちた。丸山はそれに気づかなかった。

「つまり、ほかにもいろんな買手が現われているということです」

私は餌《えさ》を撒《ま》いた。餌が、推量でかたどったプラスチック製の擬餌《ルアー》であることに気づかれないように、慎重に言葉を選んだ。

「なにを売ろうというのだ、君は？」

「それは御存知のはずだ。今日は値をつけていただきに来ただけです。ここに現物を持ってはいないし、どこにあるかも言えません」

「現物も見せずに商売する気かね？」

「商売とは思っちゃいませんよ」

会話と会話には、かなり間《ま》があった。お互いに探りながら喋っている。丸山の煙草が、指の間でどんどん短くなった。

「しかし、なにかわからないものを買え、と言われてもな」

指を焼いたのか、丸山が驚いた表情で煙草を消した。

私が煙草をくわえる番だった。灰を落とすようなヘマはやらなかった。

「明日の朝まで待ちます。売るのは現物だけで、女性秘書を付けるわけにはいきませんがね」

ここまでだ、これ以上喋ると、餌がほんとうの姿を晒《さら》してしまう。

私は丸山と視線を合わせた。お互いにそらさなかった。私の指さきから、灰がポトリと落ちた。私は苦笑し、煙草を消した。

「川中さん」

丸山の声は落ち着いていた。

「脅迫まがいのことはやめたらどうだね。君の弟の将来にもかかわる」

私は笑った。意味もわからない話から、脅迫という言葉が出てくることはないだろう。

値をつけてくれと言った私の言葉を、この男は脅迫と受け取ったのだ。丸山も失言に気づいたようだ。笑った。細い眼がいっそう細くなった。眼に酷薄な性質を感じさせる男だ。笑っても眼は凍っている。年齢の割りに躰は引き緊っていて、頭髪もスポーツ選手のように短く刈りあげていた。白いものはほとんど見当たらない。

「では明日」

私は立ちあがった。丸山の細い眼は、私の背後のドガの複製にむいているようだった。

背中に手が触れた。柔らかい手だ。

「昼間からステーキを召しあがってるの、それもヴェリー・レアで。四百グラムはありそうね」

「付き合うか、君も？」

美津子が、ものうく笑みを返して首を振った。シティホテルの八階のレストランだ。

「きのう、食いそびれちまってね」

ナイフを入れるたびに、厚い肉から血が滲み出してきた。

「どうしたんだ？」

「なにが？」

「沈んでるぜ。酔っ払ってもいない」

むき合って腰を降ろし、美津子はテーブルに肘《ひじ》をついて顔の前で手の指を組んだ。唇に触れた親指の肉を、白い歯が噛《か》んでいる。

「新司はやっぱりあたしと別れようとしているわ」

会うたびに言うことが変っている。心の振幅が大きいのか、それとも気分まかせなのか。不愉快ではない。扱いにくい女だ、と思うだけだ。

「あの人は女と一緒よ。そういう噂をあたしの耳に入れるために、一日に何人もの人が玄関のベルを鳴らしたわ。だから家にいるのがいやだったの」

新司は郊外の社宅住まいだった。五十軒ほどが集まっている団地のようなものだ。所長秘書と新司が失踪《しっそう》したことは、当然噂になっているだろう。

「嘘じゃなさそうだな。相手は丸山所長の秘書だ」

「あたしが半信半疑なのは、相手が森川さんだということよ。新司と駈け落ちするような娘《こ》じゃないわ」

「秘書ってのは、大抵美人じゃないのか？」

「チャーミングな娘《こ》よ。でも新司より、あたしと親しかったの。よく遊びに来たわ」

「男と女のことだぜ」

「そうね。義兄《にい》さんの言う通りよ」

「潮時ってやつがある。思い切って別れちゃどうだ。俺は止めんぜ。新司は女と一緒なんだ」

「離婚したあたしを口説いてみる?」

「酔ってない時も自惚《うぬぼ》れるのか」

　私はステーキの最後の一片を口に入れた。コーヒーね、と通りかかったボーイに美津子が声をかける。

「どこまで知ってるんだ?」

「きのうの夜も、同じことを訊いたわ」

　新司が女と消えたことを知りながら、美津子はそれが駆け落ちだとは信じきっていない。信じているなら、なによりも森川圭子のことを最初に喋ったはずだ。

「なぜ、俺のとこへ来た?」

「ほかに行くところがなかったから。新司だって、行くところはないはずだわ」

「あいつが俺に連絡してくる、と思ってるのか?」

「あの人は、会社から極秘の書類かなにかを持ち出したらしいの。駆け落ちと一緒にそんなことをすると思う?」

「しないとは言えんな。銀行から金と女をまとめてかっぱらう男はよくいるぜ」

　コーヒーが運ばれてきた。ミルクだけを入れ、美津子は何度もスプーンでカップの中を掻き回した。

「なにが？」

「君は俺にまつわりつき過ぎる。知ってることを、全部俺に話しちゃいないという気もするな」

「このホテルに部屋をとってくれたのは、義兄さんじゃなかったかしら」

私は苦笑して煙草をくわえた。新司が会社から持ち出したのがなんなのか、少なくともそれが金に換算してどれくらいの価値があるものかは、明日までにわかるだろう。

「猫に小判だな」

美津子がちょっと首を傾《かし》げた。

「君のことさ。新司とはどう見ても釣り合わん」

「どっちが猫なの？」

「君はいい女だよ」

「ねんねだって言われたわ、十年前は」

「昔のことは忘れた」

「なぜ、結婚しないの？」

「俺は人形みたいな女が好きなんだ。いや、女を人形にしときたいんだな。女房は人形にしとくわけにゃいかん」

「気に食わんな」

カン高い声で美津子が笑った。私は窓の外に眼をやった。また降りはじめたらしい。窓硝子にまばらに水滴が付着していた。

丸山は餌に食いついてくるだろうか。

煙草を消した。二時を回っていた。レストランの中は閑散としている。

7　格闘リング

小柄だが、敏捷《びんしょう》な男だった。

一瞬足を止め、後退しようとした時は、顎《あご》にまともに一発食らっていた。腰が落ちそうになる。反射的に返した私の拳《こぶし》を、男は軽くダッキングで躱《かわ》し、パンチの効果を確かめるようにすっと退《さ》がった。

出会い頭だった。というより、事務所のあるビルから出てくる私を、こいつは待っていたにちがいない。

油断はしていなかった。男の現われ方も、動きの速さも、私の予測を上回っていたのだ。

頭の芯《しん》が痺《しび》れていた。突進《ダッシュ》して弾《はじ》き飛ばしてやろうとしたが、脚が思い通りには動かなかった。じっと睨《にら》み合う。突き出た額、潰《つぶ》れた鼻、横から受ける光で顔半分に深い皺《しわ》が刻まれ、凄味《すごみ》のある醜悪な顔貌《がんぼう》だった。

数秒が過ぎた。男がふっと息を吐いた。チャンスだ。しかし、突然男の躰に生じた隙《すき》が大き過ぎる。誘いか。一瞬、私はためらった。耳もとで金属音がした。私も息を吐いた。それからゆっくりと、音のした方へ首を回した。

「こいつの左ストレートを食って倒れなかったのは、あんたがはじめてだよ。タフだね、見掛け倒しじゃなかった」

聞き覚えのある声だ。例の二人だった。喋っているのは若い方で、年嵩《としかさ》のもうひとりは数メートル離れたところに突っ立っている。

「ボクサー崩れか、こいつは?」

「バンタム級の世界ランキングに入ったこともある。まともにやり合っても、あんたといい勝負をすると思うよ。ま、場所が場所だ、また出したくないものを出させて貰った」

拳銃《けんじゆう》には、黒っぽい布が何重にも巻きつけられていた。丸い小さな穴が、見知らぬ動物の眼のように私を凝視している。銃身が長かった。多分、消音器《サイレンサー》を装着した上に布を巻きつけているのだろう。まったく、どこまで念の入った連中なのだ。

銃口が私の背中を押した。脚がまだ思うように動かない。それを相手に気づかれたくなかった。大股《おおまた》に歩く。

大通りに、ツー・トーンのマスタングが待っていた。ルーフがグレーで、ボディがグリーンだ。午前一時ごろだろう。車は時折通るが、人影はまったく絶えていた。

前に年嵩の方とボクサー崩れ、後部座席《バックシート》に私と布に巻いた拳銃だった。ツー・ドアなので、外へ飛び出すわけにもいかない。年嵩の男の運転は、安全第一だった。特にカーブで注意深くスピードを落とす。だから躰も傾かなかった。

「煙草《たばこ》、いいかね？」

隙を狙《ねら》うことを、私は諦《あきら》めた。若い男が頷《うなず》いた。銃口は私の脇腹《わきばら》を見つめ続けている。

「どこへ連れていく？」

返事はなかった。私は煙を吐いた。

「最初から穏やかにはやれなかったのか。いきなりパンチたあ面白くないぜ」

「眠らせて連れていくつもりだった。酔っ払いを運ぶみたいにしてな」

「どこへ？」

車は街の中心街を通り抜け、海岸の方へむかっていた。

「いくらで雇われたんだ。とにかく金だろうが。そこのところで折合いはつけられんのかね？」

返事はない。赤色灯を点滅させた救急車が追ってきた。三人とも動揺した気配はなかった。脇に車を寄せる。救急車はサイレンに似合わぬのろのろとしたスピードで追い越していった。

「動かすと危《やば》い病人でも乗せてんだな。このさきに市立病院がある」

年嵩の方の声だった。ボクサー崩れが、犬のように嗄《しわが》れた咳《せき》をした。

海岸沿いの県道に入った。そこも車は少なかった。人家が途切れはじめる。左は堤防で、右は雑木林の丘陵だ。三人は押し黙っていた。なにを話しかけても、答は返ってこない。私は二本目の煙草に火をつけた。

道路が海岸から離れはじめた。両側が松林になった。雨が落ちてきたのか、ワイパーが二、三度動いた。今年の秋はやけに雨が多い。車が県道をそれ、海岸の方へ曲がった。この方向にあるのは七、八軒のビーチ・ハウスだけで、道は行き止まりだ。

「雨戸を全部閉めておけと言ったのに、笹井《ささい》のやつ明りを洩《も》らしてやがる」

年嵩の方が呟《つぶや》いた。ボクサー崩れが鼻で嗤《わら》った。ビーチ・ハウスに一軒だけ明りが点《とも》っているのが見えた。磯遊《いそあそ》びには遅過ぎ、避寒にはまだ早過ぎる。時季はずれだった。それにこの長雨だ。

ビーチ・ハウスの所有者に、N市の人間はいなかった。海に突き出した小さな岬のはなで、ちょっと見にはいい場所だが、そこが台風の時どれほどひどい状態になるか、N市の人間なら誰でも知っている。その上潮流が強過ぎて、泳ぐこともできないのだ。買ったのは、ほとんど東京の金持連中だった。

車の音を聞きつけて、玄関から人影がひとつ出てきた。こんもりした山のような男だ。あまりに肥《ふと》り過ぎているので、背は低いように見えたが、並ぶと百八十センチある私と変らなかった。

雨がぱらついていたが、それより風の方がひどかった。松籟《しょうらい》が波の音まで消している。

「飲んでるな」

年嵩の男の声は威圧的だった。

「一杯だけでさ。今夜はもう戻らねえのかと思った」

私は素速く四人の位置を確かめた。闇《やみ》に紛れてしまえば、なんとか逃げられるかもしれない。若い男が、拳銃で腰を突いた。気配を読まれてしまったらしい。歩くしかなかった。拳銃は私の腰に押し当てられたままだ。

「川中さん、あんたはもう少し頭の切れる男かと思ってたよ」

土足のまま部屋に入ると、年嵩の方が笑いながら私を見つめた。料理の材料でも吟味するような眼《め》つきだった。若い方が、拳銃に巻きつけた布をとった。思った通り、ばかでかい消音器が付いていた。ベレッタ・ミンクス。二二口径の、掌《てのひら》に隠れてしまいそうな小さな自動拳銃《オートマチック》だ。消音器は、銃身よりもかなり太い。私の部屋に侵入してきた時は、二人とももっと大きな拳銃を持っていた。今夜はほんとうに使うつもりだったのかもしれない。二二口径なら、急所をはずせば殺さずに済む。

「マイクロフィルムがどこにあるか、弟さんがどこにいるか、喋《しゃべ》ってくれる気はないかね。できるだけ穏便にやりたいんだ」

拳銃を突きつけて穏便もないものだった。私は煙草をくわえた。

「そのフィルムってのは？」

「ま、時間はある。われわれはキッチンで一杯やってるから、この二人にうんざりしたら呼んでくれ」

二人が出ていった。私はすでにうんざりしていた。これ以上うんざりしようがないほど、うんざりしていた。なにしろ、ボクサー崩れとこの大男だ。

笹井と呼ばれた大男が、私を見てにやりと笑った。ボクサー崩れはソファに腰を降ろし、潰れた顔をさらに歪めて、ものうく疲れきった表情をしていた。

部屋を見回した。ドアが二つ。ひとつは玄関ホールに、もうひとつは奥の部屋に通じているらしい。庭へ出る窓は、スチール製の雨戸で閉ざされていた。平屋であるだけましだが、二人を振り切って逃げるのは難しそうだ。

めぼしいものはなにもなかった。絨毯《じゅうたん》は安物だし、壁の絵は複製で、応接セットのレザーは擦り切れている。灰皿が見当たらないので、私は壁に押しつけて煙草を消した。

「よう」

笹井がまた笑った。百キロを軽く越えていそうな肉の塊りだ。よう、と私も笑いかえした。大学のころは、アメリカンフットボールで、いくらかは知られた名前だ。肉の塊りだというだけで、圧倒されはしない。

笹井が、いきなり胸ぐらを摑《つか》んできた。すごい力だった。だが力だけだ。酒臭い息が顔にかかった。それを振り払うように、私は指で笹井の眼を突いた。あっ、と叫びながら大きな躰《からだ》がもんどりうった。追い撃ちに蹴《け》りあげようとしたが、笹井は図体《ずうたい》に似合わぬ機敏さで躰を回転させ、立ちあがった。クックックッとボクサー崩れが笑った。

「知ってやがったな」

笹井がボクサー崩れを睨みつけた。右眼から涙が溢《あふ》れているが、拭《ぬぐ》おうともしない。

「横綱も形なしじゃねえか。そいつを甘く見ねえ方がいいぜ。俺の左を顎に受けても、ちょっとグラッとしやがっただけだ。下手すると俺たちがのされちまうかもしれねえ」

「面白えや。すげえところを見せて貰おうじゃねえか」

笹井が、いきなり横ざまに膝《ひざ》を蹴りつけてきた。躱したが、頭突きを食った。石頭だ。壁まで吹っ飛んだ。合板がメリッと背中で音をたてた。腹が蹴りあげられた。顔の真中に飛んできた拳を、かろうじて躱した。壁板に手首まで突っこんでいる笹井の股間《こかん》を、下から蹴った。低い呻《うめ》き。立ちあがりざまに肘《ひじ》を飛ばす。密着していた躰が離れた。

「チャンピオン、タッチだ」

股間の一撃は効いたはずだが、笹井は平然とした表情で腕を組んで壁際へ退がった。

ボクサー崩れが立ちあがった。ファイティングポーズをとると、スイッチを押されたロボットのように、眼に光が点った。

私はポケットに手を突っこみ、ライターを握った。これでパンチはずっと重くなる。右のジャブが二つきた。それからワン・ツー。私は三歩ばかり退がった。後ろはもう壁だった。頭がすっと沈みこむのが見えた。腹に二発食った。怺《こら》えた。次のパンチを浴びる前に、足を飛ばした。小さな躰が呆気《あっけ》なく吹っ飛んだ。ずしりと腹に衝撃がきた。笹井の足だ。

「反則だ。こいつはボクシングしか知らねえんだからな」

笹井がにやりとした。笹井とむかい合おうとしたが、立ちあがったボクサー崩れが躰を低くして近づいてくるのが見えた。見えた時は、ジャブを食っていた。短く刈った髪が左右に揺れ動いた。私が突き出した左手をかいくぐって、頭がすぐ眼の下にきた。右、左、右。顔と腹に打ち分けるトリプル・ブローだ。腹にきた左が一番効いた。私が返した右は、バックステップに追いつかなかった。膝が折れそうになる。前に出た。抱きついてやる。躰を密着させれば、こいつはなにもできないはずだ。続けざまに右のジャブを食って、頭がのけ反った。眼は閉じなかった。左がきた。無意識に右を出していた。私の方がリーチが長かった。ボクサー崩れがのけ反り、尻から床に落ちた。蹴りつけるチャンスだ。躰が動かなかった。笹井が襟首を摑んでいる。

「どうした、チャンピオン。立てよ、ほら立つんだよ。ラッキーパンチの一発でくたばりてえのか」

ボクサー崩れの動きはひどく鈍かった。立ちあがるのがやっとだ、というふうに見えた。足もとが定まっていない。襟首が放された。私は鎖を放された犬のように、突進《ダッシュ》した。私の右手が伸びていくさきに、確かに歪んだ顔があった。しかし手応《てごた》えはない。そう思ったのは一瞬だ。視界が回った。顎の下で拳を構えたボクサー崩れが、私を見降ろしていた。

「すげえクロスだったぞ。見な、こいつはもう立てねえよ」

私は立った。シュッ、シュッとボクサー崩れが息を吐きながら右を伸ばしてきた。鼻から血が噴き出すのがわかった。しかし右に破壊力はない。

「ゴング」

笹井が間に入った。ボクサー崩れの躰から力が抜けた。しぼんだ人形だ。喘息《ぜんそく》で苦しむ老人のように、ヒュウと音をたてながら肩で息をしている。私は頭を振った。まだ芯の方が痺れていた。

いきなり笹井の肘が顎に飛んできた。意識が遠のきそうになる。天井が回った。

「俺とは、ノー・ルールだぜ」

笑い声。立とうとした。靴が胸を打ち、また仰むけに倒れた。躰を俯《うつぶ》せにする。それから腕を立て、片膝を立てた。飛んできた靴を、私は両腕で抱きかかえた。笹井が、摑まれた足を引き戻そうとする。その隙に、私は立った。構えただけだった。とても攻撃まで仕掛けられない。まだ視界が回っている。笹井の姿勢が低くなった。突っこんでくる時の闘牛みたいに見えた。頭を、かろうじて躱した。擦れ違いざまに、膝で腹を蹴りあげる。笹井の躰が、一瞬二つに折れたようになった。私も体勢を崩していた。またむかい合った。笹井がさきに出てきた。私は肘を打ちこもうとしたが、その前に顔に強烈な張り手を食っていた。拳よりも効いた。耳が聞えない。頭が心臓のあたりにぶつかってきた。石の塊りにやられたような気がした。倒れたと思ったが、立っていた。笹井の太い指が、私の首に食いこんでいる。そのままグイグイ押してくる。まるで宙を飛んでいるようだった。それから背中に衝撃があった。顔面の血管が破裂しそうな気がした。力をふりしぼった。肘を返す。首から指が離れた。笹井の首に、私は飛びついた。指が、柔らかなものの中に食いこんでいった。どこまでも食いこんでいく。下腹を膝で突きあげられた。二発目で、息ができなくなった。

はじめに、白く泡立った海が見えた。台風だな、と思った。海は私の吐瀉物《としゃ》だった。そのさきに、黒いモカシンふうの靴があった。私は頭をあげた。立ちあがった。確かに立ちあがったのだろう。ボディだ、笹井の声が聞えた。刺すようなパンチだった。相手はボクサー崩れと代っていた。膝が折れていくのがわかった。また白い海だ。

「まだ立つ気でやがんのか、こいつ」

それを聞いて、私は自分が立とうとしていることを知った。声だけはよく聞える。右は怕《こわ》くない。左さえ食わなければいいのだ。意識の一部分もはっきりしていた。一発は食らわしてやる。右を振った。躰が泳いだ。倒れはしなかった。なにかが顔を掠《かす》めた。ボクサー崩れが三人に見えた。しかも濃い霧の中に立っている。そして霧だけになった。

話し声がした。

言葉は途切れ途切れだった。壁が見えた。自分の息遣いが聞えた。視界が歪んだ。躰に痙攣《けいれん》が走るのを感じた。それからまた、視界がはっきりしてきた。ソファで、ボクサー崩れが腕に注射針を突き立てている。黒ずくめの影のような姿は、笹井だ。眼のところが紫色に腫《は》れあがっている。俺が殴ったのだろうか。

私は躰を起こした。なんの苦痛もなかった。立派に立てるのだ。立てる間は、何度でも立ってやる。壁に弾き飛ばされた。かえって意識がはっきりしてきた。しかし躰は動かせなくなった。

「喋る気はなさそうだな」

「なに、いまに吐かせてみせますよ、死ぬのは誰だっていやなんだ」

「いやだということと、仕方がないということとはちがう。いま、この男は死んでも仕方がないと考えているかもしれん」

「狂ってるな、まったく」

脚を動かしてみた。駄目だ。手は、ほんのちょっとだが動く。

外が明るくなっているようだ。夜が明けたばかりなのか。それとも、もう陽《ひ》は高くなっているのか。

「電話をしてくる」

「あっしは、もうちょっとだと思うんですがね」

「この男は、なにも知らないのかもしれん。だとしたら、時間の無駄だ」

「知らねえはずは、ありませんよ。だったらなんで黙ってやがんです？　知ってるから黙ってやがんだ」

脚が動いた。立てる。もうちょっと時間が経《た》てば、必ず立てるはずだ。

顔が近づいてきた。年嵩の男の顔だった。すぐそばだ。吐く息が感じられるくらい近くにいる。

視界が動いた。男の顔が同じ高さになった。立ちあがろうとしているのだ。立った。どうだ。声にはならなかった。右の拳を、前へ突き出した。なにかが触れた。男が倒れていた。笹井の躰がぶつかってきた。吹っ飛んだ。躰に靴が食いこんできた。顔を血で汚した年嵩の男が、罵《のの》りながら蹴っている。いつまでも蹴り続けた。荒い息遣い。

私は眠くなった。

8　波の音

ジンを飲み過ぎた。宿酔《ふつかよ》いだ。

ちがう。この頭痛とむかつきは、宿酔いとはちょっとちがう。

俺は立ちあがろうとしていたのではなかったか。

私は躰を起こした。けっ、舌打ちが聞えた。笹井が近づいてきた。私は立っていた。人形みたいにじっとしていた。笹井の拳が見えた。ずしりと腹に食いこんできた。息が詰まった。天井が揺れていた。蛍光灯がひどく眩《まぶ》しい。まだ夜は明けていなかったのか。

「片付けちまおうじゃねえか。いつまでもサンド・バッグの代りにしてたって仕方がねえや」

笹井の声ではなかった。ボクサー崩れだろう。脚は動かなかった。手も動かなかった。頭まで、自分のものではなくなろうとしていた。眠い。まだ夜は明けていないのだ。

新司がいた。車の助手席だ。出ろ、と私は車を停《と》めて言った。外へ出ろ、血反吐《へど》と一緒に吐かせてやる。うんざりした表情で、新司はドアを開けた。私も車から降りた。霧のような雨が降っていた。さあ喋るんだ。新司が顔を横にむけた。ふてぶてしい横顔だ。私は拳を握りしめた。いつだってこんなふうだった、と思った。子供のころからだ。そして新司が、私の言うことを聞いたためしはない。いつも、ただぶちのめすだけだ。

美津子が車から降りてきた。殴りつけようとしている私の腕を、笑いながら押さえた。白い歯がこぼれていた。

意気地なしよ、この人は。放《ほう》っておけばいいわ。美津子の、濡《ぬ》れた柔らかい唇が私の唇に触れてきた。新司は横をむいたままだ。男か、おまえは。女房を一度くらいぶん殴ってみろ。

美津子の接吻《せっぷん》は、いつまでも執拗《しつよう》に続いた。頬《ほお》から首筋、耳のあたりまで熱い吐息と一緒に唇が這《は》う。私は美津子のしなやかな腰に腕を回した。力を籠《こ》める。苦しいわ。美津子が呻く。媚態《びたい》の入り混じった呻きだ。私は美津子の躰を新司の方へ突き飛ばした。美津子の躰がぶつかってきても、新司は横をむいたままだった。なにをやろうとしている、おまえは。女房にも俺にも言えないことか。

新司が笑った。声をあげて笑った。その声が別の人間のものと重なった。

話し声がはっきりと聞きとれてきた。笹井の大きな声、ボクサー崩れの嗄《しゃが》れ声。

薄く眼を開けてみる。黒ずくめの笹井の、大きな背中が見えた。年嵩の男の横顔も見えた。

「前歯を一本駄目にされちまった」

「運転はあっしがやりましょう」

私は眼を閉じた。まだ話し声は続いていた。若い男の声も時々入り混じる。待った。私をどこかへ連れていくのか。それとも連中が出かけるのか。聞き耳を立てた。長い時間だった。やがて、車のエンジンがかすかに聞えてきた。それはすぐに遠ざかっていった。

しばらくして、もう一度眼を開けた。若い男が、椅子《いす》に腰を沈めて爪《つめ》を磨いていた。鑢《やすり》でなく、白いオイル・ストーンだ。相変らずグレー・フラノの上下を着ているが、ネクタイはしていない。むかい側のソファで、ボクサー崩れが注射針を腕に突き立てていた。小さな木製のテーブルには、コーラの瓶が一本載っている。

私は眼を閉じた。手足の指を動かしてみた。私のものだ。手も足も意識も私のものだ。しかし、立てるか。

私は、徐々に右の腿《もも》を腹に引きつけた。それから眼を開いた。

若い男は、相変らずオイル・ストーンを使っている。ボクサー崩れはソファに横たわっている。この二人だけだ。笹井と年嵩の男はさっきの車で出かけたにちがいない。

頭をあげた。靴の爪《つま》さきを、しっかりと絨毯に押しつけた。

起きあがる。立てた。若い男が顔をあげるのと、私がテーブルを摑むのがほとんど同時だった。男の手が服の中に滑りこんだ。私はテーブルを横に薙《な》いだ。椅子ごと、男はもんどり打った。拳銃を握っている。銃口が私にむいたが、弾は出なかった。男の頭にテーブルを打ち降ろす。二度、三度。血が飛び、テーブルの脚が折れた。短い木片を握ったまま、私はその場に昏倒《こんとう》しそうになった。

ボクサー崩れが立ちあがっていた。私はテーブルの脚の破片を投げつけた。頭を下げて躱しながら、距離を詰めてきた。右のジャブ。額に当たった。ボクサー崩れは、軽くフットワークを使いながら、機関銃のように右を繰り出してきた。退がりながら避けるのが精一杯だ。口を開け、肩で呼吸しているのが自分でもよくわかった。左を食えば倒れるだろう。

左がきた。ワン・ツーのあと、いきなりだった。しかし、当たったのは肩だ。私は肘で弾き返した。体勢を崩しかけ、再び顎の下で拳を構えたボクサー崩れの眼が、気味の悪い動きをした。右の瞳《ひとみ》だけが、なにかで引っ張られたようにぐっと外側にむいたのだ。それから元に戻った。ちがう。ぐるりと回った。また外側にむいている。

シュッ、シュッという声に乗って、右のジャブがきた。かなり見当がはずれている。片眼と同じだ。私の軽い肘が効いたのだろうか。しかし急所ではなかった。

パンチドランカーではないか。多分間違いない。顔に当たった軽い肘で、もう酔いはじめているのだ。それに、こいつはなにか薬もやっている。覚醒剤《かくせいざい》かもしれない。

また左。躱すと同時に、私は右を打ち返されるのを覚悟で踏みこんだ。腹に右。息が詰まったが、私の右も相手の顔をとらえた。二人とも尻から落ちた。立ちあがったのは私がさきだ。

　ボクサー崩れは片脚を棒のように投げ出し、尻の下に敷いた脚だけで立ちあがろうとしていた。手は顎の下で構えている。シュッ、シュッとジャブが出た。立っているつもりなのか。顎を蹴りあげた。仰むけに倒れ、片脚を痙攣させた。見開かれた両眼が白かった。痙攣が通り抜け、小さな躰が弛緩《しかん》した。ぐるりと剝《む》き出された両眼にも目蓋《まぶた》が被《かぶ》さってきて、潰れた顔は屍体《したい》のように静かな表情になった。

　私はソファに腰を落とした。頭痛と吐き気が襲ってきた。このまま横になってしまいたかった。ほとんど、その誘惑の中に引きこまれそうになった。なんのために立ったのだ、自分に言い聞かせた。床ではなく、ソファで眠るためか。掌で、両眼を強く押した。気力をふりしぼった。

　立った。もう相手はいなかった。私は床の拳銃を拾ってポケットに入れた。頭を血に染めた若い男は、身動《みじろ》ぎもしない。

　風が強かった。雨はやんでいる。

　海岸の方へ歩いた。道路は危険だ。波の音がした。砂が足をとりはじめた。何時なのか、見当もつかない。夜中で、星も月も出ていないことだけは確かだ。倒れている時、外が明るかったことが、一度あった。とすると、夜が明け、再び夜になったということだ。波打際が近づいてきた。私は打ち寄せてきた波を掌で掬《すく》い、海水で顔を濡らした。

苦労して、岩場をひとつ越えた。海沿いの県道の明りが見えた。車は走っていない。歩かなければならない距離を、私は頭の中で計算した。大丈夫だ、歩ける。自分に言い聞かせた。長い砂浜だった。

波の音がした。開け放った窓から、光が射《さ》しこんでいる。カーテンがかすかに揺れていた。

なにもない、粗末な部屋だ。ベニヤの壁には紺色のコートが掛かっているだけだし、床は板で、逆様にしたビールの空ケースには、急須《きゅうす》と湯呑《ゆの》みがあるだけだ。ほかには、折り畳みの椅子がひとつある。その上に、私の服がきちんと畳んで置いてあった。

記憶は、はっきりしていた。ずっと砂浜を歩き続けてきた。何時間だったのかはわからない。ここへ着いた時、まだ陽は昇っていなかった。傷の手当てをして貰《もら》ってから、ベッドを借りた。何時間眠ったのか。

「やはり、医者に見せた方がいいんじゃありませんか。苦しそうな息をしておいででした」

藤木年男は、部屋の隅のガス台でなにか作っていた。医者は呼ばないでくれ、と私は入ってきた時に言った。面倒なことになる気がしたのだ。藤木は、自分で私の傷を手当てした。立派なものだった。道具さえあれば、医者の代りだってできそうなくらいだ。

「誰も来なかったか？」

「あなたを追ってですか？」

あのビーチ・ハウスから『レナ』まで、砂浜にずっと私の足跡が残っているはずだ。連中は道路の方を捜したのか。それとも、捜したりはしなかったのか。

「何時だい、いま？」

「四時、夕方のね。朝からいい天気ですよ」

「二十日、金曜の午後四時だな」

水曜の夜の仕事が終ったあと、私はビーチ・ハウスへ連れていかれた。サンド・バッグになっていたのは、丸一昼夜くらいか。

「何時ごろ、俺はここへ来たのかな？」

「今朝の、四時少し前でしたよ。私は店でひとりで飲んでいました。でなければ、気がつかないところでしたよ」

藤木が、湯気の立った飲物をコップに入れて持ってきた。湯の中に蜂蜜《はちみつ》が溶かしてあった。甘さが、躰にしみわたった。

「躰の外側の傷は、一応手当てがしてあります。だけど、内側が心配ですね。寝ておられる時の息が、ひどく苦しそうでしたから」

「確かに、胸がむかついてるよ。だけど怪我《けが》のせいじゃないんだ。内臓はどうにもなっちゃいない。なんとなくわかるんだ、俺にゃ」

「怕いのは内側ですよ」

「ここにいると、迷惑なのか？」

「それは構いません、こんなところでいいんでしたら」

物置のような部屋だ。藤木のねぐらになる前は、多分物置だったのだろう。『レナ』の二階。ここがなければ、私はどこかでぶっ倒れて救急車で運ばれたか、それとも連中につかまってしまっただろう。

藤木は、事情を訊《き》こうとしなかった。避けている、というより無関心に見える。甘い湯を胃に流しこみ、私はまたベッドに横たわった。気分はそれほど悪くない。ただ躰が痛むだけだ。それも決まった個所ではなく、疼痛《とうつう》が全身を駈《か》け回っている。

私は眼を閉じた。波の音に耳を傾けた。そのうち、また眠った。

再び眼を醒《さ》ました時、部屋は暗かった。階段を昇ってくる足音がした。

「こんなものを作ってみました。少しは召しあがった方がいいでしょう」

藤木は赤いベストに蝶《ちょう》ネクタイを結んでいた。明りが眩しくて、私はすぐに眼を閉じた。

「友だちが訪ねてきて、風邪で寝こんじまった、とママには言ってありますから」

「何時だ？」

「もうすぐ十二時です。よくおやすみでしたよ」

「ジン・トニックを一杯やりたいな」

「傷によくありませんね。あとでつらい思いをします」

波の音はまだ聞えていた。いくらか遠く感じられるのは、窓とカーテンが閉められているからだろう。

藤木が降りていくと、私は眼を開いた。神崎に電話を入れなければならない。捜索願でも出されるとややこしいことになる。

躰を起こした。食欲をそそる、いい匂《にお》いがした。ビールの空ケースの上に、ポタージュスープとスパゲティが載っていた。電話は明日でいい。腹を満たすのがさきだ。

思ったほど食えなかった。スープを飲み、スパゲティを半分平らげると、五百グラムのステーキを胃に詰めこんだような気分になった。

煙草が喫《す》いたい。椅子の上に畳んで置いてある上着のポケットを探った。パッケージは潰れ、煙草は皺だらけだった。ポケットからは、拳銃も出てきた。ベレッタ。よく手入れがしてある。私にむけて引金が引かれた。弾が出なかったのは、スライドが引いてなかったからだ。リボルバーだったら、私の胸には穴があいていただろう。あの若い男は死んだかもしれない。テーブルがぶっ壊れるまで、頭を殴りつけたのだ。

徳用マッチで煙草に火をつけ、私は拳銃から弾倉《マガジン》を抜いた。五発入っている。弾倉を戻し、スライドを引いて薬室《チェンバー》に一発送りこんでから、安全弁をかけた。枕《まくら》の下に入れておく。

笹井や年嵩の男が、ここまで追ってこないともかぎらないのだ。

煙草もうまくなかった。明りを消し、私はまたベッドに潜りこんだ。しばらく眠れなかった。階下の酔客の声と、波の音が入り混じっていた。


男が二人、ベッドのそばに立っていた。窓の外はもう明るい。

「諦めな」

ひとりが言った。連中ではなかった。二人とも知らない顔だ。ひとりは拳銃を握っている。私は右手を枕の下に入れ、ベレッタ・ミンクスの安全弁をはずした。

「おまえのいる場所は、この世にはねえんだよ」

「起きな。待ってやるぜ。寝たままくたばりたかねえだろう」

私は肘をついて、ベッドの上に躰を起こした。右手はまだ枕の下だ。

「おい」

ひとりがふりかえった。

「こいつ、やけにでかくないか?」

「立花《たちばな》じゃねえのか、おまえ?」

「立花は後ろさ」

言いながら、私は枕の下から二発続けて撃った。籠《こも》った音がして、枕に黒い焦げ跡が残った。ひとりは肩、もうひとりは右腕に命中した。ほんの二、三メートルの距離だ。

「消えちまえ。ここに立花なんて名前の男はいない」

「誰だ、てめえは？」

　私は拳銃を構えていた。二二口径だ。二人とも大したダメージは受けていない。それでも指さきまで血が流れ落ちてきて、床に滴った。

「俺はこの店のバーテンさ。きのう雇われたばかりだがね。顔《つら》を見りゃわかるだろう、揉《ゴ》め事《タ》に巻きこまれて気が立ってる。今度は、どてっ腹にいくぜ」

　ひとりが、床に落ちた拳銃を拾おうとした。やめろ、と私は言った。二人は階段の方へ後退していった。点々と血の痕《あと》が残った。

　五分ほどして、藤木が駈けあがってきた。私はベッドに横たわっていた。藤木は拳銃を握っていた。ワルサーの自動拳銃《オートマチック》だ。

「私を捜しにきた連中だったんですね？」

「銃を拾っておけよ。肩を撃っただけだ、また来るかもしれん」

「海にでも棄《す》てておきましょう」

「すごいのを持ってるじゃないか。やつらが来るのはわかってたんだな」

「おもちゃですよ、これは」

　藤木が白い歯を見せて笑い、ワルサーを尻のポケットに落としこんだ。

「島岡組のチンピラが、君を怕がった理由がわかった。廻状《かいじょう》が出ているな」

「なんの話です？」

「連中は頼まれた仕事をやりにきたんだ。立花と呼んでいたが、顔は知らなかった。特徴くらいは知ってたんだろう、俺がでか過ぎると言ってたよ」

私は上体を起こして煙草をくわえた。藤木が窓の外に眼をやった。

「あのチンピラから、ここが割れることはわかってたんだろう。なぜ消えちまわなかったんだ？」

「どこへですか？」

腰を屈《かが》め、藤木は床の血を指で拭った。

「肚《はら》をくってるのか、ここでやつらを待って撃ち合いをすると。次から次へ、新しい連中が現われるぜ、多分」

「でしょうね」

「自殺するようなもんじゃないか。そうしたいような理由《わけ》があるのか？」

「わかりません。どうでもいいんですよ。それより、川中さんにはかえって御迷惑をかけてしまいました」

「人違いとわかりゃ、連中は引きあげただろう。撃ったのは俺の気紛《きまぐ》れだ」

藤木が煙草をくわえ、窓を開けた。波の音が大きくなった。煙が外へ流れ出していく。

「どうしようもないことなのか？」

藤木は答えない。笑っただけだった。

9　新聞屋

シャワーを浴び、下着を替え、ジン・トニックを一杯ひっかけると、ようやく自分の部屋に帰ってきた気分になった。

まったくひどい顔だった。十五ラウンド闘ったボクサーだって、もう少しましな顔をしている。鏡を叩《たた》き割ってやりたくなった。

溜《た》まっていた新聞に、ざっと眼を通した。これといった事件は起きていない。新しくできた橋のテープカットをしている稲村の写真が、眼につくくらいだ。

チャイムが鳴った。午後二時だった。

「なんて顔《つら》をしてやがる、と冗談を言ってる場合じゃなさそうだな」

神崎が眉《まゆ》を寄せた。

「俺も焼きが回っちまったみたいだ」

「やった野郎は？」

「半分だけ、礼をしてきたよ」

「命があったのを喜ぶんだな。俺たちゃ長いこと荒事から遠ざかってた。毎晩酔っ払いの相手ばかりしてな。つまり、忘れちまってんだよ」

神崎が紙片をテーブルに置いた。

「例の男の宿《ヤサ》だ」

城北信用の探偵を雇った男が、午後一時に駅前の『虹』で報告を受けたはずだ。神崎はその男を尾行した。

「諦める様子はなさそうだな」

「探偵さんは、ドブの底まで浚《さら》えと言われてる。あんたの弟は、この街のどこかにいるんだ。そいつは間違いねえだろう」

狭い街だったが、たったひとりの人間を捜し出すとなると、どんな方法がいいのか私にもわからない。多分、人間関係から探っていく。それが定石だ。ということは、もう探りつくされているにちがいないのだ。いまさらはじめたところで、無駄骨に決まっていた。それに私は、新司の人間関係などほとんど知りはしない。

「それから、妙な男が二人、きのう店に飲みにきたそうだ。連れてきたのは、島岡組の幹部連中らしい。内田が気を利かしてな、耳打ちしてきやがった。素人《トウシロ》じゃなさそうなんだな。ここへ来てあんたに拳銃《チヤカ》を突きつけたってのは、そいつらじゃねえのか?」

「ちがうな」

「ふうん、やけにはっきり言うな」

多分、藤木を追っている連中の方だろう。私の銃弾を受けている。銃創の手当てをしてくれる医者を捜さなければならないはずだ。この街に、そういう医者がいるという話は聞かない。街から出ていったか、それとも島岡組のつてでなんとかしたか。

「仕事はどうする？」

「書類なんか、ここへ運ばせようか」

「いや、月曜にゃ事務所へ出るつもりだ、時間があればの話だが。俺が行けない時は、あんた適当に片付けといてくれ」

「そりゃ構わねえが、俺はそばについてた方がいいんじゃねえかな」

「もうドジは踏まんよ。これだけ痛い目を見たんだ、懲りたよ」

十年前、私のそばにはいつも神崎がいた。つまらぬことで私が命を落とすにちがいないと、勝手に思いこんでいたのだ。

「ここは危《やば》いんじゃねえか」

「実は、誰か現われるのを待ってるんだ。どうやら無駄みたいだな」

来るとしたら、笹井とあの年嵩の男だろう。だが警戒しているはずだ。私は拳銃も持っている。

「俺はずっと事務所にいることにする。なにかあったら電話をくれ」

神崎が、白髪にちょっと手をやって立ちあがった。

車は目立たない路地に駐《と》めた。シティホテルに人影はない。十二時を回っていた。気分はずっとよくなっていた。五、六時間眠り、腹も満たしてきた。

五階でエレベーターを降りた。五二四号室は、廊下の端の非常口のそばだった。ノックする。上着のポケットに突っこんだ右手には、拳銃を握っていた。すぐに誰何《すいか》が返ってきた。まだ眠ってはいないらしい。

「川中だ」

急いで近づいてくる気配がした。ドアが薄目に開いた。私は靴のさきを隙間に突っこみ、肩でドアを押した。

ベージュのシャツを着た、三十くらいの男だ。小肥りで、髪をきちんと分け、出張中のセールスマンとでもいった感じだった。

シングル・ルーム。ほかに誰もいる気配はないが、バスだけは覗《のぞ》いておいた。

「誰だ、君は？」

「川中だと言っただろう。そのまま退がってベッドに腰かけろ」

ポケットから拳銃を出した。安全弁はかけてあるし、引金には指をかけなかった。暴発事故は大抵引金に触れた時に起こる、とアメリカでポリスあがりの射撃場長《レンジ・マスター》に教えられた。自動拳銃《オートマチック》では特にそうらしい。

「君は拳銃を見たことがあるかな？　小さいが、こいつは本物なんだ」

「ベレッタ・ミンクス」

ベッドに腰を降ろして、男がちょっと笑った。私は、洋服簞笥《だんす》の上着のポケットを探り、名刺入れを見つけた。ほかにには、書き物テーブルに札入れと手帳があるだけだった。手帳には、私にわかることは書かれていなかった。私は名刺を一枚つまみ出した。

「阿部《あべ》清《きよし》。この『新経《しんけい》タイムス』というのは、業界紙だな。社長さんか、君が」

「川中良一《りょういち》さんですね？」

「そう、偽名を使ったわけじゃない」

「拳銃をしまってくれませんか」

「話次第だな。一発食らうか、俺のような顔《つら》になるか、君がどこまでほんとうのことを喋るかによる」

「ひどい顔ですね、言っちゃ悪いが」

阿部は落ち着いていた。私は椅子に腰を降ろし、拳銃をポケットに戻した。銃を突きつけて話した方がいいタイプには見えない。

テーブルには、飲みかけのビールと灰皿があった。吸殻は全部ハイライトで、フィルターに同じ嚙《か》み跡がついている。

「一杯やりながら話しませんか」

「状況は変ってないんだぜ。拳銃がポケットに隠れてるってだけのことさ。君はそこから動くな」

私は煙草に火をつけた。

「マイクロフィルムが欲しいんだろう？」

阿部の表情が動いた。

「あなたが持っているんですか？」

「質問は俺がする。君は答えるだけだ」

「見たいですね、是非」

「欲しいのか、と訊いてるんだ」

「欲しいですよ、そりゃ」

「いくらで買う？」

「待ってくださいよ。私にそんな金があるわけがない」

「だから、探偵なんかを使って奪おうってわけかね？」

「捜しているだけですよ。取材して記事にしたいんだ。仕事ですからね」

「欲しいと言ったじゃないか」

「くれるというんならね。一生遊べる金になるんですから。記事を売るだけだって、かなりの金になる。私の新聞がどういうものか、見当はついているでしょう」

「東洋通信機なら、いくらで買うと思う？」

「どうだろうな。丸山って男の肚は簡単には読めません。それより」

「君が買手を捜してくれるか。いくらかのマージンを取って」

「五億で売れますよ、少なく見積もっても。川中の話がほんとうだとしたらですが」

「ふうん」

はったりかどうかは、わからなかった。だが、億単位の金が絡んでいるのなら、稲村が登場してくるのも頷ける。私の顔や躰の痣《あざ》だって安いものだ。

新司は、金のためにそれを持ち出したのだろうか。のどのあたりが、ムズムズしてきた。私は煙草を消した。

「マイクロフィルムには、なにが写ってるんだ？」

「なにがって」

阿部が探るような視線をむけてきた。

「どういう機密なのか知っているから、君は弟を捜してるんだろう？」

「あなたは、川中新司の代理人として、ここへ来たわけじゃないんですか？」

「実の兄だ。必要ならいつでも代理人になるぜ」

「しかし、研究の内容についちゃ、なにも御存知ない。川中とは会っておられませんね」

私は笑った。ポケットからもう一度ベレッタを摑み出した。底は割れたのだ。こいつにものを言わせるしかない。

「よしましょうよ、川中さん。知っていることは喋りますよ。別に隠さなけりゃならないわけでもないんだから」

私はテーブルにベレッタを置いた。

「なにが写っているフィルムなんだ？」

「新型の、レーザー発振器の設計図です。きわめて画期的なものだという話ですよ」

「レーザー光線ってやつかい？」

「つまり、その光線を出す装置のことです。二年前、理論的には従来のものとまるで違うものができる、という見通しは立ったらしい。それでN市工場に第二研究室を設けて実験を続けたんですね。ひと月前に完成した。だがどういうわけか、設計図をマイクロフィルムに収めると、装置は破壊されてしまった。そして、実験に携わっていた技術者たちが外国に飛ばされはじめたんです。いまでも残っているのは、川中ひとりくらいでしょう」

「飛ばされたというと？」

「詳しくはわかりませんね。東洋通信機にはいろいろあるんですよ、われわれの飯のタネになるようなことがね。特にあの丸山だ。実質的にはN市工場が本社で、権力はすべて丸山に集中している。東京の本社は営業所みたいなもんですよ」

「業績はいいっていう話じゃないか」

「五年前に倒産しかかりましたよ。それで丸山がN市工場に乗りこんできた」

「丸山に手腕があった、ということになるんじゃないか」

「新しい技術や製品を開発したわけじゃない。市況が急上昇したわけでもない。経営努力が実を結ぶにしちゃ、時間が短過ぎる。なにかキナ臭いんだな」

レーザー光線についての私の知識は、皆無に等しかった。新聞などで、技術が実用段階に入っていることを知るくらいだ。たとえば、グラスファイバーに光線を通したケーブルを使えば、従来の電話ケーブルでは想像もできない量の回線を乗せることができるらしい。レーザーメスの話も読んだことがある。しかし、レーザー光線そのものがなんであるかは、まったく知らない。

「その装置ってやつは、どんなふうに画期的だったんだ？」

テーブルに出したままだった拳銃を、私はまたポケットに収《しま》った。阿部がちょっと笑った。

「完成したと電話で聞いただけです。具体的な話をしたわけじゃない。ただ、人工ルビーに代るレーザー媒質だろう、と私は思いましたよ」

「俺にわかるように話せよ」

煙草を一本くれ、という仕草を阿部がした。テーブルにあったハイライトとライターを、私は抛《ほう》った。

「強力な閃光《せんこう》を棒状のルビーに当てて集光し、増幅して放つ、簡単に言えばそれがレーザー光線です。普通の光は拡散するが、レーザーには拡散しない性質があります」

「現にレーザー光線があって、実用化だってされてるんだろう。なにが画期的なんだ？」

「確かに、通信手段などでは実用の域に入ってきている。つまり技術《ソフト》はかなり進んできているということです。しかし、たとえばそれを兵器産業に応用するとなると、やはり壁があるんです。本体《ハード》の壁がね。レーザー銃《ガン》というのは知ってますか？」

「SF映画に出てくるあれか？」

「レーザー光線はあるのに、現実に銃《ガン》は存在しない。あれば大したものですよ。拳銃の弾からミサイルまで、なんでも宙を飛ぶ時は抛物線《ほうぶつせん》を描く。重力には逆らえませんからね。しかし光線は直線で、そして文字通り光の速さで飛ぶ。なぜ銃《ガン》ができないか。できないことはないけど、人間ひとりを一瞬で焼き殺すのに、トラックみたいな装置が必要なんです」

　阿部が煙草に火をつけた。癖なのか、唇を開き歯でフィルターを噛んでいる。

「つまり、装置を小型化できれば、レーザー銃《ガン》が可能になるわけか？」

「銃《ガン》だけでなく、兵器産業の革命ですよ。レーダーだって電波でなくレーザー光線を使えるし、早期警戒機に搭載できる強力な発振器があれば、そのままミサイル迎撃機にもなりうる。核融合爆弾だって不可能じゃなくなりますよ」

「水爆のことだろう、核融合爆弾ってのは？」

「確かにそうです」

阿部が私の顔を見て笑った。フィルターを嚙んだまま喋るので、言葉の間に空気の洩れる音がした。

「しかし、純粋な核融合爆弾じゃない。簡単に言えば、原爆の熱エネルギーを利用してプラズマを閉じこめ、核融合を起こす。つまり、原爆が起爆装置になっているんです。だから放射能も出るし、死の灰も降る」

「レーザー光線が、原爆の代りをするというわけか」

「構想の段階でしょうがね。超小型で強力な発振器が開発されれば、実現に一歩近づくことは確かでしょう」

私は新しい煙草に火をつけた。

「科学の講義はそれくらいにしておこうぜ」

阿部はまだ喋り足りなそうな顔をしている。最初に顔を見た時にセールスマンのようだと思ったが、その才能は確かにある。私とは初対面だ。しかもいきなり拳銃を突きつけた。その相手に対してこれだけ喋っている。

「五億じゃ安過ぎやしないか。君の言うことが全部ほんとうだとしたら」

「私は、その発振器の現物を見たわけじゃありませんよ。川中から具体的な説明も受けちゃいない。五億というのは私が考えた最低の線で、上限がどれくらいかは見当もつきません。確かなのはマイクロフィルムにその発振器の設計図が写っていて、それを川中が持っているということだけです。そして私なら、川中よりずっといい条件でそれを売ることができる」

「その発振器は、極秘なんだろう。君はどうやって知ったんだ？」

「私はかつて東洋通信機の社員で、川中と同僚でした。東京にいる時はしばしば会っていたし、研究の内容も聞いていましたよ。私の専門も量子エレクトロニクスでしてね」

「技術屋が新聞をはじめたのか。丸山に飛ばされた、そんなところかな」

「まあ、あの男に含むところはありますね」

阿部は、歯形のついたフィルターを弄《もてあそ》んでいた。火は消えてしまっている。

「新司が持ち出したのは、自分の研究ということなのか」

「十日ばかり前でしたよ、所長室の金庫に保管されているマイクロフィルムを持ち出すという電話があったのは。フィルムの所有権が川中にあるのかという法律論は別にして、彼は科学者としての良心に従ったのだと思いますね」

「良心？」

金に眼がくらんだのだと、この男は考えないのか。それほど新司を知り尽しているのか。

「丸山のやり方が許せないんだ、彼は。だけど根がお人よしだからな。切札を握った上で、丸山との妥協点を探ろうとしているんじゃないかと思います」

「君は新司とは会ってないんだろう？」

「どうにもならなくなったら、私の新聞を利用する気でしょう。それまで会う必要はない。私がここにいることは知ってるはずです」

「なぜ捜すんだ、探偵を雇ったりして？」

「丸山との妥協点などない、と私は思ってます。だから捜している。見つけ出して、川中と研究をこみで、別の会社に売りつけるんです。金の臭《にお》いを嗅《か》ぎつけたハイエナみたいなもんですが、多少の道義心は持ち合わせている。断言してもいいが、丸山は川中の研究をおぞましいものに変えますよ」

新司はやはりこの街にいるのか。丸山となんらかの交渉をするために、ここにとどまっているのか。それは金のためなのか。それとも、もっと別のもののためか。

「新司と丸山が接触している、という気配はないんだがな」

「そうですか。そこまでは私にもわかりません。ただ、あのフィルムを持ち出すのは、急を要していた。一緒に研究していた二人の技術者が外国にやられ、川中もいつ飛ばされるかわからない状態でしたからね。持ち出しはしたものの、扱いかねているということは考えられますよ」

私は立ちあがった。阿部には、どこか信じきれない部分があった。お喋りの男は好きになれない。嘘《うそ》を胃の中で消化して吐き出してくる。喋っている方も聞く方も、どこまでが嘘か判別できなくなってしまうのだ。

「あなたを襲ったのは？」

「わからん。君の仲間じゃなかったのか？」

「私が雇っている連中は、あなたに歯が立たなかった」

阿部が笑った。肚ではなにを考えているかわからないにしろ、顔だけは愛想《あいそ》のいいセールスマンだった。

10　三号埠頭《ふとう》

日曜日だった。

躰はほとんど元の状態に戻っていた。鏡を見なければ、だ。腫れはひいていたが、痣はいまいましいほど濃くなって顔に貼《は》りついたままだった。

正午過ぎに、美津子が現われた。黒っぽいドレスに黒い無地のスカーフを巻き、喪に服している女のように見えた。しかも、それがなんとなく似合っている。

「きのうの晩は、どこへ行ってたの？」

窓際の揺り椅子に坐《すわ》っている私の肩に、彼女の手がかかった。

「女房みたいな言い草じゃないか」

「神崎さんに聞いたの、ひどい怪我をしてるって。十二時過ぎに来てみたんだけど、いなかったわ」

「俺がシティホテルへ行ったのも、十二時過ぎだった。君はどこかで飲んだくれてるんだろうと思ったよ」

「行き違いだったわけね」

冬は海から来る。私はそう思っていた。この窓から、何年も秋の海を見てきた。

美津子が、私の顔に軽く指で触れた。彼女と接吻したことを、不意に思い出した。夢の中でだ。いや夢ではなく、眼醒《めざ》めたまま想像していたのかもしれない。

「お昼ごはんは？」

「下のレストランから運んで貰ったよ」

「寝てなくてもいいの？」

「俺が新司の代りにぶん殴られたからって、君が看護婦をすることはないんだぜ」

「心配しているのに、ひどい言い方ね。金曜日にも来てみたのよ。事務所に行っても出てないっていうから」

漁船が喘《あえ》いでいた。風のない日でも、秋の海はなぜか荒れている。煙草をくわえると、美津子がマッチの火を差し出してきた。焔《ほのお》を覆うようにした掌に、深い条《すじ》が三本くっきりと刻みこまれている。

「森川圭子ってのは、どんな女なんだい？」

私は立ちあがり、キャビネットからグラスを二つとマーテルを出した。

「あの娘《こ》、なんとかいう男に強引にプロポーズされて困ってたわ。駅前の、古いお店の息子よ。お茶を売ってるって話だったわ」

「石塚商店だな」

「知ってたの？」

「男をそそるいい女らしいな。新司が惚《ほ》れちまうくらいなんだから。俺も一度会ってみたいもんだよ」

美津子の表情は動かなかった。私は煙草を消し、立ちあがった。

手を伸ばして美津子のスカーフを解いた。白い首筋から、香水の香りが漂い出てくる。スカーフにも香りはしみついていた。

「抱いてやろう。寂しいから俺のところへ来るんだろう？」

情欲はなかった。私にあるのは、美津子がどう出るかという好奇心だった。

髪に触れる。しっとりと湿った髪だ。美津子はまだ、曖昧《あいまい》な笑みを顔に貼りつかせている。

左腕を腰に回して、美津子の躰を引き寄せた。同時に右手で胸を探る。柔らかで、意外に大きな脹《ふく》らみだった。彼女の躰が硬直した。両手で私の胸を押し返してくる。力は緩めなかった。抵抗が激しくなる。手管を心得た女のやり方ではなかった。

両腕で抱き寄せ、隙を狙って唇に唇を押し当てた。頭がのけ反る。固く、かすかな湿りを帯びた唇だった。湿っているのは口紅のせいだ。歯はしっかり嚙み合わされていて、私の舌を受け入れなかった。

夢とはだいぶちがう。私は彼女の躰を放した。また揺り椅子に戻り、煙草をくわえて窓の外に眼をやった。荒い息遣いが、ひとしきり背後で続いた。

「ひどいことをするのね」

「君とは義理の仲だ。別に近親相姦《そうかん》にゃならんぜ」

深い色を湛《たた》えた秋の海は、底に妙に兇悪《きようあく》なものを感じさせた。喘いでいた漁船が、いつの間にか見えなくなっている。この海が呑《の》みこんだとしても、別に不思議はない。

「からかっただけなのね？」

「貞操堅固じゃないか。見直したよ」

「女に恥をかかせるものじゃないわ。はじめたら最後までやるべきよ」

挑発するような言葉だったが、精一杯の強がりだということはわかった。声が慄《ふる》え、うわずっている。

新司がなにを持ち出したか、美津子は知っているのか。それがどれほどの金になるかも、知っているのか。

「脱げよ。裸になれ」

私は海を見ていた。一度も彼女の方をふりかえらなかった。

「お望み通り、最後までやろうじゃないか」

彼女が身動ぎをした。鳶《とび》が舞っていた。嘆息が聞えた。荒れた海では餌《えさ》が見つからないのか、鳶はいつまでも舞い続けているだけだった。

「この部屋へあたしが来るのが、気に入らないのね」

「どこまで知ってるんだ、君は？」

「その質問は三度目だわ」

「そして一度も答えちゃいない」

私は揺り椅子から立ちあがった。彼女が二、三歩後退《あとじさ》りをした。

「新司が盗み出した機密というのは？」

「知るわけないでしょう」

「やつは俺に連絡してくる、君はそう思ってるんだな？」

「わかんない。でも頼りにしてるとは思うわ」

「嫌われていたはずだがな」

いつ会っても、新司は他人行儀だった。私の前科が新司をそうさせている、というのは

ったのだ。

考え過ぎだろうか。十年前は、こんなふうではなかった。時には私に甘えたりもする弟だ

「怕がってはいたかもしれないけど、嫌ってはいなかったわ。ほんとうに危険な状態に追いこまれたら、あの人は必ず義兄《にい》さんを頼るはずよ」

「そんなに危険な状態だと思うのか？」

「誘導尋問みたいなことはやめて、お願いだから。義兄さんの怪我を見れば、あの人だって安全じゃないことくらいわかるでしょう。あたしはただ、あの人の消息が義兄さんを通して入ってくるんじゃないか、と思っているだけよ」

私は手を伸ばして彼女の髪を摑んだ。痛いわ、声は小さかった。私が訊きたいのは、なぜ新司の消息を知りたがるのか、ということだった。亭主だからなのか。それとも別の理由があるのか。多分、喋りはしないだろう。手に力を入れた。彼女の顔が歪んだ。いまは、ほんとうの苦痛が歪ませているはずだ。

「ホテルで大人しく酒瓶でも抱いてろ。君には男よりそっちの方がよく似合う」

手を放した。視線が合った。潤んだ眼だった。私の方からさきに眼をそらした。窓際に行き、彼女が出ていくまでずっと荒れた海を眺めていた。

電話が鳴った。午前一時。私はまだ眠っていなかった。

「兄さん」

地の底から響いてくるような、低い聞き取りにくい声だった。

「出られるか、いま？　急ぐんだよ」

「寝酒をやってたところさ」

タンブラーを軽く振って、氷を鳴らした。三杯目のジン・トニックだ。

「急ぐんだよ」

「外出には遅過ぎる時間だぜ」

私は、妙なわだかまりを捨てきれないでいた。こいつはただ俺を利用しようとしている、そう思った。顔を合わせても、ひと言も口をきかないこともあった。こんな時にだけ利用するのか。わだかまりは、磯のフジツボのように私の心に貼りついていた。

切迫した状況であることは、口調が物語っている。それを無視するように、タンブラーに半分ほど残っていたジン・トニックを飲み干した。

「助けてくれ、兄さん。困ってるんだ」

「頼むのか、おまえが俺に？」

息遣いが聞えた。不意に、私の心からフジツボが離れた。

「兄さん、俺はいま」

「わかった。行ってやるよ。どこにいる？」

「港湾事務所の前の電話ボックスだ」
「そこで待ってろ、十分で行くよ」
「ここじゃまずい。目立ち過ぎるんだ。三号埠頭《ふとう》に倉庫が二つ並んでるだろう。その間に隠れてる」

N港に出入りするのはほとんど遠洋漁船だが、時折五千トンクラスの貨物船も入ってくる。それが接岸できるのは三号埠頭だけで、クレーンや倉庫も揃《そろ》っていた。

私は上着をひっかけ、ポケットに拳銃を放りこんだ。

街は寝静まっていた。定期便のトラックと一度擦れ違っただけだ。

港に入ると、街灯も少なくなった。スピードを落とす。舳先《へさき》を並べた白い漁船が、闇にぼんやりと浮かんで見える。

三号埠頭に船はいなかった。人影もない。倉庫の前で、クラクションを二度短く鳴らした。闇に眼を注いだ。気配はない。私はドアを開けた。

女の悲鳴が聞えた。遠くない。倉庫の角を曲がったあたりだ。私は走った。むこうでも足音が入り乱れた。

車が走り去るところだった。自分の車に駆け戻った。スタートさせる。倉庫の角を車体を傾けながら曲がる。まだ見えていた。二百メートル以上の距離がありそうだが、ほかに車はいない。

間隔はすぐに詰まった。鈍重な車だ。カーブのあとの加速がひどく悪い。ステーションワゴンか。いや、車高が高い。さらに間隔を縮める。車種が見てとれた。ブロンコ・レインジャーXLT。フォードの四輪駆動車だ。この街には一台しかない。市長の甥《おい》が得意げに乗り回しているのを何度か見かけた。

不用意に接近することはできなかった。たとえうまく前へ回りこんだとしても、BMWを軽く跳ね飛ばすくらいの馬力はある。

焦《じ》れてきた。この化け物を停める方法はないのか。拳銃でタイヤを狙え。しかし弾は三発しかなかった。もっと接近するのだ。一発で確実に停めたい。左手に拳銃を握った。

ブロンコが、不意に右に曲がった。橋の手前だった。私はブレーキを踏んだ。土手の急坂を降り、河川敷を突っ切り、水の中へ入っていくブロンコを、舌打ちしながら見送った。

Uターンした。港へ戻った。

悲鳴のしたあたりを、懐中電灯で照らしながら歩いてみた。誰も悲鳴は聞きつけなかったらしい。港は相変らず眠っていた。

積みあげられた木箱の蔭《かげ》に、青い服の男がひとり俯せに倒れていた。背中に血のしみが拡《ひろ》がっている。

抱き起こした。新司ではなかった。軽い躰だった。

声が洩れた。背広を着ているが、女だ。右手に、しっかりとジッポーのライターを握りしめている。

ドアは開いていた。

私は足音をたてて階段を昇った。

闇。スイッチのありかはわかっている。

「俺だ、川中だ」

声をかけた。それからスイッチを入れた。

藤木は、ベッドと反対側の壁に背中を押しつけていた。右手にワルサーを握っている。眩しそうに眼を細め、掌で光を遮りながら私の姿を確かめると、また眼を閉じた。額にびっしり汗が浮いていた。

「なぜ消えちまわない。相手が二人以上いれば、君に勝目はないぜ」

「店は休みですよ、川中さん」

「頼みたいことがあってきた。怪我人をひとり預かってくれ」

「怪我人？」

「車の中だ。運ぶのを手伝ってくれないか」

「強引な人だ。こちらの意向も訊かずに」

藤木がワルサーを尻のポケットに入れた。

女は助手席で気を失ったままだった。出血がひどく、背中に当てた私の上着にも血がしみている。

「女性ですね」

膝を抱えた藤木が言った。毀《こわ》れ物を扱うように、慎重に私は上体を抱えあげた。

「病院に運ぶべきだな、これは」

「そいつはちょっとまずいんだ。手当ても君がやってくれないか」

「バーテンですよ、私は」

「俺の怪我はうまく処置してくれたじゃないか」

「正気ですか、川中さん？」

「君は怪我を扱い馴《な》れてるみたいだ。なぜだか知らんがね。君の手当てを受けて、それがよくわかったよ」

ベッドに俯せに横たえても、女は身動ぎをしなかった。脈はあるし、呼吸もしている。

藤木が店から刺身庖丁《ぼうちょう》を持ってきた。

「道具だって、なにもありませんよ」

女が着ている背広やシャツを、藤木は丁寧に切り裂いていった。

白い肌に、十センチほどの傷が、パクリと口を開けている。

「刺されたんじゃなくて、斬《き》られたようですね。肋骨《ろっこつ》で止まって、内臓までやられちゃいない。だけど、やはり病院だな」

「ここでなんとかしてくれ」

「傷口が開かないように縫わなくちゃなりませんよ。そうしておけば、出血は自然に止まるはずだ」

私は肩を竦《すく》めた。何度か大きな怪我はしたが、他人の怪我の手当てまでした経験はなかった。

「裁縫みたいに縫うんですよ、しかも木綿糸で。傷痕だってひきつれて醜く残ってしまいます」

「俺がやるより、ましだろう」

「破傷風だって怕い。無茶ですよ」

それでも藤木は肚を決めたのか、ガスに鍋《なべ》をかけ、糸と針を放りこんだ。まだなにか呟き続けている。

「島岡組が直接手を出してはこなかったようだな」

藤木は鍋の中を見ていた。

「だが君を狙っている連中は、島岡組を通じて、君がまだここにいることを知っただろうな」

「危険ですよ。人を預かれる場所じゃない」

「この女も危険だ。たとえ一緒に殺されることになっても、君なら文句を言わんだろうと思った」

低い声で藤木が笑った。

鍋が沸騰し、湯気が部屋に満ちた。私は腰をあげた。

「帰らないでくださいよ。暴れたら押さえて貰わなくちゃならない。麻酔なんて便利なものはここにはないんですから」

藤木が鍋の湯を流しにあけた。湯気がいっそう濃くなった。私は女を見降ろした。傷は、首の下から背骨に沿って縦に走っている。血に汚れていない部分の肌の白さが、際立って眼をひいた。ショート・カットで、首は細く、骨格は華奢《きゃしゃ》だった。

11　ジョーカー

私の声を聞いて、阿部はすぐにドアを開けた。

ホテルのお仕着せの寝巻を着て、髪が寝乱れている。私は札入れの札を全部抜き出してテーブルに放り出した。阿部の眼が、チラリと動いた。

「君の探偵を叩き起こせ。仕事をして貰わなくちゃならん。こいつは特別手当てってわけさ」

「川中から連絡があったんですか？」

「そうだ。だが先を越されちまった。もうちょっとってとこだったんだがな」

「丸山ですか？」

「わからん」

私は煙草に火をつけた。阿部がテーブルの札に手を伸ばし、念入りに数えはじめる。下卑た仕草だった。四十二、呟きが聞えた。

「車を捜して貰いたいんだ。ブロンコ・レインジャーっていう、いかついやつさ。吉田川《よしだがわ》の河川敷にすぐわかる車輪の跡が残ってるはずだ。河を溯《さかのぼ》っていったが、どこかで対岸に渡ったかもしれん」

「車で河を渡ったんですか？」

「六千五百もある四輪駆動《ヨンク》の化け物《もん》だ。白っぽい色だったが、はっきりはわからんな。ベージュかグレーかもしれんし」

「拉致《らち》するのに、そんな車を使った理由はあるんでしょうね？」

「多分な」

阿部が電話に手を伸ばした。相手はすぐに出た。私が言った通りのことを、阿部は忠実にくりかえした。

「見つけたら知らせてくれ。俺は弟を助けたいだけで、レーザー光線なんかに興味はない。

そっちの方は君に任せるよ」

「どうかな。だけど川中を奪い返すまでは呉越《ごえつ》同舟でいきましょうや。われわれだけでやるのはちょっと骨だ」

阿部が笑った。

エレベーターは使わなかった。階段で四階へ降りた。

四〇二号室。軽くノックした。しばらく間を置いてもう一度。

「どなた？」

声はドアのすぐ内側から聞えた。

「俺だよ」

「何時だと思っているの？」

「夜這《よば》いに来たわけじゃない。新司の女房である君に、知らせることがあるんだ」

ドアが開いた。美津子は白いネグリジェの上に、紫の花柄のガウンを羽織っていた。

「電話があってやつに呼び出された」

彼女は寝乱れたベッドを直した。

「急いだんだがね、ひと足遅かった。車で連れていかれちまったよ」

「追いかけなかったの？」

「追いついたんだぜ。だけど、俺の車を弾き飛ばしそうなやつで、手も足も出なかった。

吉田川へ入っていきやがったよ」

彼女がラークをくわえた。

「やっぱりこの街にいたのね。そして追いつめられて、義兄さんに助けて貰おうとしたのね」

「らしいな」

私も煙草をくわえた。テーブルの上はきれいだった。灰皿に吸殻がひとつあるだけだ。

「なぜこの街にいることを知ってた？」

「そんな気がしていただけよ、どこかすぐ近くにいるって」

「俺を舐《な》めるなよ」

「まさか」

彼女の表情は動かなかった。私の部屋から持ってきたマーテルの瓶が、ほとんど減らないまま冷蔵庫の上に置いてある。このところ、酔って正体をなくした彼女は見ていない。

「森川さんも一緒だったの？」

「わからんね。電話じゃ隠れてる場所を聞いただけだ。ひとりとも二人とも言わなかった」

「どうするの？」

「どうすりゃいい？」

彼女が煙草を消した。指さきがかすかに慄えていた。

「待ってみるかね？」

なにを、とは言わなかった。彼女も訊こうとしなかった。

部屋へ戻ったのは、五時過ぎだった。すでに薄明るくなっている。電話がわめき立てていた。

「どこをうろついてやがったんだ？」

「神崎さんか。ちょっと散歩さ」

「十遍もダイヤルを回したんだぜ。探偵どもがあんたの弟を捜しにいくそうだ。さっき連絡が入った」

「見つかったら、あんたのところに知らせが入ることになってるんだろうな？」

「金が欲しくて連絡してきたのさ。必ず知らせてくる。一度金で転んだ人間なんて、そんなもんだ」

阿部が知らぬ顔を決めこんでも、探偵から報告が入る。一応は目論見《もくろみ》通りだ。

「あんたの弟は危《やば》い目に遭ってるな？」

「どうしようもないんだ、いまはな。切札を握っちゃいるんだが、使うタイミングが摑めん」

「切札っていうと？」

「こっちがそう思いこんでるだけで、ただの紙っぺらかもしれんよ」

「俺は、探偵からの報告をあんたに知らせるだけでいいのかね？」

「いまのところはな」

「いずれ、出番はくるんだろうな？」

私はただ笑い声を返して、電話を切った。神崎は五十二だった。切った張ったをやる歳《とし》ではない。

窓際に立って外を眺めた。海は色づきはじめていた。凪《なぎ》の時刻で、穏やかだ。漁船が出漁していく。すぐに豆つぶのようになった。

私は内ポケットから、ライターを出した。女が倒れていた時握っていたジッポーだ。外蓋《そとぶた》から本体を抜き出す。オイルの臭いはしない。オイルを染みこませる脱脂綿の間に、薄いカード状のものが挿入されている。そこまでは、女の手からもぎ取った時に確かめていた。

私はカードを爪のさきで引き出した。二センチ四方くらいのフィルムだった。白い紙の枠に入れられていて、スライド用のフィルムに似ている。私の知っているマイクロフィルムにしては、小さすぎた。図書館で見たことがあるマイクロフィッシュというやつは、葉書ぐらいの大きさだった。特殊なものなのかもしれない。設計図というのがどれほど複雑なものかは知らないが、新聞数頁分以上のものが収められていることは充分考えられた。光に翳《かざ》してみたが、なにが写っているのかさっぱりわからなかった。専用のリーダーがあるはずだ。図書館の新聞はそれで読むようになっていた。

とにかく、こいつはジョーカーだ。私はジョーカーを封筒に入れ、事務所の住所を書きこんだ。宛名《あてな》は私自身にした。切手を貼ってまた内ポケットに入れた。

勝負は混沌《こんとん》としている。ほんとうの相手が誰なのかさえわからない。そういう時は手の内を見せないことだ。

ジン・トニックを一杯ひっかけた。それからポケットの拳銃を出した。私にあるのは、ジョーカーとこの拳銃だけだった。しかも二二口径のヒョロヒョロ弾がたった三発だ。

水平線がくっきりと見えはじめている。晴れた日になるらしい。私は揺り椅子に躰を沈め、眼を閉じた。眠りは訪れてこなかった。助けてくれ、兄さん。新司の声が耳に甦《よみがえ》った。待つんだ、声に出して呟いたが、それが新司にむけたものか自分に言い聞かせたのか、よくわからなかった。

迎えの車はすでに門の前で待っていた。

まだ七時を回ったばかりだ。丸山は、いつも社員より早く出社し、遅くまで居残っているという噂《うわさ》だった。

運転手が私を見た。痣だらけの顔にちょっと驚いたようだが、潜《くぐ》り戸から門内に入ろうとする私を止めようとはしなかった。

平屋で、古い洋式の家だ。私が玄関に辿《たど》りつく前にドアが開き、茶色の背広を着た丸山が出てきた。

視線が合う。しばらく見つめ合った。丸山が家の中をふりかえり、なにか言った。私は近づいていった。

「入りたまえ」

丸山の顔には相変らず表情がなかった。細い眼の光は、苛立《いらだ》ちを誘うように茫洋《ぼうよう》としている。

上がり框《がまち》に、スリッパがきちんと揃えて置いてある。玄関脇の応接間に通された。

「朝駈けで申し訳ないですが、例の連中が出てくると面倒だと思ったものでね」

「例の連中？」

「私をサンド・バッグにして、弟の居所を訊き出そうとした連中ですよ」

部屋は古びてくすんだ色をしていた。高い窓には木の桟が嵌《は》めこまれていたし、壁や柱や天井も変色していた。調度は骨董屋《こっとうや》に並んでいそうなものばかりだ。

茶が運ばれてきた。地味な和服を着た中年の女で、態度からは女房なのか女中なのかよくわからなかった。

「御心配なく。治療費を払って貰いにきたわけじゃありませんから」

茶は苦かった。苦いだけだ。私には茶の味がわからない。

「値をつけろ、と言っていたね」

「タイム・リミットはとうに過ぎています」

「うちの社で買うべきものを、君はほんとうに持っているのかね？」

この男は、私が投げた餌《えさ》が擬餌《ぎじ》であると疑っていたのだ。だが疑いながらも、食いつかずにはいられなかった。

私は煙草に火をつけた。

「あれはマイクロフィッシュというやつなんですか。そうだとしても、特殊サイズなんでしょうね。二センチくらいで、白い厚紙の枠がついていた。枠の端に赤い線が一本入っていて、47という刻印が打ってあったな」

丸山の表情が動いた。細い眼がいっそう細くなり、なにか言いかけるように唇が動いた。

丸山の表情の変化を、私は愉《たの》しんでいた。

丸山が煙草に火をつけた。二度、濃い煙を吐いた。表情は元に戻っている。

「八千万出そう」

「五億と言ったやつがいますよ、それも最低でね。阿部という新聞屋は御存知でしょう」

「あの男か」

丸山の顔に、軽蔑《けいべつ》と不快感の入り混じった表情が浮かんだ。大して気にしているようではなかった。

「ハイエナの類《たぐ》いだ、と自分で言っていましたがね。それでも、おたくの値とは差があり過ぎるな」

「阿部は三年前まで、うちの社員だった。目腐れ金で会社を売ろうとした小物だ。なにもできはせんよ」

「おたくでは、一応おおっぴらに弟を捜していた。島岡組に情報を流したり、うちの店のマネージャーに目腐れ金を摑ませたりしてね。噂になっていたんだから、そうする必要があったんでしょう。だが警察には訴えなかった。代りに拳銃をぶらさげた本格派を雇った。八千万ぽっちのためとは思えませんね」

「一億。それがギリギリの線だ。阿部とはちがう、私の話は確かだよ」

私は煙草を消した。

「よしましょう。いくら金の話をしたところで、売り物はもうないんですよ。遅過ぎましたね」

「売ったのか？」

「いや。弟がどこかへ隠した。そして弟は、誰かに連れ去られてしまった」

「どういうことだ？」

「弟を取り戻さないかぎり、売り物も見つからんということですよ。私はそれをお知らせに来たんです」

丸山が煙草を消した。私は立ちあがった。

「阿部にも同じことを教えてやりました。下手をすると、やつに先を越される」

「なぜ触れ回るんだね？」

「私ひとりでは捜し出せない」

「危険だよ」

「あの機密を握った瞬間から、弟はずっと危険な状態ですよ」

「阿部だけかね、知っているのは？」

「さあ」

上から見降ろすと、丸山の細い眼はまるで閉じているように見えた。

内田悦子が事務所の掃除をしていた。痣だらけの私の顔を見て、口から出しかかった挨《あい》拶《さつ》を途中でやめ、息を呑んだ。

煙草を買いにいかせた。その間に、キドニーの自宅に電話を入れた。寝ていたのか、キドニーは不機嫌だった。新司が攫《さら》われたことを話しても、大した関心は示さなかった。ゲームに参加している人間には、一応等分に札を配った。ジョーカーだけは、明日か明後日、この事務所に郵送されてくる。

私は車のキーをデスクに置き、外へ出てタクシーを拾った。

12　圭子

階段に藤木が腰を降ろしていた。

「気づいたか？」

「二時間ばかり前に」

「ここでなにをしてる？」

「外へ飛び出していこうとするんですよ。もう三度目です。だからここにいるんです。窓からはちょっと出られませんからね」

「傷は？」

「動くと口が開きますね。かなり出血しました。これ以上出血が続くようだと、私の手には負えません」

「安静にしてりゃ、大丈夫なんだろう？」

藤木が頷《うなず》いた。私は階段を昇っていった。藤木はついてこなかった。

女は、上半身裸のままベッドに俯《うつぶ》せに横たわっていた。胸の脹《ふく》らみが押し潰《つぶ》されて、脇の下に少しはみ出している。傷にはガーゼが当てられ、テープで止めてあった。ガーゼは半分以上赤く染まっている。

「森川圭子さんだね？」

女がちょっと頭を持ちあげた。出血のためか、蒼白《そうはく》な顔色をしている。

「動くと危険だ、とあの男は言ってる」

私は、ベッドのそばに椅子《いす》を運んで腰を降ろした。少女っぽい、可憐《かれん》な感じのする女だった。成熟した女の肉付きではない。黒い大きな瞳《ひとみ》が、悲しいものでも見るように潤んで私にむけられていた。

「川中さんのお兄さんですか？」

「新司が電話をしてきた時も、君は一緒だったんだな。もうちょっと早けりゃ、怪我《けが》をさせずに済んだかもしれん」

「ここは？」

「心配しなくていい。安全な場所だ。病院に運ぶと警察沙汰《ざた》になる。それはまずいんじゃないかと思った」

「手当てをしてくださったのは？」

「下にいる男さ。結構いい腕をしてるぜ。立派に君の傷を縫い合わせたんだ」

圭子が、持ちあげていた頭を力尽きたように落とした。顔は私にむいたままだ。私は圭子の躰《からだ》に毛布をかけた。

「あたしを波止場へ連れてってください」

「なぜ？」

「捜さなくちゃならないものがあるんです」

「無駄だと思うな。君が倒れていたあたりにはなにもなかった」

「あたし、なにか持ってませんでしたか、手に？」

「いや」

私は煙草《たばこ》に火をつけた。

「君はクラクションの音は聞いたか？」

圭子が頷く。窓から斜めに陽《ひ》が射《さ》しこんでいた。波の音は遠い。

「俺が鳴らしたんだ。誰も出てこないんで車を降りた。その時悲鳴が聞えたよ。走って倉庫の角まで行った。ひとり立っていて、もうひとりが男を、それは背広を着た君だったんだがね、抱き起こしていた。俺の姿を見ると、二人とも車に飛び乗った。俺は自分の車に戻って追ったよ。倒れているのが新司じゃないことは、躰の大きさでわかった。放《ほう》り出された時も、ひどく軽そうに見えたから。とにかく追わなくちゃならんと思った。だけど逃がしちまったよ。それから埠頭《ふとう》へ戻ってきて、倒れているのが男じゃなく君だということがわかったんだ」

車が走り去った時に圭子がまだ意識を失っていなかったとしたら、すぐにばれる嘘《うそ》だった。圭子の表情は動かない。潤んだ眼《め》が、じっと私にむいているだけだ。

「じゃ、あたしが持ってたものは」

「抱き起こされた時にもぎ取られた、その可能性が強いな」

圭子が眼を閉じた。潤んだ眼が見えなくなると、濃い疲労だけが顔に残った。

「大切なものだったのか？」

圭子は答えなかった。私は立ちあがり、窓を開けて煙草の煙を外へ出した。波の音が大きくなった。

「なにを持っていたにしろ、諦《あきら》めるしかないな。どうしても取り戻したいというんなら、警察に頼めばいい。命より大切なものってわけじゃないんだろう。君はしばらくじっとしているんだ」

圭子が眼を開いた。まだ眼が潤んでいた。

「ひどいところだが、多分病院よりは安全だろう。下の男が面倒をみてくれるはずだ」

「川中さんは、とても危険だと思います」

「弟は俺が捜すよ。君が心配したって、どうなるもんでもない。怪我を治しちまう方がさきだな」

「どうやって捜すんですか？」

「わからん。が、見つけるさ」

私は窓を閉めた。波の音が耳につく。

圭子はまた眼を閉じていた。目蓋《まぶた》から液体が盛りあがり、鼻の方へ流れ落ちた。

「新司とは、どういう関係なんだね？　駈《か》け落ちをしたという噂《うわさ》も流れてたぜ」

「そんな関係じゃありません」

「美津子とは親しかったんだってな」

閉じた圭子の眼からは、涙が流れ続けていた。私は新しい煙草に火をつけた。

「新司がなにかを盗み出したという噂も流れていた。なにか機密のようなものをな。所長秘書の君が手を貸したんだともな」

「あれは、川中さんのものです」

「なにかの設計図なのか？」

圭子は答えなかった。

「それを俺が持ってると誤解したやつがいてね、だいぶ痛い目に遭わされたよ」

圭子が、ちょっと私の顔に眼をくれた。

「まあいい。だがひとつ腑《ふ》に落ちないことがある。盗み出して十日も経《た》ってるんだろう。なぜこの街でうろうろしていた。その気になりゃ、どこへだって逃げられたんじゃないのか？」

答える代りに、圭子は顔を反対側の壁にむけた。フィルターを一度嚙《か》み、私は煙草を消した。

「これは答えてくれないか」

「あたしには、わかりません」

「新司がそうしようと言った、ということだな？」

「川中さんは、ずっとなにかを待ってました。あたしは東京へ逃げようと言ったんです、何度も」

「なにを待ってたんだ、やつは。危険なことは承知の上だったんだろう？」

「あたしも、信用して貰《もら》えませんでした」

圭子がまだ泣いているのかどうかは、わからなかった。階下ではもの音ひとつしない。

「きのうまでどこにいたんだ、いったい？」

「シティホテル」

思わず、私は笑った。人の出入りの多い場所だ。私は稲村とそこで会ったし、美津子も阿部もそこに泊っている。盲点だった。男女の二人連れを捜すなら、市内のモーテルや旅館には最初に眼をつける。アパートやマンションも捜しただろう。追う連中と同じ屋根の下にいるなどということは、誰も思いつきはしない。

「何日か前から、美津子があそこに泊ってるのは知ってたのか？」

「いいえ」

圭子が顔をこちらへむけた。もう泣いてはいなかった。眼は相変らず潤んでいる。熱があるのではないか、と私は思った。

「昼間は、一歩も部屋から出ませんでした。朝早く、時々あたしが出かけたんです。雑誌とか新聞とか買いに。男の恰好《かっこう》をしてです」

「なるほどね。しかしそんなふうに籠《こも》っていて、よく襲われることがわかったな？」

「電話がありました」

「誰から？」

「わかりません。でも川中さんの知っている人のようでしたわ」

「ふうん、電話はそれ一度きりか？」

「ほかに二度。多分同じ人です。喋《しゃべ》り方からそんな気がしました」

いろいろ質問してみたが、電話の人物についてはそれ以上のことは訊《き》き出せなかった。襲撃を事前に知っていた。市内の人物だ。しかも稲村に近い。

「同じ部屋に男と女が何日もいて、それでなにもなかった。俺のような男にゃ、ちょっと信じられんな」

新司ならあり得ないことではない。男女関係が、きわめて特別なものだと思いこんでいる。

「ほんとうに、なにもありませんでした」

圭子の少女のような顔が一瞬歪《ゆが》んだように、私には見えた。

下へ降りたが、藤木の姿はなかった。

私はカウンターに腰を降ろし、しばらく考えこんでいた。五分ほどして、車の停《と》まる音がした。紙袋を抱えて藤木が入ってくる。

「お話は済みましたか？」

「もう飛び出したりはしないはずだよ」

「連れていってくださらないんですか？」

「申し訳ないな」

「ちっともそんな顔をなさっちゃいない」

「君は便利な男だよ」

藤木が肩を竦《すく》める。私は煙草をくわえた。

「ここが危険なことは御承知の上ですね？」

「君を狙《ねら》っている連中が彼女まで殺したとしたら、それは彼女に運がない。彼女を狙っている連中が君まで殺したとしたら」

「私を狙っている連中に運がない」

藤木が笑いながら紙袋を破った。新しいガーゼと薬だった。

「消毒液と化膿《かのう》止めの抗生物質と、解熱鎮痛剤ですよ。多分熱が出はじめているんじゃないかな」

「そんな目をしてたな。顔色も悪かったよ」

「気持はしっかりしたお嬢さんですね」

「事情を知ろうとは思わんのか？」

私は薬の箱に手を伸ばした。藤木がカウンターに入り、ジン・トニックを作って差し出す。

外の明るさが、店の中まで入りこんでいた。安普請がいっそう粗末に見えた。ほとんど夏場だけの店といっていい。それも遠くから磯遊《いそあそ》びや海水浴に来た客が主体だ。人家からも離れている。

藤木が店を離れたがらない理由は、この場所にあるのではないか、私はふと思った。他人に巻き添えを食わせる心配がない場所だ。

「どうやって借りを返すか、考えとくよ」

「それは迷惑ですね、正直なところ」

「俺の勝手さ。借りってやつは、貸した方より借りた方の気持を重くする」

藤木が、カウンターの下からカンパリの瓶を出して自分の酒を作った。

「いつ死んでもいい、という覚悟ができてるのか、君は？」

「どうでもいいんですよ」

「その心境は、俺にもわかる部分がある。しかし長続きはせんぜ。いつの間にか、なにか拠《よ》り所を求めちまってるんだ」

「そういうものですか」

「俺が彼女を運びこんだ時、君は拳銃《けんじゆう》を握りしめて壁にくっついてたな。そしてひどく汗をかいてた」

「誰でもそうなるんじゃありませんか、気持がどうだろうと」

「もうすぐ、君は変るよ。生きたい、と思うようになる」

藤木は関心なさそうだった。ソーダで割ったカンパリをチビリと口に含んだ。

私は時計を見た。十時になろうとしている。

「そこの道でタクシーは摑《つか》まえられるかな？」

「電話でお呼びになった方がいいでしょう。掛けましょうか？」

「いや、番号だけ教えてくれ。この店から離れた場所に呼んだ方がよさそうだ」

藤木が手渡したメモを胸のポケットに入れ、私は『レナ』を出て歩きはじめた。

午後になっても、探偵からの連絡は入らなかった。

私は、デスクに積みあげられた何日分かの仕事を、ひとつずつ片付けていった。私がジョーカーを持っている、そのことが新司の安全にどう影響するのかよくわからなかった。待つほかはない。新司を攫《さら》った連中は、ジョーカーを持っているのが私かもしれない、という見当はつけるはずだ。

あの倉庫のそばで、新司はとっさに森川圭子にライターを渡して逃がそうとしたのだろう。だが圭子は斬《き》り倒された。そこへ駈けつけ、ブロンコ・レインジャーを追ってきた男が乗っていたのは、ＢＭＷだ。メタル・グレーのＢＭＷ。浮かびあがってくるのは私しかいない。

二時過ぎに、阿部と美津子とキドニーに電話をしてみた。三人とも出なかった。ダイヤルを回している時に、粋《いき》なタータン・チェックの茶色い上着をひっかけた神崎が入ってきた。

「なんか会社の機密を盗んだって噂じゃねえか。ほんとかよ？」

「聞込みでもしてたのか？」

「狭い街だぜ」

「駈け落ちが噂になるほど狭かない」

「女も一枚噛んでるんだってな。俺の耳に入れたのは、島岡組の幹部だよ。もっとも、機密ってのがなにかは知りゃしなかった」

神崎が昆布茶《こぶちゃ》を淹《い》れた。私の湯呑《ゆの》みにも淹《い》れて持ってきた。不満がある時のいやがらせだ。古女房が、浮気した亭主にでもやりそうないやがらせだった。

神崎が音をたてて昆布茶を啜《すす》る。

「きのうの夜中だ、弟が電話をしてきた。埠頭で会うはずだったが、ひと足遅れで攫われちまってね。ちょっとした手掛りがあったから、俺は探偵の雇主にそれを教えてやった」

「なるほどね。あの連中は人を捜すことにかけちゃ本職だからな」

「あとは待つだけさ」

神崎は、まだ機嫌を直していなかった。十年前、一緒にダンプを連ねて走った時から、ずっと同じ道を走ってきた男だ。私がなにを考え、なにをやろうとしているか、当然知る権利はあると思っている。私もそれを否定する気はなかった。

だが弟のことだ。新司は金のために機密を盗んだのか。なにか別の目的があってそうしたのか。阿部の話だけでは、どうとも決められない。やはり俺自身で確かめるべきだ。それも新司の口から直接に。いま神崎になにか喋ったところで、推測に過ぎない。推測で弟を犯罪者にも正義漢にもしたくない、というくらいの肉親的情愛は、私にもまだ残っているようだった。

「島岡組も弟を捜してるのか？」

神崎がそっぽをむいたまま昆布茶を啜った。

「見かけたら、知らせるだろうな。謝礼が出るって話だ。賞金首ってやつよ。だけど、組の者《もん》を駆り出して捜すほどの額じゃねえや。なにしろ俺に訊いてきやがるくらいだから」

謝礼というのは、丸山の社内に対するポーズなのか。噂というものは、消そうとすればするほど大きくなる。特に社内ではそうだろう。謝礼を出すということで、丸山はこの事件をちょっとした情痴の絡んだ失踪《しっそう》事件に見せかけたのかもしれない。

私はデスクの書類に眼を戻した。この三、四日の店の売上げには、特に目立った変化はなかった。『ブラディ・ドール』の売掛け伝票の中には、稲村のものも混じっていた。先週の金曜日に来ている。私が『レナ』の二階で寝ていた時だ。

銀行に行っていた内田悦子が戻ってきた。書類袋を抱きしめるようにしている。金が入っているのだ。バーテンやボーイやコックに月給を払う日だった。女の子たちは週給になっている。

「コーヒー。熱いやつだ」

私が言うと、悦子は神崎と私の顔を見較《みくら》べた。それから慌てて私のデスクからまだ湯気をあげている神崎の不機嫌の象徴を取りあげ、一階の喫茶室へ駈け降りていった。

電話が鳴った。午後七時二十分。神崎のデスクの電話だった。

13 疾走

立往生《スタック》した車を降りた。四輪駆動だが乗用車型式で車高も低く、どうしても急坂の泥濘《でいねい》を登りきれなかった。レンタカー屋には、これしかなかったのだ。

長い間、使われていない林道だった。どこへも通じていない。行き止まりに営林署の小屋があったが、三年ばかり前に閉鎖されている。丈の高い草がはびこり、ところどころ崩れた土砂に覆われ、道はほとんど消えかかっていた。

ブロンコ・レインジャーがここを通ったのは確かだ。懐中電灯の明りの中に、泥濘に刻みこまれた轍《わだち》がはっきりと見えた。あの怪物なら、この道も登れただろう。

二人の探偵は、犬のように地面を嗅《か》ぎ回って轍を探したらしい。吉田川からはだいぶ離れている。見つけ出すのに丸一日かかったとしても、無理はなかった。林道に轍が進入しているのを確かめたところで、電話を入れてきた。あのポンコツのクラウンでは、五十メートルも登ればいいところだ。いまごろは、街へ戻って馬力のある車を捜しているだろう。阿部にも当然報告を入れたはずだ。どう動くか。

この二、三日晴れた日が続いたのに、地面は雨のあとのように湿っていた。剥《む》き出しの土は軟らかくて足をとったし、腰ほどの高さがある雑草や灌木《かんぼく》は、葉にたっぷり水を含んでいてズボンを濡《ぬ》らした。濃い闇《やみ》だった。何度も転倒した。顔に擦り傷ができた。どうせ痣《あざ》だらけの顔だ。私は急いでいた。息は弾んだが、足は緩めなかった。営林署の小屋まで、まだかなりの距離がある。夜が明ける前に行き着きたい。十一時を回ったところだった。

かなり冷えこんでいるはずだが、寒さは感じなかった。汗が乾く間はない。

小さなせせらぎがあった。流れの音は、風に戦《そよ》ぐ樹木の音に消されて、まったく聞えなかった。流れがあることは、手を入れてみればわかる。水を飲んだ。水際の砂地にも、幅の広い轍は残されていた。

人声が、耳を掠《かす》めた。一瞬だった。錯覚か、と思いはじめたころ、また聞えた。車を降りてから三時間以上歩き続けている。

明りが見えた。樹木に隠れ、また見えた。声がはっきりしてきた。酔ったような笑い声。明りは火だった。風の中で揺れていた。

私は草の中に腰を降ろした。乱れた呼吸を整える間も、火から眼を離さなかった。二時になろうとしている。

這《は》いながら近づいていった。もの音は風が消していた。小屋の黒い影を、かろうじて見分けることができるようになった。ブロンコ・レインジャーもいる。大きな焚火《たきび》だった。

頭数を数えた。二人、いや三人か。声は入り混じっている。もうちょっと近づきたい。ポケットから拳銃を出した。

無謀を承知で這い進んだ。

焰《ほのお》に照らされた男の赤い顔。市長秘書だ。石に腰を降ろし、笑いながらナイフで木を削っている。ほかに二人。見覚えはなかった。

新司の姿が見えない。小屋の中か。それとも車の中か。じっと待った。三人の間で、何度も酒瓶がやりとりされた。躰が冷えてきた。汗はとっくにひき、濡れた下着の冷たさだけが残っていた。

ひとりが立ちあがった。車のむこうの木立のところへ行った。市長秘書が、そっちの方をふりかえった。笑い声。ナイフが、焰を照りかえしてキラリと閃《ひらめ》いた。

小屋は朽ちかけている。入口の戸には板が打ちつけてあって、それをはずした痕跡《こんせき》も見えない。新司は車の中か。しかし、新司を車に残して、外で三人が酒盛りをやるだろうか。ほんとうに連中は三人だけなのか。車を追った時には、中にいる人数まで確認する余裕はなかった。

さらに二メートル、這い進んだ。これ以上は無理だ。いくら闇に包まれているとはいえ、焰はすぐそばで、身を隠すものもなかった。

木立のところにいた男が、テルオと呼んだ。稲村輝夫《てるお》。市長秘書が立ちあがった。

低い話し声。悲鳴が私の躰を駈け抜けた。いやな悲鳴だった。呻《うめ》きに似ていた。全身に粟《あわ》が立った。飛び出しそうになる自分を、必死に抑えた。

稲村輝夫が、もうひとりの男と並んで焚火のそばへ戻ってきた。ナイフがチラチラと光った。赤い。焔の照りかえしだ。それ以外のものであるはずがない。

私は五、六メートル後退して灌木の蔭《かげ》に入り、焚火を迂回《うかい》するようにしてまた進んだ。血を全部搾《しぼ》り出してやる、稲村の声だ。笑っていた。赤い顔に陰翳《いんえい》が刻まれ、鬼面を被《かぶ》ったように見えた。軽薄な市長秘書の面影はない。

木立に入った。私は這うのをやめ、中腰になって進んだ。風は相変らず強い。それでも音をたてないように注意した。

裸だった。全身を切り刻まれていた。太い針金で、後ろ手に縛られ、木に繫《つな》がれていた。両脚を投げ出し、幹に凭《もた》せた頭はぐったりと力がなかった。

「新司」

私は囁《ささや》いた。

かすかな反応があったような気がした。針金は手首に食いこんでいる。私は指さきにありったけの力をこめて、針金を緩めた。焔の明るさがここまで届いていて、新司の躰が時々赤く照らし出された。話し声は続いている。指さきが痺《しび》れたようになった。針金に緩みができはじめた。緩みはすぐに大きくなった。しかし手は抜けない。大きくなっているのだ。私の手の二倍近くあった。私は針金の一か所を折り曲げ、伸ばした。何度もくりかえした。針金が熱くなった。そして折れた。

ようやく両手から針金をはずした時だった。男がまた近づいてきた。どうにもならなかった。私は地面に伏せた。

男が屈《かが》みこんだ。おい、と声をかけ、新司の躰に手を伸ばそうとした。私は跳ね起きて、男の躰を蹴倒《けたお》した。次の瞬間、新司の背後から腋《わき》の下に手を入れ、躰を木立の中に引き摺《ず》りこんだ。怒鳴り声。足音。懐中電灯の光。さらに木立の奥へ入った。光が追ってきた。私は、ベレッタ・ミンクスをその光にむけた。近づいてくる。一発発射した。光が消えた。闇の中で銃声が尾を曳《ひ》き、やがて樹木の戦ぐ音にかき消された。

新司の躰を肩に担ぎあげた。走った。といっても木立の中で、しかも闇だ。平地を歩くほどの速さもないだろう。

不意に、銃声が闇を裂いた。右手の樹木の葉が、雨に打たれたような音をたてた。二度目の銃声は、いくらか近くなっていた。散弾銃《ショット・ガン》特有の、重い爆発するような音だ。

これ以上近くなると、乱射されても危険だった。新司の躰を樹木の根かたに降ろし、私は引き返した。

三発目、四発目の銃声がした。閃光は見えない。待った。呼び交す声。それほど遠くない。五発目。閃光が樹間に見えた。もっと近づいてこい。自分の呼吸を数えた。声。風に乗って、耳もとで囁かれたような気がした。閃光。銃声。私が身を隠していた幹に、大きな物体がぶつかってきたような衝撃があった。スライド操作の音。また衝撃がきた。閃光にむけて、私は二発発射した。それから身を翻した。銃声は追ってこなかった。

新司を担ぎあげる。

「兄さん」

弱々しい声だが、意識はある。

斜面を登っていった。灌木が足をとる。走れはしなかった。一歩一歩踏みしめるだけで、精一杯だ。息が切れた。なんでもない。苦しいだけじゃないか。転倒しないことだけに、私は注意を払った。転べば、私より新司の方がダメージが大きい。

銃声。かなり遠い。滅茶苦茶に闇の中を撃ちまくっているようだ。雷鳴のように聞えた。そして熄《や》んだ。

木立は、どこまでも続いていた。腰が折れそうになる。斜面を横に歩いた。汗が顎《あご》のさきから滴り落ちる。新司は動かなかった。歩き続けた。どこかで必ず道にぶつかるはずだ。どんな山でも、岨道《そばみち》くらいはある。

風が弱くなっていた。夜が明けるのか。黎明《れいめい》の前のほんの束《つか》の間、凪《なぎ》の時刻がある。それから風の方向が変って、また吹きはじめるのだ。

小径《こみち》に出た。木立の間を縫っている。人ひとりがようやく通れるほどの道だ。下りを進んだ。

明るさが闇に滲《にじ》み出していた。杉の葉の緑が見分けられることで、私はそれに気づいた。

雲が厚い。風がまた強くなっていた。

草の上に新司を降ろした。思っていたよりも、ずっとひどい傷だ。両脚には、縦に切り裂かれた長い傷が四本走っていた。下腹には三か所の突き痕《あと》。左の胸から右の腰骨にかけて、平行に二本の傷。深かった。口を開けた傷の底から、血が湧水《わきみず》のように間断なく滲み出している。

「兄さん」

意識は失っていなかった。弱々しい咳《せき》をし、痰《たん》のような血を吐いた。

「三号埠頭」

「喋るな」

私は上着を脱いだ。

「心配しなくても、森川圭子は俺が見つけた。安全な場所に預けてある」

「彼女が」

「ライターだな。俺が持ってるよ。誰にも渡してない。だから喋るな」

上着を、剝き出しの下半身に巻きつけた。袖《そで》で腰を縛り、ネクタイで膝《ひざ》の上を縛った。背中にも突き傷が二つあった。ワイシャツを脱いで、新司に着せた。そうするほかはなかった。いくらかでも出血は食い止められるだろう。もっと布が欲しい。素肌にワイシャツを着る自分の習慣を、私は呪《のろ》った。綿のシャツがもう一枚あれば。ワイシャツはすでに赤く染まっている。

「兄さん」

「喋るな」

「俺は、兄さんを憎んだことなんて、なかった。ほんとだ、嘘じゃない」

「喋るなと言ってるのが、わからんのか」

「おふくろだって、そうだった」

また咳をした。吐いた血は痰のようではなく、泡の混じった唾液《だえき》みたいだった。肺のどこかが破れている。多分そうだ。

「言いそびれてたんだ、いままで。死ぬ前に、おふくろは、それを後悔してた」

「わかってる」

「わかっちゃいない。俺は、兄さんのことで、迷惑なんかしなかった、一度もだ」

咳。血は吐かなかった。だが喘《あえ》いで、呼吸がひどく苦しそうになった。

「ほかのことで、俺は、怕《こわ》がってた」

「もういい」

私は人殺しだった。憤怒にかられて、素手で人を殴り殺した男だった。

「意気地がないんだ、俺は」

「よせ、もう行くぞ」

「美津子が」

「彼女はシティホテルにいる。おまえを待ってるんだよ。早く顔を見せてやれ」

「彼女《あれ》は、兄さん」

「やめろ、喋るんじゃない」

「彼女《あれ》のことで、言わせてくれ」

呼吸が深くなった。それから喘ぎはじめた。しかしすぐに、それは鎮まった。新司は眼を閉じ、また開いた。焦点が合っていない。

「俺は死ぬのか、兄さん」

新司の腫《は》れあがった手が、私の腕を摑んだ。強い力だった。

「死ぬんだろう、な、俺は駄目だろう」

「馬鹿野郎。なんのために苦労して担いできたと思ってるんだ。死ぬんなら、ここでゆっくり話を聞いてやるよ」

私は新司の躰を担ぎあげた。

死ぬはずはない。そんなことはあり得ない。こんなに血を流しても、まだしっかり喋ることができるじゃないか。

「なぜ裸なんだ、兄さんは」

背中で新司が呟《つぶや》いた。いやな予感がした。咳。それから浅い呼吸。

私は走った。力をふりしぼって走った。曲がりくねった細い道だけが見えた。ほかにはなにもなかった。

自分が疲労しているのかどうかも、よくわからなかった。ただ走り続けた。頭にあるのは、走ることだけだ。もっと速く、飛ぶように走れない自分が不思議だった。俺はこんなのろまじゃない。なにをしているんだ。飛べ、飛べ、飛ぶんだよ。

道が広くなっているような気がした。それに平坦《へいたん》だ。ずいぶん走りやすくなった。もうどれくらい走っただろうか。終点なんかない。どこまでも走り続けるだけだ。それにしても、この肩の重さはなんだ。まるで鉛でも載っているみたいじゃないか。押し潰されそうな気がする。しかし、なんだ。俺はひとりで走っているんだぞ。

視界がかすんだ。構うものか。もともとなにも見えちゃいない。明るいのか暗いのかさえ、わかりゃしないんだ。

悲鳴が聞えた。女の悲鳴だった。なにかあったのか。俺の知ったことか。叫びたいやつは叫べ。俺は走るので精一杯だ。それ以外になにができる。

また悲鳴。なにかにぶつかった。確かにぶつかった。人の声。視界に空が転がりこんできた。暗い部屋の窓を開けたみたいだ、と思った。

雲の垂れこめた空だった。

14 刑事

雨に煙《けぶ》って、水平線がよく見えなかった。海は鈍色《にび》をしていた。

私は揺り椅子に腰を降ろし、ジンの瓶を抱えていた。トニック・ウォーターはきれている。

チャイムが鳴った。私は動かなかった。誰かが部屋に入ってきた。

「弔い酒かな、昼間から」

「不法侵入だぜ、警部さん」

「ドアが開いてたよ。声をかけたら、君が入れと言った」

ふりかえって、私は笑った。遠藤《えんどう》警部の、ベージュのコートの肩が濡れていた。眼が合うと、遠藤は口もとだけで笑った。

「事情聴取は終ったはずだろう」

「君が部屋に帰ったかどうか、心配だった」

「ふうん、最近の警察は、そんなことにまで気を遣うのかね」

私は応接セットの椅子に腰を移した。三時。水曜日の午後三時だった。

「剖検で死因が確定されたよ、出血多量」

私はジンの瓶に口をつけた。

「あのままにしておけばよかったのか。俺が動かしさえしなければ、弟は死なせなくても済んだのか？」

「そんなことは言っちゃおらんよ」

遠藤は、コートを着たままソファに腰を降ろしていた。私は煙草に火をつけた。

失踪していた弟から電話で呼び出され、駆けつけたが、一足違いでブロンコ・レインジャーに乗る男たちに拉致《らち》された。林道に入っている轍を探し、追い、弟を助け出して逃走した。警察の事情聴取で私が供述したのは、それだけだった。供述の裏が取られた。私が乗り捨てた車は林道で発見されたし、ブロンコ・レインジャーの轍も確認され、小屋の前では焚火の跡や数人の足跡も見つかった。雑木林には無数の散弾が散らばり、薬莢《やっきょう》も見つかった。

私は、知らせで駈けつけた美津子と入れ代りに帰された。今朝のことだ。

ブロンコ・レインジャーには、盗難届が出されていた。日曜日の夕方にだ。しかし、稲村輝夫のアリバイははっきりせず、重要参考人として手配された。私は、三人の男の中のひとりが稲村輝夫だったことを、証言しなかった。

「知ってるかね？　さっき市長が記者会見をした。甥《おい》が無実だと信ずるとね。なにかの事故に巻きこまれたとしか考えられんそうだ。説得力はなさそうだが」

「逮捕状は出ないのか？」

「君の証言がないかぎりはな」

「偽証はできんよ。顔がわかる状態だったとでも思ってるのか」

「どうかな」

遠藤は口もとだけで笑った。事情聴取の間は、なにも言わずにそばで聞いていただけだ。所轄署の刑事でも県警本部の刑事でもなかった。警察庁から出張してきている警部だと警官たちが喋っているのを、チラリと耳に挟んだ。四十歳くらいか。短躯《たんく》で、肥っちょで、愛敬《あいきょう》のある顔をした男だ。

「川中新司は、なにか会社の機密を盗んで逃亡していたそうだな」

「噂は聞いたよ」

「屍体《したい》はなにも持っていなかった」

「まさか、俺が弟から取ったなんて考えてるわけじゃあるまいな？」

「そんな余裕はなかっただろう。君が屍体を担いで山から降りてきた恰好を見て、村の女性が二人も卒倒したそうだよ」

「屍体だと思って担いでいたわけじゃない」

遠藤がコートのボタンをはずし、上着のポケットから煙草を出した。

「機密はどうなったんだろう？」

「あの連中が奪《と》ったんだろう、多分」

「多分か。ひどい拷問だったぜ。なぜあの連中はあんな真似《まね》をしたんだ？」

「知るか、俺が」

遠藤が、煙で輪を作って天井に吹きあげた。すぼめた口が、顔全体を滑稽《こっけい》なものにした。輪は、天井に届く前に溶けるように空気と入り混じった。

「女が一緒だったはずだが。なんといったかな、東洋通信機の重役の秘書だ」

「森川圭子。その噂も聞いたよ」

「いなかったのか？」

「弟を助け出すだけで精一杯だったんだぜ」

「山にじゃない。君が川中新司から電話で呼び出された場所にさ」

三号埠頭ではなく、港からいくらか離れた廃工場に呼び出されたと、私は供述していた。三号埠頭には、圭子の血痕が残っている。

顔や態度に惑わされると、たちまちひっかけられそうだ。この刑事の眼は節穴ではない。

「確かめる暇なんかなかったな。すぐにブロンコ・レインジャーを追ったんだ。ちゃんと話したはずだぜ」

「日曜の夜中のことだな。そして君があの林道を見つけたのは月曜の夜だ。ほぼ一日あるね」

「捜してたのさ」

「どうやって？」

「うちの神崎に訊いてくれ。あの男に頼んで捜して貰ったんだ」

神崎なら、うまく言い繕うはずだ。私はもうひと口ジンを呷《あお》った。遠藤が煙草を消した。肉付きのいい、柔らかそうな指だった。

「いないんだ、訊きにいったが」

「いない？」

「外出でもしているんだろう。ところで、あのブロンコなんとかという車は、六百万もする代物で、この街には一台しかないそうだな。どんな車なんだ？」

「フォードの四輪駆動車さ。俺は昔ジープを買おうとしたことがある。だから車種は見分けられたよ。この街に一台あるなんて知らなかったな」

また、ちょっとした罠《わな》を仕掛けてきた。ブロンコ・レインジャーがこの街に一台あることを私が認めれば、なぜ市長の甥に当たらずに一日がかりで轍を捜すような苦労をしたのか、という疑問を出してくるだろう。そんな疑問をひとつひとつ繕っているうちに、腹の底まで探られてしまうものだ。

私は立ちあがり、グラスとライムジュースを持ってきた。ジンとライムを半々にグラスに注ぐ。ジンってやつは、生《き》のまま飲《や》ると乾いた味がし過ぎる。

「川中新司が拉致された時すぐに警察に訴えなかったのは、それほど危険なことじゃないと思ったからだ、と事情聴取で答えていたな。確信があったのか？」

「なにを訊きたいんだ、あんた？」

「連中は機密を捜していた。川中新司がそれを持っていなければ、まず訊き出すところからはじめなけりゃならん。一応は安全と考えていいわけだ。君はそれを知ってたんじゃないのか。そう考えりゃ、あの拷問だって納得できるんだがね」

「穿《うが》ち過ぎだね。弟は死んだんだぜ」

「車で運んでりゃ、死ななかったかもしれん」

「もう一度言ってみろ」

私はグラスをテーブルに置いた。遠藤の表情は変らなかった。

「俺をぶち殺すかね、十年前みたいに」

眼が合った。私は笑った。挑発は受け流すべきだ。

「十年前君を調べたのは、俺と同期のやつだった。いま桜田門の捜一にいるんだが、よく覚えてたぜ。ま、実刑は食らわなかったんだ。非がどちらにあったか微妙なところだったらしいな」

罪状は過剰防衛だった。相手の持っていた刃物を弾《はじ》き飛ばした。そこでやめておけばよかったのだ。

「機密というのはなにかな。営業上のものか、それとも研究みたいなものかね？　兄弟なんだ。話くらいは聞いてたんじゃないか？」

「あんたは、警察庁の人なんだってな。あそこじゃ、機密を捜すような仕事をすんのかい。まるで内閣調査室って感じだな」

「なんでも屋ってのはどこにもいるもんさ。警察の中のドブ浚《さら》いってとこかな。俺は好奇心が矢鱈《やたら》に強くてね。それでしばしば失敗もした。なんでも屋は性に合ってるみたいだよ」

遠藤が相好を崩した。

「欠点のひとつは自覚しているみたいだな。つまり好奇心。もうひとつあるぜ、そのお喋りさ。もう帰ってくれないか、俺はいま無駄話なんかする心境じゃない」

「しばらくこの街にいることになった。いい宿を知らんかね？」

「シティホテル」

「所轄署でもそこを教えてくれたが、ちょっと高いな。我慢するか、君の弟が泊っていたホテルだし」

グラスに伸ばしかけていた手を、私は止めた。遠藤は笑っている。

「女みたいな男と、十日ばかり籠っていたそうだよ。女みたいな男というのは、男みたいな女と区別がつかんだろうな」

ジンの代りに煙草をとってくわえた。遠藤が立ちあがった。

「知ってたらしいな」

「いや、驚いたよ。俺は何度もあのホテルへ行ったし、弟の女房も泊っている。夫婦が同じところにいたってことか」

「君は刑事《デカ》をてこずらせるタイプの男だな。頑固なだけじゃなく、頭も結構使う。十年前の二の舞いだけはやめておけよ」

「沢山だ。それに余計なお節介だぜ」

遠藤が片手をちょっとあげた。コートの肩は、まだ濡れていた。


暗くなった。雨はやんでいなかった。

窓のそばの揺り椅子で、私はずっと海を見続けていた。かなり酔っている。空になったジンの代りに、ワイルド・ターキーの瓶を抱えていた。キドニーがいつも飲んでいるような、上品なバーボンではない。ケンタッキー産のごついやつだ。のどを灼《や》き、腹の中を燃やす。

電話のベル。さっきも鳴ったが、取らなかった。執拗《しつよう》だった。私は腰をあげた。

「いま、東京にいる」

神崎だった。

「ニュースは見たよ。とんでもねえことになっちまったな」

「俺は眠りたい。酔っ払っちまってね」

「その前に聞けよ。釧路《くしろ》行の航空券を二枚取っておいた。明日一番のやつだ」

「なんの話だね？」

「稲村輝夫は、明日の早朝釧路にいるよ」

「なんだと」

神崎が笑った。

「焦《じ》らすなよ、神崎さん」

「俺が探偵から、車種を聞かなかったと思うのか。あんたが出かけたあと、林道の入口で張ってたんだよ。市長の甥っ子の車が出てきた。きのうの朝の十時ごろさ。途中で車を替えて、東京へ行きやがった。あと二人いたが、怪我してるみたいだったな」

「それで？」

「二人とは東京で別れた。それから女を呼んだよ」

「なぜ、明日の朝釧路なんだ？」

「フェリーでのんびり道行きって洒落《しやれ》てやがんのよ。きのうの夜遅く出航したやつだ。いまごろ海の上さ」

私は頭を振った。酔いを追い出そうとした。つまり、稲村輝夫は釧路へ逃亡しようとしているということか。

「フェリーが釧路へ入るのは何時だ？」

「朝の八時過ぎらしいな」

「間に合わんじゃないか。どうしてすぐ知らせてくれなかった」

「角を出すなよ、男なんだから。いろいろ調べることがあったんでね。野郎は、釧路からまた車を飛ばす気だ。女の実家が標津《しべつ》ってところにある」

「どうやって調べたんだ？」

「女の顔に見覚えがあった。半年ばかりうちのクラブにいたことのある女だ。だけど名前がわからねえ。内田と散々電話で話して、やっとわかったんだよ」

「ありがとうよ。さすがに神崎さんは頼りになる。ここ一番って時にゃな。だが、航空券は一枚でいい」

「いいや、二枚だ」

「これは俺の問題だよ」

「二枚だ。でなけりゃ、警察《サツ》に知らせて釧路港でやつを押さえて貰うぞ」

「もの好きだな、神崎さんも。年寄りの冷水だぜ」

「事務所の方は、内田がうまくやる。朝の七時までに羽田に来てくれ」

電話が切れた。

私は煙草をくわえた。ワイルド・ターキーにコルクの栓をし、バスに湯を張った。

15 竜神崎《りゅうじんざき》

国道二七二号線を突っ走った。標津までほぼ直線、平地の百キロである。

釧路で借りた白いブルーバードは、対向車の少ない道路をトップ・ギアで鳥のように飛んだ。釧路空港に降りたのが九時四十分、釧路市内で車を借りたのが十時過ぎだった。うまくすれば、午《ひる》まえに標津へ着ける。

ロードマップで見ると、標津は知床《しれとこ》半島と根室《ねむろ》半島の間、いくらか知床寄りの海沿いの街だ。海峡のむこうは国後《くなしり》島である。

八時半に、フェリーは釧路港へ入っていた。稲村が乗っているのは、黄色いワーゲンゴルフ。真直《まっす》ぐに標津にむかったのなら、もう到着している。そこからまたどこかへむかった可能性はないか。そうだとすると、捜すのは骨だ。だが、フェリーを使ってのんびり旅をしている。必死の逃亡を企てているわけではない。女の実家で、少なくともその街の近辺で、しばらく身を隠すつもりにちがいないのだ。

「しかし、よくわかったもんだな」

周囲は湿原で、畠《はたけ》もなかった。さっきまでは、牧草地と雑木林が続いていた。草を食《は》んでいる乳牛もいたし、サイロも見かけた。

「なにがわかったって?」

「女の実家がさ」

「内田が思い出してくれた。正月に帰省する時に餞別《せんべつ》をやったらしい。その時家が標津だと聞いたそうだ。土産を持って帰ってきたっていうから、それで覚えてたんだろう」

「なるほど、いい女なんだな」

盆や正月には、帰省する女の子が何人かいる。二度と戻ってこない、と考えていた方がいい。それでも、いい客がついていてどうしても戻って欲しい女の子には、捨て金のつもりで餞別を出す。神崎が考えたことだ。多少の効果はあった。

「いまもうちの女《こ》なのか?」

「いや、二月にやめちまってる。それですぐにゃ思い出せなかったのさ。市長の甥っ子とはできてたんだろうな。水商売からは足を洗ってるように見えたぜ」

「東京に住んでるのか?」

「わからねえが、ちがうだろうな。内田もそう言ってた。清水《しみず》あたりに、甥っ子が毎週出かけていくという噂を聞いたそうだ。多分そこじゃねえか。野郎は東京駅で女を拾ったしな」

「内田も、立派にマネージャーを務めるようになったじゃないか。神崎さんは若過ぎるって反対したが」

「まだ苦労が足りねえよ」

「ますます親父《おやじ》みたいな口をきくようになったな。そろそろ身を固めさせちゃどうなんだい？」

「それも早《はえ》えや。悦子を嫁に出すのがさきだな」

「結婚式にゃ、神崎さん泣くだろうな」

「馬鹿言いやがれ」

神崎が内田兄妹の親代りのようになったのは、五年ほど前だ。だが、それよりずっと以前から可愛《かわい》がってはいたらしい。神崎の亡くなった女房は、悦子が赤ん坊のころから抱いていたという。

湿原はまだ続いていた。

「なんだろう？」

「え？」

「水草が赤くなってる」

「知らねえのか。サンゴ草だよ。あれが赤くなると北海道はもうすぐ冬だ」

「やけに詳しいな」

「網走《あばしり》の近くで暮したことがある。湖が燃えるように赤くなったもんさ。四十年も前の話だがね」

「北海道生まれだったか、神崎さん？」

「いや。親父が刑務所《なか》にいたのさ。おふくろは俺を連れて網走で女中をしながら親父を待ってた。出るとすぐ戦争に取られてよ、それっきりだ」

「はじめて聞く話だな」

燃えるというには、淋《さび》し過ぎる赤だった。水があるからだろうか。山や草原が色づいている景色とはまるでちがう。

「どのあたりなんだ？」

私は煙草をくわえた。神崎がロードマップを覗《のぞ》きこむ。

「半分も来てねえな、まだ」


パトカーに一度停められた。

国道二四三号線と交差する地点だ。警官は義務的に行先を訊いただけで、検問というほどのものではなかった。

正午少し前に標津に入った。

小さな街だ。ひと回りしてみたが、黄色いワーゲンゴルフは見つからなかった。

「電話帳でも繰ってみようじゃねえか。そうある名前じゃねえぜ」

女の苗字《みょうじ》は蓮《はす》といった。駅で電話帳を借りた。根室標津。根室からかなり離れているのに、そういう駅名だった。

蓮という苗字は一軒だけだった。

だだっ広い道路を、海岸の方へむかった。橋のそばの、建ったばかりの家だった。どこといって特徴はない。赤いスレート葺《ぶ》きで、ブロックの塀がめぐらせてある。ワーゲンゴルフはいなかった。

駅前で買ってきたパンを齧《かじ》りながら、私は標津周辺の地図を頭に叩《たた》きこんだ。車で鬼ごっこになった時の用意だ。

蓮家の門まで五十メートルの地点。神崎はシートを倒して居眠りをしている。ランドセルを背負った男の子が帰ってきた。それ以外に人の出入りはなかった。

二時間。焦りはしなかった。夜までやってこなければ、釧路に戻ってもう一度港からの足取りを追ってみるまでだ。

黒いゴム長靴を穿《は》いた中年の女が、縄で縛った紙袋をぶらさげて車の脇を通り抜けた。

女は真直ぐに家の中に入った。

「釧路までは確かに来たんだ。俺は野郎が乗った船が出るのを見届けた」

神崎の方が苛立《いらだ》ちはじめていた。私はラジオをかけた。ローカルニュース。天気予報。この二、三日は、はっきりしない天気が続くらしい。軽音楽がはじまった。

「警戒してやがんのかな、野郎。それともどこかへ逃《ふ》けたか」

「北海道まで来て、焦ることあないさ」

気持は落ち着いていたが、煙草の数が増えていた。最後の一本を揉《も》み消すと、私は車を降りた。外は肌寒い。橋のむこうに、雑貨屋の看板が見えた。

三時を回った。インサイド・ミラーに黄色い車が映った。

ワーゲンゴルフ。そばをすり抜けて行った。運転しているのは女だ。神崎の膝を突《つ》いた。

「お出ましだ」

ワーゲンゴルフは、蓮家の門の前で停まった。女が、後部座席《バックシート》から大きな紙袋を二つ出していた。土産物らしい。

チャコールグレーのスーツを着た、稲村輝夫が降りてきた。私も降りた。稲村がこちらに顔をむけた。眼が合う。束の間の時間があった。私が踏み出すのと、稲村が女を突き飛ばすのが同時だった。稲村は運転席にとびこんだ。ワーゲンゴルフが急発進する。女は鍵《キー》を抜いていなかったらしい。

追った。車は少なかった。すぐに差が詰まった。並ぼうとしたが、稲村は運転がうまかった。いいタイミングで、こちらの進路を塞《ふさ》いでくる。一度後ろから突きあげてやった。

街の外に出た。人家はまばらだ。頭の中に叩きこんだ地図が甦《よみがえ》った。

左が海。アクセルを踏みこんだ。

「無茶だぞ」

神崎が叫ぶ。ワーゲンゴルフもスピードをあげた。左側へ突っかけ、次の瞬間右にハンドルを切った。並んだ。うまく右へ回りこんだのだ。

「なぜ前へ出ねえんだ？」

私は標識に注意していた。前へ出ろ、神崎がまた叫ぶ。目ざしていた標識が見えた。私は左にちょっとハンドルを切った。横腹が擦《こす》れ合う。押した。こちらの方が図体《ずうたい》はでかい。左への脇道。ブレーキを踏んだ。ワーゲンゴルフは、罠から逃れた兎《うさぎ》のように脇道に飛びこんでいった。

「なぜ停めやがったんだ、下手糞《へたくそ》が」

神崎がわめいた。私は笑った。煙草に火をつけた。

「やつは野付《のつけ》半島に入った」

「それがどうした。逃げられたじゃねえか」

「神崎さん、あんたはここで降りてくれ」

「なんだと」

「やつは網の中に追いこまれた魚だ。地図を見てみろよ。釣鉤《つりばり》のような恰好をした半島で、出入口はここしかない。俺は中に入って追うが、万一逃がした場合の用心に、あんたに網の口を縛ってて欲しいのさ」

「いやだね」

地図に眼をくれて神崎が言った。

「逃がしたら、また追えばいいじゃねえか。俺《お》りゃ降りねえよ」

「どうしてもか？」

「根較べをしたっていいんだぜ」

私は苦笑して車を出した。

ひどい道だった。両側は潮の引いたあとのような砂地で、まるで海の中に乗り入れていくような気分になった。潮が引いているのでないことは、砂地に植物が生育しているのを見ればわかる。砂嘴《さし》というやつだろう。河口から流れ出した砂が海流に運ばれ、ここに堆《たい》積《せき》して半島を作ったのだ。標高はわずかで、車を隠せるほどの台地もなかった。

「このあたりの地理をまったく知らんな、やつは。先へ行けば行くほど道は悪くなり、Uターンもできなくなる」

「あんたの手で野郎を捕まえるだけだぞ、それだけにしとくんだぜ」

神崎の言う意味はわかった。そのために、神崎は私をひとりにしようとしないのだ。

黄色いワーゲンゴルフが見えた。無理に距離は詰めなかった。いずれ行き止まりだ。

稲村は、この道がどこかへ抜けられると考えているのだろう。スピードもかなり出している。左手の外海は波立って荒れているが、右手の湾は沼か湖のように静かだった。地図を見なければ、湖と錯覚しても不思議はない。

前方に木立が見えた。白い木立で、葉をつけたものが一本もなかった。針葉樹が、なにかの加減で潮を浴びて枯れたのか。立ち尽したまま死に、朽ち、それでもまだ立ったままでいる巨人の骨の群れのように見えた。

「灯台だな」

呟いて神崎が地図に眼をやった。左前方だ。

「竜神崎《りゅうじんざき》、そう書いてあるぜ」

「見ろよ、やつの車が砂にはまりこんだ」

私はスピードをあげた。黄色いワーゲンゴルフは、猛烈にエンジンをふかし、砂を跳ね飛ばしていた。

「降りたぞ、野郎」

距離が詰まってきた。銃声。私は左にハンドルを切った。私の車も砂にはまりこんだ。

「拳銃《ハジキ》を持ってやがるぜ」

「撃たせるんだ、全部。気をつけろ、この距離じゃ絶対に当たらんとは言えんからな」

車を降り、私と神崎は二手に分れた。稲村は走っている。追いすがった。二発目、三発目が飛んできた。砂に伏せる。神崎がまだ走っていた。それも稲村に真直ぐにむかっている。標的みたいなものだ。伏せろ、と私は叫んだ。四発目、神崎が伏せた。いや、倒れたのか。

「大丈夫だ、なんともねえ」

私は立ちあがって走った。神崎は伏せたまま動かない。稲村がふりむきざま銃口をむけてくる。横に跳んだ。五発。リボルバーだ。はっきり見えた。走った。十メートルくらいまで距離を縮めた。稲村がふりむく。伏せた。六発目が頭のすぐそばの砂にめりこむ音がした。立ちあがった。銃口に躰を晒《さら》した。弾は出なかった。空の拳銃を私に投げつけ、稲村が走りはじめる。すぐに追いついた。

むき合った。肚《はら》を決めたらしい。二度、私は深く息を吸った。稲村の手で、ナイフが鈍い光を放った。

「ズタズタにしてやるぜ。弟と同じようにな」

稲村も肩で息をしている。

踏みこんだ。稲村の腰のあたりから、光が上へ走った。アッパー・カットのようにナイフを使う。姿勢は低かった。

足を飛ばす。刃《は》の閃き。ズボンが裂かれていた。痛みが走った。切られたのか。大した傷ではない。踏ん張ることはできる。睨《にら》み合った。稲村はこちらの動きを待っている。それがよくわかった。左を打ちこめそうだ。右へ一歩動いた。左をちょっと出した。ナイフがピクリと動きかけ、止まった。やはり誘いだ。汗が眼に流れこんできた。稲村が笑った。

ヒュッと刃が唸《うな》った。私は退《さ》がった。小さく、素速く、ナイフが踊る。退がり続けた。濡れた砂の中に踏みこんだ。足が重くなった。それは稲村も同じだ。ただ、稲村は前へ出、私は退がっている。いつの間にか、足首を海水が濡らしていた。私は横に走った。水が跳ねる。乾いた砂の上に駈けあがった。刃が、私の上着の襟を掠めた。跳び退《すさ》る。踵《かかと》が、朽ちた倒木にひっかかった。腰が落ちた。私は、とっさに摑んだ砂を投げつけた。稲村が左腕で顔を覆う。立ちあがりざま、手もとへ飛びこんだ。脇腹に鋭い痛みが走った。しかし、私は稲村の手首を握っていた。捩《ねじ》あげる。前屈みになった稲村の腹を蹴りあげた。俯せに倒れた稲村の背中を膝で押さえつける。握った手首は放さなかった。体重をかけて逆に反らせた。叫び声。手からナイフが落ちる。それでも放さなかった。いっそう力を入れた。不意に、腕から反撥《はんぱつ》してくる力が消えた。

右肩を押さえて喘ぎながら、稲村が立ちあがった。汗で濡れた顔の真中に、パンチを叩きこんだ。仰むけに吹っ飛び、再び立ちあがった稲村の顔には、恐怖だけが浮き出していた。やめてくれ、声が慄《ふる》えている。胸ぐらを摑む。鼻梁《びりょう》を叩き潰した。のけ反った首が、グラグラしていた。二発目で、稲村は膝を折った。引き起こす。切り刻まれて死んだ新司の借りを返すのは、これからだ。

「動くな、撃つぞ」

背後から声を浴びた。肚にこたえる低い声だった。砂を踏む音が、背中に近づいてくる。

振りあげたままの私の右腕に、柔らかな力が加えられた。

「こいつは俺が貰うよ。間に合ってよかった」

遠藤が笑っていた。右手にぶらさげた手錠が、触れ合って玩具《おもちゃ》のように鳴った。

「なんであんたが？」

「そんなことはどうでもいい。神崎が撃たれてるぜ、行ってやれよ」

「ひどいのか？」

「なに、弾が掠っただけさ」

私は稲村の胸ぐらから手を放した。荷物のように、稲村は砂の上に転がった。


治療は簡単に済んだ。

私は脇腹と臑《すね》を切られ、神崎は内股《うちまた》の肉を弾で抉《えぐ》られていた。私が三針、神崎が五針縫った。

「俺を尾行《つけ》たんだな、警部？」

「うちの若いのがな。羽田で釧路行の搭乗手続をしたんで、俺も慌てたよ。なぜ北海道へ行こうとしているのかもわからなかったしな」

遠藤の笑った顔は、どう見ても食堂の親父かなにかのような感じだった。

神崎は上機嫌だった。私は死ななかったし、人を殺しもしなかったのだ。遠藤の話を、面白がって聞いている。

「次の便になんとか乗りこんだんだが、こいつが霧で遅れちまってね。道警に協力を依頼してあったんで、君らの行先が標津だということはわかった。途中でパトカーに停められただろう。標津署へ駈けこんで車の手配をしようとしていた時、二台の暴走車がいるという通報が入った」

「食えん男だな、まったく」

「刑事《デカ》ってのはそういうもんさ」

「やつはどうなるんだ？」

「とりあえず現行犯で逮捕だな。拳銃を持っていたし、君らに怪我もさせた。N署へ護送してから、殺人罪で再逮捕ってことになるだろう」

私の気持はもう落ち着いていた。ほんとうは遠藤に感謝すべきなのかもしれなかった。あそこで止められなかったら、いまごろどうなっていたか知れたものではない。しかし、礼の言葉を述べる気持にもなれなかった。

「帰っていいんだろうな、俺たちは？」

「ま、事情聴取は簡単に済むだろう。どうせ今日の飛行機には間に合わん」

標津署の警官たちは、発砲事件にいささか興奮しているようだった。駈けつけた数人の新聞記者に、何度も同じことを説明している。

脇腹が、鈍く痛み続けていた。

「終ったんだろうな、これで？」

神崎が私の顔を覗きこんでくる。

「ああ、終ったよ」

遠藤は、窓の外を見ていた。まだいくらか明るさが残っている時間だ。

「せっかく北海道まで来たんだ。毛蟹《けがに》でも食っていこうじゃねえか。ルイベもうまいし、海老《えび》だって刺身で食えるぜ」

神崎がひとりではしゃいでいた。遠藤は窓の外を見続けている。

縫ったばかりの脇腹の傷に、私は掌《てのひら》を当てた。

16　再開

営業部員の松山《まつやま》が内田と喋っていた。

私は自分のデスクに腰を落ち着けた。松山が立ちあがってそばへ来た。

「お怪我をされたそうですが」

きのうのことは、すでにニュースとして流れているらしい。

「仕事がやりにくいかな？」

「どうですか。まだどこも回っておりませんので。心配で手につきませんでした」

内田悦子がお茶を淹れてきた。分厚い郵便物の束に、私はちょっと眼をくれた。

「仕事に戻ってくれ。俺も神崎さんも大したことはなかった」

「いろいろと訊かれるのではないかと思うんですが」

「だろうな。知ってる通りのことを喋って結構。仕事とは関係ないことだから」

売掛金の回収というのは、要するに借金の取り立てだが、商売の性格上どこか寄附金集めに似ていた。四年間この仕事を続けている松山は、いつの間にか慈善団体の職員のような顔になった。五十九歳。東京で私鉄の駅員をしていたが、退職して故郷のこの街に戻り、川中エンタープライズに再就職した。

「悦ちゃん、神崎さんのところへ行ってくれないか」

松山が出ていくと、私は悦子に言った。

「怪我、ほんとはひどいんですか？」

「いや。だが脚だからな。腰掛けても立ちあがるのに苦労してたよ。偏屈だから家政婦なんか雇いっこない。君なら扱い方を心得ているし」

「帰りに寄ってみます」

「今日はもういいよ。すぐ行ってくれ。三時間分残業をつけとくからな」

「いいですよ、社長。親父さんの面倒をみるのに残業だなんて。悦子が行くのは当然なんですから」

内田が立ちあがってそばへ来た。悦子は、応接セットの湯呑みを片付けると、すぐに帰っていった。やはり心配になるらしい。

「いいですか、社長？」

悦子の姿がドアの外に消えるのを確かめてから、内田が言った。

「この間の失点の回復になるかどうかわかりませんが、ひとつ話を聞きこんだもんで」

丸山のことで私から叱責《しっせき》を受けたのを、まだ気にしているらしい。

「なんだ？」

「弟さんと御一緒だった女性は森川さんといわれるんじゃないですか。いや、噂でそう聞いたんですが」

「そうらしいな」

「名前に覚えがありましてね、東洋通信機に関連がある名前として」

「丸山所長の秘書だって話だ」

「ところが女じゃないんですよ」

「ふうん、話してみろ」

「実は調べました。ヨシエがまだ名刺を持ってましたよ。去年の十一月に、丸山所長と一緒に二度ばかり店にみえてます」

ヨシエというのは、『ブラディ・ドール』の古株のホステスだった。

「第二研究室というところの室長で、森川圭子の父親に当たる人でした」

「ほんとか？」

「亡くなったんですね、暮に。奥さんはずっと病気で、いまも入院中らしいです」

圭子の父親が去年死んだと、石塚商店の息子に聞いたことを、私は思い出した。

「出過ぎた真似でしたか？」

「いや、稲村輝夫の女のことといい、正直言って助かったぜ。ついでに、どんなふうに死んだかも調べてくれればよかった」

「実は、それも調べてみたんです」

内田が頭に手をやった。

「神崎さんに似てきたぞ、君は」

「キャバレーに四年、クラブに一年ちょっとになりますからね」

「事故かなにかか？」

「いや、病気のようです。脳出血。ただ、外国で亡くなったんですよ」

「外国？」

「南米の、なんとかいう国です」

「はっきりした国名はわからんのか？」

「入院中の奥さんも脳血栓かなにかでしてね。言うことがはっきりしない。私に教えてくれた男は、ブラジルと思いこんでいましたが、そうじゃないという噂もあるんですよ。倒れたのは全然別の国だったたってね」

「別の国で倒れて、ブラジルへ運ばれたってことかな」

私は煙草に火をつけた。

「お役に立ちましたか？」

「まだわからんが、嗅ぎ回るのはこれくらいにしとけよ。怪我人は神崎さんと俺だけで沢山だ」

森川圭子は、父親のことをなにも喋らなかった。第二研究室の室長なら、新司の直接の上司のはずだ。もっとも、圭子とそれほど突っこんで話したわけでもない。

四時を回っていた。羽田に着いたのが、正午過ぎだった。部屋へ戻り、髭《ひげ》を当たり、服を替えてすぐに事務所に出てきたのだ。

内田と入れ代りに、美津子が入ってきた。

「早速、お仕事なの」

「新司は？」

「お骨よ、もう。あたしは家に戻ったわ。すぐに出る家だけど」

「ひとりにして、済まなかったたな」

「いいのよ。義兄《にい》さんは、やるべきことをやってくれたわ」

美津子はラークに火をつけ、ぼんやりと私の顔を見つめた。

「これから、どこへ行く？」

「さあ、どこだっていいわ。こうなると、女には帰る家なんてないものよね」

「しばらくシティホテルにいたっていいんだぜ」

美津子がラークを揉み消した。フィルターに濃い紅がついている。

「お店で使ってくれない？」

私は美津子の前に席を移した。ゲームはまだ終っていない。私のデスクの郵便物の束の中には、使われる時を待っているジョーカーが眠ったままだ。

「街から出たいとは思わんのか？」

「いちゃいけないの？」

「新司は泥棒扱いだ。泥棒グループの内輪もめで殺されたと断定している新聞もある。これから君は不愉快な思いをするぜ」

「義兄さんだって同じじゃなくて？」

「弟の悪名が影響するような商売じゃない」

「それに犯人を追跡してやっつけた英雄ですものね」

「店のことは、考えとくよ」

丸山は新聞の談話で、機密が盗まれたことを認めていた。ただその機密はごく一部分で、それだけではなんの役にも立たず、そしてすべての機密が新しい管理体制のもとに置かれたとも語っていた。

市長の稲村千吉は、甥の行動が自分とはなんの関係もないことを力説していた。直接市長を攻撃する記事はまだ出ていない。それでも、心労のためと称して今朝から市内の病院に避難中らしい。

阿部清とキドニーがどうしているかは、わからなかった。それぞれの友人と依頼人であった新司の骨を、拾いにはこなかったようだ。

「お酒、置いてないの？」

美津子が事務所を見回した。

「仕事中はやらんことになってるんでね」

「お店にでも行ってみようかしら」

美津子が肩を竦めた。最初に私の部屋にやってきて新司が戻らないと告げた時、彼女は泣いたものだ。しかし、無残な屍体と対面しても泣かなかった。ひとりで骨を拾った時も、多分泣かなかっただろう。

「阿部清という男を、知らないか？」

「新司の友だちでしょう。営業部にいた人だけど、三年前に会社をやめたそうよ。でも、この街に来てからも何度か電話があったわ」

「会社にじゃなく、家の方にか？」

「なにか不都合があって、やめさせられたらしいの。会社には電話をしにくかったんじゃない」

「どんなやつなんだ？」

「会ったことはないわ」

シティホテルの五階と四階にいたのだ。客同士として顔くらい合わせたかもしれない。

「どうかしたの？」

「いや、先週電話があっただけさ。いまは新聞をやってるらしいな」

私は煙草をくわえた。

美津子は、ジョーカーを捜しに私の前に現われたのか。新司が持っていなかったことは、美津子だけでなく、この事件に関《かか》わっている者はみんな知っただろう。森川圭子の名前が浮かんでくるはずだ。そして次に私。森川圭子の行方を知っているのは、私だけだ。ジョーカーを手に入れるためには、森川圭子を捜し出すか、私に当たるしかない。

どこまで知っている、そう言いかけて私は口を噤《つぐ》んだ。同じ質問を四度くりかえすことになる。四度目ね、と美津子は言うだけだろう。

「ちょっと早いが、めしでも食わないか。俺は昼を抜いちまってね」

美津子が頷く。私は煙草を消して腰をあげた。

「ところで、君は新司と結婚して何年だったんだ？」

「八年よ、八年と一か月」

「愉《たの》しい思い出のひとつくらい、あったかね？」

美津子が笑った。笑顔のいい女だ。


店へ顔を出した。キャバレー、バーと回り、最後に『ブラディ・ドール』へ行った。神崎の仕事は、しばらく私が代らなければならないだろう。

内田を更衣室に呼んだ。

「稲村千吉がどこの病院に入っているか、聞かなかったか？」

「さあ。市役所関係のお客様はお見えでしたが、その方面の話題は避けておいでのようでした。場所が場所ですし」

「そうだな」

「調べますか？」

「できるか？」

「病院の方からなら、なんとか。市長が入院しそうな病院は、いくつかしかありませんから」

「電話をくれ。事務所にいない時は部屋でもいい」

女の子が化粧を直しに入ってきた。私と内田の顔を見ると、鏡を覗いてそそくさとパフを使っただけで出ていった。

「五番テーブルにいたのは、S大の清水《しみず》先生じゃなかったか？」

「そうです。お連れの方もどこかの大学の先生らしいですよ」

「フルーツを運んでくれ、俺からだと言って。あとで挨拶《あいさつ》に出る」

S大工学部の教授だった。専攻は電子工学のはずだ。正確なレーザー光線の知識を仕入れておくのも悪くない。

17　深夜

脇腹に堅いものを押し当てられた。鍵《かぎ》のかかっていなかったドアを押し、中に一歩踏み入れた時だ。

闇《やみ》。眼はいつまでも慣れなかった。聞えるのは、私の息遣いだけだ。

「さっさとぶっ放したらどうだ」

はじめて気配が伝わってきた。

「川中さんですか」

明りがついた。藤木は両手に二挺《ちょう》の拳銃《けんじゅう》を握っていた。安全弁が解除されている。三二口径のワルサー自動拳銃《オートマチック》と四五口径のコルト・ガバメント、コルトの方は、藤木を襲ってきた連中が、私に撃たれて残していったものだ。

「海に捨てたんじゃないのか、そのコルトは？」

「捨てるつもりでした」

「死ぬのが怕《こわ》くなったらしいな」

「人の命を預けられるというのは、なんとも落ち着きの悪いものですよ」

藤木は、二挺の拳銃に安全弁をかけてカウンターに置いた。

「浮世に未練が出てきた証拠さ。結構なことじゃないか」

「ここはもう危険です、ほんとうに」

「仕方がないさ、行くところがないんだ」

「お嬢さんの方で、出ていくこともありそうですよ。ニュースを聞いた時は、ちょっとばかり興奮なさいましたしね」

「もう怪我《けが》はいいのかね？」

「仰むけに寝るのは楽じゃないでしょう。でも口は塞《ふさ》がっています。化膿《かのう》もしなかった」

「君は、ひと晩じゅう、ここで張番か？」

「寝てますよ、椅子《いす》を並べてね。上は若いお嬢さんですから」

藤木は、茶色いタートルネックのセーターの上に紺のコートを着ていた。余分な毛布もここにはないらしい。

圭子は、ベッドの上に躰《からだ》を起こしていた。下の話し声を聞きつけたのだろう。

「顔色はよくなったな」

ここへ運んで五日経《た》っている。藤木のパジャマを着こんだ圭子が、寒そうに毛布を引き寄せた。

「ニュース、聞きました」

ベッドの枕《まくら》もとに小さなラジオがぶらさがっていた。ほかにも、雑誌やコーヒーセットなどが置いてある。

「すべてが終った、というわけじゃない」

圭子の眼《め》が私を見つめた。潤んではいなかった。この間よりいくらか顔に朱がさして、いっそう少女っぽく見えた。

「君が狙《ねら》われると思う。機密の行方がわからん」

この女をどう扱うべきか、私は苦慮していた。あのジョーカーが見つからないかぎり、狙われ続けることはわかっている。私は、ジョーカーを持っているのが自分だと、宣言すべきだろうか。ほんとうの標的を、関《かか》わっている連中すべてに教えてやるべきだろうか。そうすれば、少女のようなこの女の命は、一応は安全になる。しかし私は、そうしようとは思わなかった。金庫から盗み出したのは、私ではなくこの女なのだ。

「所長室の金庫を開けたのは、君だな？」

　かすかに圭子が頷《うなず》く。

「誰にでも開けられるものなのか？」

「鍵と番号があれば。鍵は所長が身につけておられますし、番号も所長の手帳に書いてあります」

「どうやって手に入れたんだ？　秘書に開けさせることもあるのかな？」

「所長以外は誰も。それに時限ロック式になっていて、午前十時から午後二時までの四時間しか開きません。それ以外の時間に開けると、警報が鳴るシステムです」

「なるほど。機密ばかりが詰まった金庫ってわけか。どうやったんだ？」

「たまたま、開いている時間がありました。あたしが所長室にひとりでいた時に」

　圭子が横をむいた。まったく化粧していない肌はきれいで、顎《あご》に静脈がひと条《すじ》透けて見えた。

　私は煙草《たばこ》をくわえた。

「南米で亡くなった君のお父さんは、新司の上司だったんだな」

　圭子がまた私を見つめてきた。

「ブラジルだな？」

「行ったのは、ブラジルでした」

「亡くなったのは、ちがう国か？」

「死んだのもブラジルだそうです。でも」

圭子が言い淀《よど》んだ。

「倒れたのは別の国だった、という噂《うわさ》がありましたわ」

「噂ね。公式には、ブラジルで倒れブラジルで死んだ、ということになってるんだな」

圭子が頷く。私は、ブラジル周辺の国を思い浮かべた。国際情勢に関しては、無知に等しい。東洋通信機が南米でどういう仕事をしているかも、まったく知らない。

「ただの脳出血じゃなかった、と思っているんじゃないのか？」

「どういう意味ですの？」

「別に意味はないさ。君はいくつだ？」

「二十一です」

「会社に入って三年近くになるわけか。丸山の秘書になったのは？」

「見習いを終えてすぐに。秘書といっても、雑用をするだけです。所長室に十名ほどのスタッフがいて、そこが実質的には秘書課のようなものでしたわ」

「丸山は常務だが、実際は東洋通信機をひとりで背負っている男だろう？」

「そんな噂はよく聞きましたわ。でも雲の上のことです。あたしなんかには、よくわからないことだわ」

「弟に惚《ほ》れてたのか？」

「え？」

「惚れた男の頼みなら、女は盗みだってやるものだ。逆の場合も多いがね」

圭子は横をむいていた。ただ好きなだけで、女はそういうことはしない。分別をなくすのは、男との肉欲に溺《おぼ》れた時だ。

圭子は若過ぎる。躰も成熟しきっていない。それにあの新司が、女を肉欲の虜《とりこ》にするようなことができただろうか。

私は煙草を消した。女がやることに断定は禁物だ。男のように単純にはいかない。

「美津子とは、どういう関係なんだ？　君とは親しいと言ってたぜ」

「お友だちでした」

「過去形かね？」

「あたしのことを、多分恨んでいらっしゃるわ。でも誤解なんです」

「どういう友だちかと訊《き》いてるんだ」

「両親が、お二人の御結婚の媒酌人でした。それで奥さまはよくうちへお見えになったんです。中学生のころから、存じあげていましたわ。この街の工場に新しい研究室ができた時、父は室長になり、川中さんは東京の研究所から転勤してこられました。二年前ですわ。

それからまた、奥さまは時々うちにお見えになるようになったし、あたしも遊びにいきました。父が亡くなったという知らせが入った時、奥さまはひと晩じゅう、あたしたちのそばにいてくださいました。母が病気でしたから、あたしとても不安で」

「君らがこの街に来たのは？」

「四年前です。ただし、父と母だけですわ。あたしは、高校を卒業するまで、東京でひとり暮しをしてたんです。ほんのしばらくでしたけど。その時も、奥さまにはお世話になりましたわ」

「美津子が酒浸りになったのは、いつごろからなんだ？」

「酒浸りだなんて」

「この街に来た時は、酒浸りだったよ。俺の店で、毎晩のように潰《つぶ》れていた」

足音がした。

「よろしいですか、川中さん？」

姿は見せなかった。藤木は階段の途中で、私が顔を出すのを待っていた。

「俺があの娘を可愛《かわい》がってるとでも思ったのか？」

藤木は私の冗談に笑いを返しただけだった。拳銃が、カウンターに置いたままだ。

「車がうろついています。どうも、ここを窺《うかが》っているように思えるんですが」

私はドアの隙間《すきま》から外を覗《のぞ》いた。静かだった。午前二時を過ぎている。

「尾行《つけ》られた覚えはないんだがな」

注意は怠らなかった。この店へ来るまでに、二度タクシーを乗り換えた。尾行の有無はしつこいくらい確かめたのだ。

「時間がありませんね」

無灯火で、影のように車が徐行していった。

「裏口から、海岸に逃げてくれませんか、お嬢さんを連れて」

「君は？」

「そうですね、しばらく時間を稼いでから、店を出ましょう。表に私の車が置いてあります。私を狙っている連中だったら、車を追ってくるでしょう」

「俺か彼女を狙っている連中だったら、君はそのままにして、ここへ踏みこんでくるな」

「だから時間を稼ぐんです。明りも音楽もつけたままにしておきましょう」

「君がみすみす死地へ飛びこむ、ということになりかねんな」

「同じでしょう、ここにいても」

「拳銃をひとつ、俺に貸してくれ」

藤木が、一挺取りあげて私に差し出した。ワルサーＰＰＫ／Ｓ。新品同様の代物だった。ベレッタ・ミンクスは、山の中で弾を撃ち尽して捨てていた。

「こっちの方が、君の手になじんでるんじゃないのか？」

「だからお貸しするんです。手になじんだ拳銃というやつは、時々持主の意志を早く読み過ぎたりしますから」

藤木がちょっと笑った。私は、ワルサーを上着のポケットに放《ほう》りこんだ。

「ここから一キロほど岬寄りの道路で待っててくれ。十分で行けると思う」

「じゃ、十分稼ぎましょう。それからここを出ることにします。待つのは、車のないあなた方のほうがいい」

音楽のボリュームをあげた。外からは、まだ客がいるように見えるだろう。

県道をライトが近づいてきた。

圭子の小さな肩が慄《ふる》えている。私は身を隠していた繁《しげ》みから車を窺った。スピードを落とした。古い型の軽自動車。ライトの中に、私は躰を晒《さら》した。

藤木がドアを開ける。私は圭子を呼んだ。

「チラリとしか見ませんでしたが、バックシートにいたのはうちのママみたいでした。十二時前に帰ったんですよ。二階に女が寝ていることは知ってました。私の女だ、ということにしてありましたが」

「真直《まっす》ぐだ。飛ばしてくれ」

圭子は慄え続けていた。この女が、ほんとうに金庫から機密を盗んだのだろうか。私は煙草に火をつけた。ポンコツの軽乗用車は、ようやく加速がつき、車体を震動させながら疾走していた。それでも八十キロ。

「ひどい車だ」

「ないよりはましでしょう」

「君を狙っている連中じゃなかったな」

「あなたが尾行《つけ》られたわけでもなかった」

「どう出るかだな」

「店にすぐ踏みこんでこなかったのは、客がいると思ったからでしょう。ところが私ひとりが出ていった」

「不審に思って中を確かめる。裏口のあたりもちょっとは捜してみるか。いずれにしろ、君を追う方法しか連中にはないな」

「差もわずかなもんでしょう。こいつで逃げきれるかどうか」

「車種は？」

「マスタング。ツー・トーンのようでした」

　十日前の深夜、私はこの道を走った。追ってくるマスタングの後部座席で、脇腹に拳銃を突きつけられて。

「脇道へ逃げこみますか？」

「いや、真直ぐだ」

まだライトは見えない。この闇を、まさか無灯火で突っ走ってはこないだろう。

「傷が開いちゃいないだろうな？」

圭子は、パジャマの上に藤木のコートを羽織っていた。躰は小刻みに慄え続けている。肩を抱き寄せた。大人しく私に躰を凭《もた》せかけてくる。

両側が松林になった。ビーチ・ハウスのある岬だ。脇道の入口が一瞬ライトの中をよぎった。松林を抜ける。また海沿いの道。

「ライトが見えました。そう離れちゃいない」

「構わんよ、真直ぐだ」

前方に明りが近づいてきた。小さな漁村だ。

「この先を左へ入ってくれ」

常識では無謀だったが、藤木はなにも言わずにハンドルを切った。家並みの間を走り抜けた。

「波止場で停《と》めてくれ」

船着場の半分を、モーターボートやヨットが占領している。その繋留《けいりゅう》権と管理費が、この漁村の大きな収入になっているのだ。

車を降りると、私は波止場を走った。船に跳び移り、キャンバスの覆いを取りはずす。

藤木が、圭子の躰を抱えるようにして乗り移ってきた。

「舫《もや》いを解いてくれ」

ライトが追ってきた。私はキーを差し、エンジンをかけた。燃料はタンクに半分ある。後進《アスタン》。それから前進全速《フル・アヘッド》。水飛沫《しぶき》があがった。ブレーキの軋《きし》みが聞えた。ライトが追ってくる。ライトだけだった。

18　朝

晴れた日になるだろう。海よりも空の方から色づいてくる、そういう日は大抵いい天気だ。

圭子はベッドで眠っていた。

バスから出ると、私はワイルド・ターキーのオン・ザ・ロックを二つ作った。

「ケンタッキー・バーボンですね」

バーテンだけあって、藤木はグラスに鼻を近づけただけで言い当てた。

「君を狙っている連中は、ずいぶんのんびりしてるな。あれから何日になる？」

「時間をかける、それも制裁のうちですよ。待つのがつらい人間だっているでしょう」

「どれくらい待ったんだ？」

「さあ、六か月か七か月ですか」

「国外へ出る気はないのか？　戸籍とか旅券を手に入れて、別の人間になっちまえばいい」

「私は私ですよ。ほかの誰になる気もないし、この街を動く気もありません」

「待ってるだけかね？」

「私が銃を持っていたのは御存知でしょう。黙って殺されようとは思っていません」

「そのうち、諦《あきら》めてくれそうな連中なのか？」

「どうですかね」

「なぜ、この街なんだ？」

「友だちがいました。それだけのことですよ」

「死んだんだな、その友だちってのは」

藤木が笑った。

「ジン・トニックじゃないものも、お飲みになるんですね」

「こいつはのどを灼《や》く。それが気持がいいのさ」

寝室は静かだった。

電話が鳴った。二杯目をあけたところだ。

「ひどい人だ、あなたは」

「何時だと思ってる」

「ずっとダイヤルを回してたんですよ、時間を構っちゃいられない」

阿部の声には、酔いの気配が感じられた。

「ブロンコ・レインジャーの情報をやったのは俺だ。そして金を払った。つまり雇ったのさ。君とどんな約束をした覚えもない」

「黙約ってやつがあるはずだ」

「甘いな。ハイエナを自称する男だろう」

「私が動いていたのは、川中のためでもあったんですよ。それがわかってるんですか」

「今度はお為《ため》ごかしか。まあいい、情報をひとつやろう。Ｎｄだ」

「エヌ・ディ？」

「元素記号とかなんとか、そんなものじゃないか。ネオジュウムという名前だ。特殊な硝子《ガラス》と考えていいらしい。つまり、人工ルビーに代るレーザーの媒質だ」

「川中が喋《しゃべ》ったんですか？」

「機密は手に入れられなかったが、死ぬ前にそれだけ喋ったよ。俺が無理に動かさなければ、死なせずに済んだかもしれない」

「ネオジュウム、ですね？」

　思った通り、阿部はレーザー光線については百科事典程度の知識しかないようだ。

「それからクリプトンランプ。俺には意味がよくわからんが、量子エレクトロニクスが専門だった君にはわかるだろう」

ネオジュウムもクリプトンランプも、最新のレーザー発振器に使われているものだった。人工ルビーを媒質とするレーザー光線は、古典的なものらしい。私はそれを、酒席の雑談としてS大学の工学部の教授から聞き出していた。

「君はいま新聞屋だ。それくらいの情報で、なんとでもなるんじゃないか」

「なぜ、私に？」

「俺も情報が欲しいからさ。東洋通信機、いや丸山の弱みはなんなんだ。別に証拠がなくったっていい」

しばらくの沈黙があった。

「人の輸出ですよ」

「人、人間のことか？」

「海底ケーブルシステム、コンピュータ通信システム、レーダーシステム、東洋通信機の売り物はそんなもんです。しかも他社に立ち遅れている。それを人の輸出によって補っているんですよ。五年前の倒産の危機からも、それで立ち直ったんです」

「人、つまり技術《ソフト》の輸出か？」

「それだけなら、他社でもやってる。通信システムにしろレーダーにしろ、軍事力になりうるものですよ、近代戦ではね。そういう技術が欲しいにもかかわらず、自動小銃とか迫撃砲とかの援助しか受けられない開発途上国が星の数ほどあります」

「軍事技術者としての人を、輸出しているということだな。根拠は？」

「残念ながら、ただの推測です。そのあたりのガードはさすがに堅くてね。ブラジルに、合弁会社があるんですよ。一応はまともな仕事をしているんですがね。その合弁会社に出向している技術者の数が異常に多過ぎる」

「ブラジルから、またどこかへ出向しているってわけかい？」

「ダミーがいくつもあるみたいです」

「わかった。ところで、君の探偵たちはどうした？」

「お払い箱です。金で情報を売るやつなんか雇っちゃおけない」

「機密はまだどこかをさ迷ってるぜ」

「川中が死んじまっちゃ、とても私のつけこむ余地なんかないんでね」

ネオジュウムの元素記号をもう一度確認して、阿部は電話を切った。受話器を置くと、すぐにまたベルが鳴った。内田だった。

「何時だと思ってる」

「話し中でしたよ」

私は苦笑した。

「市長は、村上《むらかみ》病院の特別室です」

「面会謝絶だろうな」

「勿論《もちろん》です。しかし、ごく一部の側近連中は出入りしているようですね」

「お見舞いにでも行ってみるか。ところで、君は時間はあるか？」

「私もお供するんですか？」

「いや、西の浜に俺の可愛い子ちゃんが置いてある。錨《アンカー》を入れてあるが、引潮になると擱《かく》座《ざ》しそうなところだ。波止場に戻しといてくれないか」

「夜中にクルージングですか」

内田も小型船舶免許を持っている。私と神崎は釣りをやるが、内田は魚の釣れそうもない荒れた海にばかり出たがる。ちょっと危険な乗組員《クルー》だった。もっとも五トンちょっとの中古の小型巡航艇《デー・クルーザー》で、出られる海は知れたものだった。

藤木は、片手にワイルド・ターキーを持って、海を眺めていた。もう明るくなっている。やはりよく晴れた朝だった。

「出かけるぜ、俺は」

「じゃ、お嬢さんがひとりになっちまう」

「君がいるよ」

「私は」

「乗りかかった船じゃないか」

「降ろしてはいただけないんですか?」

「君の命は、しばらく俺が勝手に使わせて貰《もら》おうと思ってる。君が待ってる連中がやってくるまでだ。連中がきたら、どうしようと君の勝手だ。手は貸せんが、金でなんとか折合いがつくなら、俺がむこうの連中と話したっていいぜ」

「変な人だ、あなたは」

藤木が力なく笑った。

「食い物は冷蔵庫にある。彼女が眼を醒《さ》ましたら、なにか作ってやれよ」


村上病院は、海際の高台にあるリゾートホテルふうの白い建物だった。看護婦はみんな若くて短い白衣をまとい、医者は腕よりも愛想《あいそ》の方がいい。

三階にある特別室には、面会謝絶の札が出ているだけだった。見張りもいなければ名札もない。

ドアを開けた。葉巻の匂《にお》いが籠《こも》っていた。茶色のガウンを着た稲村千吉が、海に面して大きく取った窓のそばの椅子で、背中を丸めて足の爪《つめ》を切っていた。

「よくお休みになれないようですな」

稲村がふりむく。一瞬、狼狽《ろうばい》の翳《かげ》が顔に走った。

「取引をしたくてね。早い時間に申し訳ないですが、邪魔が入ると面倒だから」

「掛けて葉巻をやらんかね」

稲村は、さすがに肚《はら》を決めるのが早かった。

「弟さんは、気の毒なことをした」

私は腰を降ろした。爪切りをテーブルに置き、稲村は葉巻の灰を落とした。私に眼をくれ、すぐに海の方へ移す。

「君がこの街へ来たのは、十年前だったそうだな」

ひとり言のような口調だった。私は煙草に火をつけた。それくらいで葉巻の匂いを追い払えないことはわかっていたが、そうせずにいられなかった。

「その前は東京で会社勤めをしていた、という話を聞いたが」

「いろいろありましてね。ダンプ一台が全財産の流れ者になりました」

「しかし、会社を作ったじゃないか」

「元請の会社のピンハネがひどかったからですよ。あのころ、仕事は手に余るくらいあったんです」

「躰を張るのは、十年前からの特技らしいな。元請の会社を潰してしまった。かなり荒っぽいやり方だったそうじゃないか」

会社を作り、自分で仕事を請負おうとした時、参加してきたのは同じ運転手仲間の神崎ひとりだった。自分のダンプで仕事をしている連中は沢山いたが、みんな元請会社を怕がっていたのだ。

神崎は金を欲しがっていた。癌《がん》で苦しんでいる女房の入院費を工面するためなら、銀行強盗もやりかねないくらいだった。それでも、女房大事に生きてきた男ではないらしかった。女房が倒れた時に、突然必死になりはじめたのだ。

仕事はいくらでもあったが、妨害もひどかった。ダンプのぶっつけ合いなど、日常茶飯事だった。私や神崎の捨鉢な度胸は、ただ雇われて仕事をしている運転手たちの度胸とは、まるで異質なものだった。三か月もすると、私たちと出会ったダンプはほとんど道をあけるようになった。それどころか、ひとりふたりと、会社に参加するものが増えてきたのだ。金のために多少の危険はいとわない、という連中はどこにもいる。

「十年前は、この街の人口は五万そこそこだった。それがいまでは三倍近くに脹《ふく》れあがっておる」

二年で、私は会社に見切りをつけて人に譲った。この街の開発が一段落することは眼に見えていたからだ。それに、ダンプになんの未練もなかった。私が中古のダンプを買ったのは、なにもかも処分して得た金が、ちょうどその額に達していたからという理由に過ぎなかった。

駅前の酒場を買い、改造してキャバレーをはじめた。神崎が付いてきた。神崎の女房は、一年八か月、入院や手術をくりかえし、痩《や》せ細って死んだ。ひとりになった神崎が私に付いてきたのは、ただの気紛《きまぐ》れだったのかもしれない。店の掃除からビール運びまで、自分たちでやった。必死だったというわけではない。私も神崎も、ただ躰を動かしていたかった。それだけだった。

「市長になって六年だが、この街には六十年根を下ろしておるよ。変ったもんだ。わしが市長になってからだって、小気味がいいくらい変り続けてきた」

「あなたは人の気持を摑《つか》むのがうまかった。この街の出なのに、むしろ新しく流入してきた連中があなたを支持したみたいですね」

「出がよくないんだよ、わしは。学もないしな」

私は短くなった煙草を消した。

「君は大学を出とるんじゃろう。だが事業家としては叩《たた》きあげだ。そこが強い」

「ほかにも、いろんな経歴を持ってるもんですからね」

「君が去年買ったバーは、一等地だそうじゃないか。二十坪くらいかね?」

「四十坪ですよ。半分は物置みたいにして使われていましたから」

「クラブを建てるそうだな。四十坪の店か」

「八十坪です。二階建の店ですよ」

看護婦が入ってきた。なんでもいい、と稲村が言うと、頭を下げて出ていった。

「朝食のメニューを聞きにきたんだよ。ここの看護婦どもは、ウェイトレスみたいなことしかやりおらん。ところで、取引をしたいと言っておったな」

いままでの稲村のお喋りが、自分を落ち着かせるためのものだったことに、私は気づいた。稲村の口から吐き出された煙が、私の顔の前で漂い、視界を曇らせた。

「あなたはいま、瀬戸際に立っている。そうですよね。しかしまだ、あなた自身の手が汚れたわけじゃない。選挙までには間があるし、この場はなんとか切り抜けられるかもしれない」

「馬鹿な甥《おい》を持ったもんだ。弟の倅《せがれ》でね、だから苗字《みようじ》まで同じだ」

「稲村輝夫に一本釘《くぎ》を刺しておいたんですが、私はいろんな情報を持っています」

「いまなにか暴かれると、確実に命取りになる、というわけか」

「情勢をどう読まれるか、ですな。私が握っているのは、ただの御愛敬《ごあいきよう》みたいな女性関係かもしれない。とにかく私は、取引に応じていただければ、なにもしません」

「脅すのか、君が私を」

稲村の眼が、私の顔を射抜いた。私は見つめ返した。稲村は、吸口が唾液《だえき》で濡《ぬ》れた葉巻を灰皿に置いた。

「なにが欲しい？」

「弟がシティホテルに隠れていたことを、どうやって知りました？」

「そんなことか。知らせてきた者がおった。宇野君だよ。君とは大学の友人だそうだが、あまりうまくいっとらんのかな」

「宇野への見返りは？」

私は動揺を押し殺して言った。

「なにも。ただ、これからは政治家とも仲良くやりたいんだそうだ」

「機密が盗まれたことは、どこから？」

「東洋通信機にもわしの息のかかったのがおる。はじめは大した事件じゃないという話じゃったが、丸山の動きが尋常でなかったんでな、乗り出す気になった」

「なぜあんなものに、金ですか？　安全な利権をいくらでもお持ちでしょう」

「丸山だよ」

稲村がまた葉巻をくわえた。

「あの男は、市長の椅子からわしを追い落とそうとしていた」

「そんな力があるとは思えませんが」

「政治は人の結びつきなんだよ。丸山が結びついている人間に政治力があれば、わしにとっては手強《てごわ》い敵ということになる」

ブラジルの合弁会社から、さらにダミーを通して、電子関係の軍事技術を売る。東洋通信機が単独でできることとは思えない。もしほんとうなら、背後に巨大な政治力が存在しているはずだ。しかし私には、そこまで知ろうという気はない。

「丸山がいくら中央の権力と繋《つな》がっていようと、ここはわしの街だ。丸山の好きにはさせられん」

稲村が海に眼をやった。かなり荒れているが、波の音は聞えてこない。時々崩れる波頭が、白い光を照りかえしているだけだ。

私は立ちあがった。

「川中君」

稲村の眼は海にむいたままだ。

「わしは芝浜の漁師の倅だった。苦労して自分の船を持ち、一隻一隻増やし、加工工場を作り、それを大きくしてきた。自分の力でのしあがってきたんだよ」

「存じています」

「誰にも脅されたことはない、ということだ。膝《ひざ》を屈したことはない。君のことは忘れんぞ。これは取引じゃない。脅しだ。君の弟が死んだことについちゃ、輝夫が逮捕されたことでケリがついたはずだからな」

一度も私の方を見なかった。横幅の広い背中が、なぜか小さく感じられた。私は黙って部屋を出た。

19　濁る血

尾行《つけ》られていた。

朝七時半。ようやく車が増えはじめている。ふざけた尾行だ。消えたかと思うと、また現われる。運転はうまい。距離を縮めてくる時のハンドル捌《さば》きは、鮮やかなものだった。乗っているのはひとりのようだ。

村上病院から私のマンションまで、十五分くらいのものだった。私は車を駐車場に入れた。拳銃は部屋だ。

藤木が、揺り椅子に腰を降ろして海を眺めていた。圭子はまだ眠っているらしい。

「二度ほど、電話が鳴りましたよ」

「毛布でも被《かぶ》せとけよ」

チャイムが鳴った。

覗き穴の魚眼に、顔じゅう鼻の男が映っていた。鼻さきをレンズに近づけているのだ。

私は舌打ちをした。

「なんの真似《まね》だ、警部？」

遠藤は、旧友でも訪ねた時のように、ニコニコ笑っていた。

「なぜ尾行《つけ》た？」

「冗談言うなよ。付いてきただけだ。君、気がついていたじゃないか」

「用事があるなら、早く済ませてくれ」

「お喋りがしたくてね。釧路じゃ、君は神崎と二人で飲みにいっちまった」

「あんたのやり方に付き合ってる暇はないな、帰ってくれないか」

「そう言うなよ」

遠藤が靴を脱ぐ。私は肩を押さえた。眼が合った。遠藤が笑う。

「会わせたくない人間でもいるのかね？」

「いや」

私は手を放した。

「だが客はいる。不調法だぜ」

「ほう、お客さんね」

リビングに通じるドアを、遠藤が開けた。藤木はまだ揺り椅子にいた。ゆっくりとふりかえり、立ちあがって軽く頭を下げた。寝室ではなく、奥の部屋へ入っていく。頭の堅い男だ。圭子が起きてこないともかぎらない。寝室に一緒にいればいいのだ。

藤木を見送る遠藤の眼から、笑みが消えていた。

「誰がいると思ったんだ？」

「女のことが気になってね。森川圭子」

「俺のところにいると思ったのか？」

遠藤の顔にはもう笑みが戻っていた。

「実は、村上病院を張っていた」

「なぜ？」

「わからん。カンってやつさ。誰か市長に会いにくると思った。その人間が糸口になるかもしれんという気がしただけだよ」

「そこへ俺か。しかしあんたは稲村輝夫を逮捕した。もう事件は片付いてるじゃないか」

「森川圭子がまだ見つからん、機密もな」

「捜索願でも出たのかね？」

「母親は入院中で、もっかのところ判断能力はなさそうだ」

「独断専行だな。俺が被害届を出そうか。勿論、刑事の横暴のだ」

「苛《いじ》めるなよ、カンの鈍い刑事《デカ》を」

「あんたが、漫然と村上病院を張るとは、俺には思えんがね」

「ほんとうは、丸山を待ってたのさ」

「丸山が来れば、機密は稲村千吉の手中にありってわけかい」

私は、テーブルのワイルド・ターキーのコルク栓を抜いた。

「一杯やるかね？」

「朝から？」

「あんたの、ほんとうの仕事はなんだ？」

「なんでも屋だと言わなかったかな」

「機密の盗難についちゃ、被害届も出てないはずだ。なのにあんたは、朝っぱらからひとりで病院を張ったりしている」

「お喋りだって、この間君に注意されたばかりだぜ」

遠藤が、瓶に手を伸ばし、七面鳥のラベルに指さきで触れた。

「さっきの男は？」

「今度、うちの店で雇おうと思ってるバーテンだよ。引き抜いてきたところだ」

「立花だ」

遠藤が私の眼を覗きこんできた。

「匿《かくま》っているのか？」

「知ってるのか、あんた？」

「爆弾を抱えてるようなもんだぜ。もっともあの男が爆発するってわけじゃないが」

「逮捕してやったらどうだ。放っておくと、いずれは死ぬことになるかもしれん」

「だろうな」

「なにをやった、あの男は？」

「知らんのか。春だったかな、東京で三人死んだ。中原《なかはら》組という小さな組織の組長と大幹部だ。殺されたって噂だがね」

「噂？」

「組長は病死。医者はどてっ腹の風穴を見落としたらしくて、死亡診断書もある。二人の幹部は行方不明。そして、その筋に立花の廻状《かいじょう》が回った」

「公式には事件じゃないわけか」

「警察としては手を出せんね。立花が消されちまえば別だが」

「立花が所属していた組織は、なぜ守ってやろうとしないんだ？」

「立花は中原組の幹部だったんだよ」

私は瓶に口をつけ、ワイルド・ターキーを流しこんだ。のどが灼けた。

「なにがあったんだ、いったい？」

「よほどのことだろうな。親兄弟を殺した、あの世界ではそういうことだから」

遠藤はもう笑っていた。玄関に戻り、靴を履いて私の方へむき直った。

「ところで、なぜ市長に会いにいった？」

「やつの甥に弟を殺されたんだぜ。嫌味のひとつも言ってやりたくてね」

す。蒼《あお》い顔をしたキドニーが、マンションから出てきた。九時半、短くクラクションを鳴らす。

「急いでいるんだ」

「わかってる。病院だろう。乗れよ」

キドニーが、ものうい仕草で助手席に乗りこんできた。

「病院は？」

「真直ぐ行ってくれ」

私はしばらく言われた通りに走り、それから左折した。キドニーの手が腕を摑んだ。

「川中」

「新司は、弁護士のおまえになにを依頼してた？」

「こんなやり方は好かんぞ、俺は」

信号で停まった。降りようとしたキドニーの躰を、私は押さえた。力では勝負にならない。キドニーも無理に逆らおうとはしなかった。

三十分ほど走った。まわりは雑木林だった。キドニーは黙りこんでいる。車を脇道へ入れ、サイドブレーキを引いた。

「汚いやり方だ、川中」

「密告もな」

私はグローブボックスから、ワイルド・ターキーを引っ張り出した。

「やるか。おまえの飲んでるキザなテネシー・ウイスキーたあちょっとちがうぜ」

キドニーは、腕を組んで眼を閉じた。風で枝が揺れていた。木洩《こも》れ陽《び》が、鱗粉《りんぷん》を撒《ま》き散らす蛾《が》のように、ボンネットを飛び回った。ケンタッキー・バーボンがのどを灼く。

襲撃を知らせる電話が入った、と圭子は言った。電話の主は、新司の居所も襲撃を受けることも知っていた。この男以外に考えられない。潜伏中に二度掛かってきたという電話も、多分キドニーだ。

煙草を出しても、キドニーは手を出さなかった。顔色が悪いだけで、まだ苦しそうではない。しかし時間の問題だ。キドニーの躰の中の血は、すでに濁りはじめているだろう。

「人は簡単に死ぬぜ、キドニー。俺の手はそれを知ってるよ」

私が人を殺した時、キドニーはまだ司法修習生だった。私の弁護ができないことを、ひどく残念がったものだ。

「なぜだ、キドニー？　それも稲村に知らせるだけじゃなく、襲撃されることを新司にも知らせた。意味がわからんよ」

キドニーは動かない。またワイルド・ターキー。灼けたのども、心のヒリつきまで消しはしなかった。

「苦しい思いをするだけだぜ」

ボリュームを絞ってラジオをかけた。主婦むけの教養番組。電話相談。夫以外に好きな男ができた。なに言ってんの、あんた、悩むくらいならはじめから寝なきゃいいでしょ。カウンセラーの乱暴な口調が、相談者の被虐趣味を刺激している。

窓を開けた。凪に飛ばされた木の葉が一枚、舞いこんできてキドニーの膝に落ちた。

「俺は待つぞ、明日までだってな」

煙草をくわえた。キドニーは動かなかった。また木の葉が舞いこんでくる。

キドニーがこの街に帰ってきたのは、五年前だった。この街がキドニーの故郷であることを、私はずっと以前から知っていた。しかし同じ街に住むことになるとは、一度も考えなかった。キドニーは、東京で法律事務所を開くはずだった。名の通った事務所で、そのための修業をしていたのだ。

自動車事故だ。どれほどひどい事故だったのか、キドニーは語ったことがない。七か月、入院していた。そしてこの街に帰ってきた。腎臓《じんぞう》が二つとも駄目になっていた。それ以外に、事故の後遺症があるようには見えなかった。外傷もわずかなものだった。躰は知らない。顔に小さな傷痕《しょうこん》がひとつだけ残っていた。右眉《まゆ》の上で、なにかで穿《うが》ったような穴になっている。はじめて見た人間なら、生まれつきのものと思うかもしれない。

腎臓《キドニー》、このニックネームは私がつけた。そう呼ぶのも私だけだ。

冬だった。黒いコートの襟に白いワイシャツを覗かせ、ネクタイも黒、手袋も靴も靴下も黒、アタッシェケースも黒、その上黒いソフトまで被った姿で、遠いところから来た弔問客のように、キドニーはこの街に帰ってきた。ギャング映画の殺し屋スタイルにしても、ちょっとばかり滑稽《こっけい》で、ニックネームのひとつも進呈せずにいられない気持になったのだ。キドニーは、私のプレゼントが気に入った。私以外の人間からも、そう呼ばれたがっていた。ごついキドニー・ブローを食らったのさ、由来を訊かれると必ずそう答えたものだ、私もキドニーも。

「稲村は俺に嘘《ガセ》を摑ませたわけじゃない。それは確かだ。下手をして俺に嚙《か》みつかれると、痛い目を見るのはわかってるからな」

キドニーは動かない。眠っているというより、彫像かなにかになったような感じだ。私は苛立《いらだ》ちはじめていた。もうすぐ十一時。苦しくなっているはずだ。血が下水の水のように濁りはじめているはずだ。

ラジオを切る。風の音が舞いこんできた。煙草。ワイルド・ターキー。頑固な男だ。勝手に死ね。

虫が這《は》っていた。ボンネットの上だ。風はまだ強い。煙草がなくなった。腹も減っていた。眼を閉じた。

不意に、死んだ男の顔が浮かぶ。私の手も服も、血で汚れていた。

襲われたのは、女だった。男は女の名を呼び、呼ぶというよりも叫び、いきなり切りつけてきた。銀座の目抜通りだ。私は男を弾《はじ》き飛ばした。知らないわ、女は叫んでいた、知らないわ。立ちあがった男の手が、私の胸を突いた。血と一緒に憤怒が吹き出していた。刃を摑んだ。男は刃物を放さなかった。掌《てのひら》が切れた。腹を蹴《け》りあげた。躰を折った男の顔に、拳《こぶし》を叩きこんだ。ボールのように吹っ飛んだ男が、また起きあがり、刃物を腰だめにして突っこんできた。もう一度蹴った。それから刃物を手で払った。光が飛んだ。そんなふうに見えた。男が後退《あとじさ》りをした。手に刃物はなかった。身を翻して逃げようとする男にタックルしていた。躰が、自然にそう動いていた。助けてくれ、這いながら男が叫んだ。馬乗りになり、続けざまに顔を打った。男は眼を閉じていた。髪を摑んだ。重い石でも持ちあげるような感じだった。舗道に叩きつけた。何度も、何度も叩きつけていた。血が飛んだ。呻《うめ》きさえも聞えなかった。私に聞えたのは、男の後頭部が舗道に打ちつけられる鈍い音だけだった。

女も血まみれになっていた。頰《ほお》から顎を切られ、片方の胸の脹らみも切られていた。知らないわ、何度も呪文《じゅもん》のようにそう言い続けていた。私は女と食事をし、出てきたところだった。婚約し、二か月後には結婚式を挙げることになっていた。

ボンネットの虫がいなくなっている。木洩れ陽は相変らずだ。ワイルド・ターキーを流しこむ。のどが灼ける。のどだけだ。

女は真寿美《ますみ》といった。会社の取引先の社長秘書だった。招待された湘南《しょうなん》のゴルフ場で、私と真寿美は会った。ひと眼見た瞬間から、私の頭には血が昇った。背が高く、痩せていて、山猫のような眼をしていた。三日後にゴルフに誘い、それから二日後に食事に誘った。大学時代、アメリカンフットボールのクォーターバックだった私は、すべてに関して突っ走るのが最上の道だと信じていた。四度目に会った時に、結婚を申し込んだ。そういう男女のかたちしか、私には考えられなかった。真寿美は逡巡《しゅんじゅん》していた。強引に肉体関係を結ぶことで、それを押しきった。服を着ている時は信じられないほど、豊かな乳房を持った女だった。それからひと月で、婚約した。取引先の社長が媒酌をすることも決まった。

私が殺した男は、その直前まで真寿美と同棲《どうせい》していたのだった。真寿美は、私と秤《はかり》にかけてその男を捨てたのだ。小さな鉄工所の工員をしている、真寿美よりも歳下《としした》の男だった。私はその男から女を奪い、ついでに命まで奪った。まだ刑務所で暮しているのがほんとうだろう。男が刃物さえ持っていなかったら、そうなったはずだ。

顔と胸を切られた真寿美が、それからどうしたかは知らない。知ろうとも思わなかった。忘れようとしてきただけだ。私は二十五歳だった。その上、年齢よりずっと子供だった。真寿美が過去に男を知っていたかどうかさえ、わかりはしなかったのだ。

ワイルド・ターキーを呷《あお》った。とうとう空になった。

キドニーは動かない。十二時三十分。

キーの空瓶を窓の外に投げた。

「降りろ、キドニー」

腕を摑んだ。瘦せた細い腕だ。顔はむくんで肥《ふと》って見えるのに、躰は痛々しいように瘦せている。

「ぶちのめして吐かせてやる」

「そうだ」

キドニーが薄く眼を開いた。

「それが、おまえらしいやり方だよ」

言葉がもつれていた。尋常でないものを感じさせるもつれ方だ。私は手を放した。キドニーがまた眼を閉じる。

「くそっ、透析をやる病院はどこだ？」

もう一度ステアリングを殴りつけた。

「タクシーを呼ぶ。電話まで、連れていけ」

キドニーは眼を開かなかった。私は車を出した。市街に入っても、キドニーは動かなかった。ぐったりして、車の揺れに身を任せているだけだ。

キドニーのポケットを探った。札入れから、病院の診察カードが出てきた。

20 襲撃

午後三時。

内田悦子を使いに出し、私はひとりで待った。

丸山は時間に正確な男だった。ちょうど三時を回った時、茶のストライプのスリー・ピースを着た姿がドアから現われた。連れはいない。

「阿部がさっき会社へ来てね。ネオジュウムの元素記号をチラつかせて、思わせぶりを言った。嗤《わら》って追い返してやったよ。現物のネオジュウムを見せてやると、驚いて声も出ないようだった」

丸山が笑った。細い眼に表情はなかった。

会いたい、と言ってきたのは、丸山の方だった。断る理由はなかった。

私は煙草を勧めた。

「御用件は？」

「森川圭子に会いたい。いや、君があのマイクロフィッシュを握っているのなら、会う必要もないわけだ」

「船を調べましたね」

顔は見られていないはずだが、ボートを調べればすぐにわかる。追ってきたのは例のマスタング。雇主はこの男だ。

「あの坊やは生きてるのかな？　テーブルで俺に殴り倒されたあの坊や」

「なんの話かね？」

「肚を割る気がないんなら、お帰りいただきましょうか」

「生きているよ。ひどい怪我だったが、どうにか歩けるようになったようだ」

「チャンピオンと横綱がお供で来るんじゃないか、と思ってたんですがね」

丸山がまた笑った。新司のことはなにも言おうとしない。

「あのボクサー崩れは、お払い箱にした方がいいな。パンチドランカーで、その上覚醒剤《かくせいざい》中毒ときている」

「あれで結構役に立つ。犬みたいに鼻が利く男なんだ。『レナ』という店の二階に女がいることを聞き込んできたのは、あの男だよ。経営者は金に弱いらしいね。バーテンを引き抜くために、君がしばしば出入りしていたことも教えてくれたそうだ」

「森川圭子は、確かに私が保護しています。安全な場所にね」

私の部屋にいる、という可能性は考えていないだろう。シティホテルの時と同じだ。私の部屋は盲点になるはずだ。

「あのマイクロフィッシュになにが写っているのか、君は知っているのかね？」

「知りません。専用のリーダーで見せられたとしても、多分なにもわからんでしょう」

丸山が煙草に手を伸ばした。私は卓上ライターの火を差し出した。煙を吐いた丸山の眼と私の眼が、一瞬合った。

「阿部にネオジュウムのことを吹きこんだのは君だな。レーザーのことに詳しいじゃないか、少なくとも阿部より」

「弟がレーザーの専門家でしたから。それも最新鋭の技術のね」

丸山の表情は動かなかった。

「マイクロフィッシュには、最新のレーザー発振器の設計図が写されている。そうですね？」

丸山が無表情のまま頷く。

「きわめて画期的なものだという話ですが？」

「そうだ」

「阿部の話も、それほど見当ちがいじゃなかったことになるな」

「いや、あの男は話にならん。ちょっとした情報と推量だけで動く。ネオジュウムがいい例さ。三年前もそうだった。科学だよ。営業の仕事とはちがうんだ。見当とか推量はなんの役にも立たんよ」

阿部は、量子エレクトロニクスが専攻だった、と私に言った。かませたつもりだったのだろうが、底はすぐに割れた。そこを逆手にとってやったのだ。

「どんなふうに画期的なのか、教えていただけませんか。科学的にね」

「媒質だよ。超小型発振器を可能にした新媒質だ」

「半導体レーザーじゃないんですか？」

「それも小型だが、パワーが弱い。ネオジュウムに代る、耐熱性と冷却効率のすぐれた新しい型の人工鉱物だ」

「空冷化できるものですか？」

レーザーの媒質は、閃光《せんこう》ランプから集光して、内部にエネルギーを蓄積する時に、熱を持つ。放置すればその熱のために自壊するので、適度に冷やさなければならない。現在のところ水冷であり、それが発振器のコンパクト化のネックになっている。これも、この間仕入れた知識だった。

「確かに空冷だが、それもわずかで済む。さらに新しい点は、従来の数十倍のパワーを出せるということだ。ほんの煙草の箱くらいの発振器で、五ミリの鉄板を一秒で焼き切るエネルギーが出せる」

「そいつはすごいな」

私も煙草をくわえた。

「プラズマを高温で閉じこめて核融合を起こさせる時の、熱エネルギーにだって利用できそうだ。一億じゃ安過ぎはしませんか？」

丸山が笑った。なにをしに来たのだ。もうひとつ肚が読めない。まさか、機密の解説にきたわけでもないだろう。

「ひとつ疑問があるんですが」

「なんだね？」

「なぜ、設計図がマイクロフィッシュに収められているんです？　実際に作って、製品にしちまえば、機密がどうのという問題が起きることもないでしょう」

「完成していない。一億の値しかつかんというのは、それが理由だよ」

「未完成品に一億ですか？」

「媒質そのものは、完成している。だが、効果的にそれを使う方法がないんだ。屋内や、発電装置のあるところでなら、いままでの発振器でもかなりのパワーが出せる。持ち運びのできる発振器ができないことには、意味がないのだよ。レーザーは電力を食う。そして持続的に光線を発射できる電力を蓄えられる、小型高性能電池はまだない」

「なるほど、持ち運びのできる発振器ね」

私は煙草を消した。窓の外に眼をやる。陽は落ちていないが、薄暗くなっていた。雲が出てきたのだろう。

「その発振器を通常兵器に転用した場合、ライフルどころか、バズーカや迫撃砲とも較《くら》べものにならない、驚異的なものになりますな。しかも、拳銃みたいに持ち歩けるときている」

丸山の表情が、一瞬動いた。それだけだった。

「なぜ、私にいろいろとお話しになります？」

「正当な値を理解して貰うためだよ」

ポーカーフェイスで丸山が言う。私は笑い返した。丸山がここへ来た理由が、どうして
も摑めない。

「なぜ、森川圭子に機密を盗まれたんです？　金庫の合鍵でも持ってたのかな」

「私の過失だ。だが、森川ひとりでは盗むことはできん。マイクロフィッシュは何枚もあ
って、専門家が見ないかぎりどれだかわからんのだからね」

「弟の役目はそれですか？」

「役目？　おかしなことを言うね」

「弟が森川圭子を使った、ということですな。森川はただ利用された」

「機密がなんたるかも知らんのだ。なぜ盗む気など起こす」

「父親が、第二研究室の室長だった。昨年の暮、南米のなんとかいう国で亡くなるまで」

「ブラジルだよ」

丸山の表情が、またちょっと動いた。この男は、ほんとうは感情が顔に出やすいのかも

しれない。

「公式には、ブラジルでしたな」

「どういう意味だね？」

私は笑った。窓の外に眼をやった。いっそう暗くなり、陽はもう射《さ》してくる気配もなかった。

「そろそろ本題に入りませんか？」

丸山がなんのためにやってきたのか、私はまだ摑みかねていた。

「一億という値は前にも聞きました。それだけを私に教えるために、わざわざ出向かれたわけじゃないでしょう？」

「それだけのためだよ。君に理解して貰いたかった。もともとうちの社のものだ。多大な研究費をかけて開発したものだ。レーザー光線では、日本は世界のトップレベルにある。長い視野で見れば、うちの社が世界に飛躍できる千載一遇のチャンスなんだ。うちは被害者だよ、一方的な。それが一億もの大金を出そうと言っているんだよ」

電話のベルが、丸山の演説を中断させた。

私は頭を下げて立ちあがり、自分のデスクで受話器を取った。

「神崎さんか。出歩いてるんじゃないか？」

「黙って俺の話を聞きな。さっきあんたの部屋が襲われた」

「どういうことだ？」

「俺たちが、あんたのマンションの駐車場に車を入れようとしてる時だった。銃声がした、何発もな。たまげてエレベーターに乗ろうとすると、三人降りてきやがった。ばかでかいのと小せえのと、背広を着た野郎だ」

ボクサー崩れ、笹井、年嵩《としかさ》の男。どうやって私の部屋の圭子を見つけたのだ。

「マスタングで逃げやがったぜ。背広の野郎が撃たれてた」

「出歩かん方がいいな、傷が開いたらどうする。ちょっとは歳を考えろよ」

「なにほざいてやがる。それからな」

神崎が言葉を切った。

「そこに誰かいるのか？」

「そういうことだ」

丸山がここへやってきた理由はわかった。私を釘付けにして、その間にマンションを襲わせるためだったのだ。藤木を大した相手だとは考えなかったにちがいない。『レナ』という店で働いている、ただのバーテンだと思ったのだろう。

「喋るから、適当に受け答えをしてくれ。あんたの部屋から出てこようとしてた、男と女にぶつかった。野郎は拳銃《ハジキ》を突きつけてきやがったが、なんとかあんたの知り合いだってことをわからせた。いま、内田が自分の車に乗せてったところだ」

「どこにいるんだ、いま?」

「マンションからちょっと戻ったところさ。そろそろパトカーも来るだろう。なにしろ派手な銃声だったからな」

「わかったよ。詳しく聞いてやる。事務所へ来いよ。タクシーを使うんだぜ」

受話器を置いた。

丸山とむき合い、煙草をくわえた。

「私と一緒に稲村輝夫を追っていった男でしてね。怪我をしてるくせに、気紛れを起こして歩き回っている」

「君も怪我をした、と聞いたが」

「サンド・バッグにされた時ほどじゃありませんでしたよ」

丸山がちょっと笑った。

「さっきの話だが」

「よくわかりましたよ。自分のものを買い戻すのに一億出す。感謝しろ、とおっしゃっている」

「礼を尽しているんだよ」

「稲村千吉を、なぜ邪魔にするんです?」

「市長を、私が?」

「稲村はそう言ってます。あなたの背後に大きな政治勢力があって、自分を追い落とそうとしている、とね」

「馬鹿な。妄想もはなはだしい」

「妄想なんてものとは縁のない男ですよ、あの稲村は」

「なにが言いたいのかね？」

「別に。稲村がそう言っていた、というだけのことです。そちらに心当たりがないのなら、私の聞き違いでしょう」

「私の話を、少しは真剣に考えて貰えないか」

「考えてますよ。確かに、森川圭子は私が保護しています。成行でね、弟の代りに彼女を助けちまったものだから、しかし、おたくに売るものは、なにもないんです」

丸山がチラリと腕時計に眼をやったのを、私は見逃さなかった。

「考えが変ったら、電話をくれないか。会社でも自宅でも構わない」

丸山が立ちあがる。私は愛想よく送り出した。丸山は目的を果したのだ。私をこの事務所に釘付けにした。だが、あの三人は目的を果たさなかった。

片脚を引き摺《ず》りながら、神崎が入ってきた。

「俺の部屋は盲点だ、そう思ってすっかり安心しちまってた」

「二人とも無事だ。内田がいい場所を知ってるっていうから、任せといたぜ。あんたを狙ったのかな、それともあんたの留守を狙ったのか？」

「留守を狙われた。さっきまで東洋通信機の丸山がここにいたんだ。しかし、神崎さん、なんだって俺のとこへ来る気になった？」

「西の浜に『デリラ』が置いてあったって、内田が言うじゃねえか。あそこは海水浴場だぜ。しかも真夜中に突っ走ってる。こりゃ事が終ってねえとピンときたわけよ」

「ま、来たのがあんたでよかった」

電話が鳴った。多分警察からだろう。神崎が取った。

「伝えます。すぐに帰らせますんで」

言いながら、神崎は笑っていた。

内田悦子が、紙袋を抱えて戻ってきた。神崎を見て声をあげる。

「散歩、散歩。躰がなまっちまうわな」

娘に睨《にら》まれた父親のように、神崎は首を竦《すく》めた。

紙袋には、ワンピースやセーターや下着など、女物の衣料が入っている。森川圭子がちょうど悦子と同じくらいの体格だったので、買物を頼んだのだ。

「帰んなよ。遠藤の旦那《だんな》からだったぜ」

「そうしよう。連絡は忘れないでくれ」

「ちっとは眠るこった。人間の頭はな、眠らなけりゃ、働かねえようになってんだぜ」

実際、釧路から帰ってほとんど一睡もしていない。躰の底に疲労が澱《よど》んでいた。私は紙袋を抱えて立ちあがった。悦子が笑い声を押し殺す。裸の女がモーテルで待っている、そういう口実で女物の服を買ってきて貰った。服も下着もみんな破っちまってな。そういう私の言葉で、状況を勝手に判断したようだ。素直な想像力の持主だった。


警察車が四台来ていた。

リビングの入口の絨毯《じゆうたん》に、血の染みがあった。窓の硝子にも穴が開いている。鑑識課員が、壁にめりこんだ弾を抉《えぐ》り出していた。

「三時ごろ、どこにいた?」

遠藤がそばに来て言った。例によってニコニコ笑いを顔に貼《は》りつけている。

「事務所」

「証人は?」

「東洋通信機の丸山所長」

「ほう、むこうから出向いてきたのかね?」

「弟のことでいろいろ話があってね。弔問の意味もあったんだろう、多分」

「女房ひとりに葬式をやらせた。しかも火葬場でだ。それが君に弔問か」

「そんなことは、丸山に訊いてくれ」

寝室はきちんと片付いていた。女がいた気配など、どこにも残っていない。私は、キャビネットから新しいワイルド・ターキーの瓶を出した。なにか言いかけた鑑識課員を、遠藤が遮った。

「ここにいたのは、立花ひとりか？」

「あんたがよく知ってるはずだろう。ただし、名前は藤木年男、俺はそう聞いてた」

「なぜ、やつがひとりでここに？」

「朝も言ったはずだ。うちの店のバーテンに雇ったのさ。つまりスカウトだ」

「あんな危険な男をか？」

「そんなことは知らなかった」

遠藤が腕を組んだ。

「中原組に雇われた連中が、立花を襲った。一応はそう考えられるな」

「ほかに、どんな可能性があるんだね？」

「薬莢《やっきょう》が四つ見つかってる。全部同じもんだ。三八口径の自動拳銃《オートマチック》」

薬莢を見れば、拳銃がリボルバーか自動《オート》かの区別は大抵つく。底盤《リム》と薬莢本体の直径が同じなら、自動拳銃だ。四五口径の薬莢は見つかっていないらしい。藤木が持っていたのは、四五口径のコルト・ガバメントだ。

「変だ」

遠藤が首を傾《かし》げた。

「なにが？」

「血がかなり流れている。エレベーターの中にもな。よく逃げられたもんだよ、立花は。それに、銃声が六発だったという聞込みだってある」

「錯覚だろう。数えたりゃしないもんだぜ」

「気に入らんな、どうもしっくりせん」

「考えるのはあとにしてくれ。絨毯を替えるぜ。硝子屋を呼ぶし、壁穴も埋めさせる。構わんだろうな」

「鑑識が済めばだ。大して時間はかからんよ」

私は電話帳を繰った。

遠藤がまだなにか呟《つぶや》き続けている。揺り椅子でワイルド・ターキーを呷りながら、私は鑑識の仕事を見物した。そのうち眠くなった。

21　吸殻

美津子はひどく酔っ払っていた。

考えてみると、このゴタゴタがはじまってから、彼女がほんとうに酔い潰れているのを見たことがない。

「あがらせて貰うぜ」

「なんの用よ、夜中に。女ひとりだってわかってるくせに」

髪が乱れている。マニキュアも剝《は》げていた。新司が四日も戻らないと部屋に告げに来た時の彼女を、私は思い出した。ただあの時は、これほど酔ってはいなかった。

「力ずくであがる気？」

彼女が遮るように両手を拡《ひろ》げた。ガウンの前がはだけ、ブルーのネグリジェが眼の前にチラチラした。胸のボタンがはずれ、白い脹らみがむき出しになっている。

「絡むなよ。俺はまだ新司に線香もあげちゃいないんだ」

「そういう口実であがりこんで」

彼女が私の顔に指を突きつけた。淡い色をした乳首がチラリと覗いた。

「あたしになにかしようって魂胆だ。あんたはそういう男よ」

「いい加減にしろ。それにガウンをちゃんと着たらどうだ。胸が見えてるぜ」

彼女が顎を引いた。自分の胸を覗きこもうとしたのだろう。そのまま前にのめってきた。抱きとめる。

白木の位牌《いはい》。白い布に包まれた骨壺《こつつぼ》。写真すらなかった。

私は畳に直《じか》に腰を降ろした。ブランデーをこぼしたのか、匂いがたちこめている。線香に伸ばしかけた手を、途中でとめた。私の中のなにかが、そうさせた。

「どうしたの、お線香あげてやらないの？」

柱に背を凭せた美津子が、トロンとした眼をむけてきた。私は煙草をくわえた。彼女が這い寄ってくる。

「酔いを醒ませよ。でなけりゃ寝ちまえ」

「酔っ払ってなんかいなくてよ」

私の煙草を取った。灰皿に、ラークの吸殻に混じってハイライトが三本あった。どれも噛み跡がついている。歯でフィルターを噛んだまま喋っていた、阿部の顔が浮かんだ。

「俺の店じゃ、酒癖《こ》の悪いホステスは雇わんぜ」

「裸になっちまう女がいるじゃない」

「あれはいいんだ。客が喜んでるし、それにきれいな躰をしてる」

「あたしだって、捨てたものじゃなくてよ。見たい？　見せてあげたっていいわよ」

「やってみろ、亭主の骨の前でな」

泣き出した。私は彼女の髪を摑んだ。涙はすぐに止まった。

「痛いじゃない、乱暴な男ね」

煙草が畳に落ちた。拾いあげて灰皿で揉《も》み消す。

「眠れよ、その方がいい」

「狼《おおかみ》が家の中にいるというのに？」

「どこにでも狼はいるさ」

私は、灰皿のハイライトの吸殻をつまみあげた。彼女は見ていなかった。

「隣りが寝室だろう。自分で行けよ。俺は朝までこの部屋にいさせて貰う」

「あたしのためにいてくれるってわけ？　ほんとはやさしい男なんだ」

彼女が、天井に顔をむけて笑った。白い首筋が慄えていた。私は新しい煙草に火をつけた。

「お店で飲んでると、時たま義兄《にい》さんが現われるのよね。あたしの顔を見て、にやりと笑って、俺と踊れなくなるほど酔うんじゃないぜって言うの。そのくせ、一度だって踊ってくれなかった」

「いつも酔っ払ってるからさ」

「そうね、いつも酔ってたわ。でも、宇野さんは酔ってても踊ってくれたわ。たまたま義兄さんがそれを見ると、機嫌が悪くなるの。宇野さんと踊ってるとこ、義兄さんに見せてやるの、面白かったわ。だからいつも宇野さんと踊ったの」

彼女が、私の膝に手をついた。うつむいた顔を覗きこむと、大粒の涙が見えた。泣いたまま眠りはじめている。

私は彼女の躰を抱えあげ、寝室のベッドに運んで横たえた。彼女の指が、私の服の襟を摑んでいた。指を一本一本開くまで、放そうとしなかった。そしてまだ、閉じた眼から涙を流し続けていた。


眼醒めたのは、午前四時だった。

柱に凭れたままの姿勢で、躰はすっかり強張《こわば》っていた。五時間は眠ったようだ。静かだった。美津子のかすかな寝息が、隣室から聞えた。

白木の位牌を私は手にとった。ただの木片だ。弄《もてあそ》んだ。そして元に戻した。拝みたいやつが拝めばいい。

骨壺を抱えてみた。軽かった。私が山で担いで走った新司と較べると、馬鹿馬鹿しいほど軽過ぎた。

私は煙草に火をつけた。ライターの蓋《ふた》を閉じる音が、夜の底に寒々と響いた。

「起きてるの？」

美津子の声。もう酔いは醒めているようだ。

「そろそろ帰るよ、俺は」

襖《ふすま》が開いた。ガウンは着ていなかった。ブルーのネグリジェだけだ。

「とうとう、お線香はあげなかったのね」

咎《とが》める口調ではなかった。ほんとうに眠っていたのだろうか。寝息は聞えた。

「寒い、ガウンどこかしら」

美津子が肩を竦め、部屋を見回した。私は立ちあがった。

不意に、妙な感情が私を衝《つ》き動かした。肩に手をかけた私の顔を、彼女が見あげた。試すような気持はどこにもなかった。無意識に顔を寄せ、唇を合わせていた。濡れた唇だった。歯が開いて、私の舌が受け入れられた。

夢と同じだ。ただ、あの時は彼女の方から口を寄せてきた。

私は、徐々に彼女の躰を寝室の方へ押した。かすかな抵抗がある。押しきった。自分がなにをやろうとしているのか、よくわからないまま躰だけ動いていた。

ネグリジェの、胸のボタンを探った。その手を彼女が摑んだ。押し返してくる。

「駄目よ、もう。遅過ぎるわ」

力をこめた。髪に鼻を埋《うず》め、大きく息を吸った。彼女が激しく首を振る。

「いつならよかったんだ」

睦言《むつごと》のつもりだった。拒絶は、女なら一応見せるポーズにちがいない。だが、意味がこめられた答が返ってきた。

「新司が生きている時なら。生きて、女の人と逃げている時なら」

私は自分を取り戻した。

ちょっとした冗談のつもりで唇を合わせただけだ、と思った。はっきり試す気で、もう一度唇を合わせた。歯は閉じていた。

「この間みたいに暴れないのか。どうして戦法を変えた。新司が死んだからか？」

「ひどいことを言うのね」

彼女は私を突き放し、ガウンを羽織った。腹を立てたようには見えない。

「どうしてお線香をあげてやらないの？」

「俺の柄じゃない」

彼女は落ち着いていた。私を見つめる視線には、母親のような寛大さがあった。一体いくつ、この女は顔を持っているのだ。

「コーヒーが飲みたいわ。おなかも減った。付き合っていかない？」

彼女が笑う。私も笑い返した。

「君の手料理ははじめてだな。いつも酔っ払ってるのを送り届けるだけだった」

「コーヒーとトーストとベーコンエッグくらいのものよ。手料理って時間じゃないわ」

「充分さ、それで」

圭子と藤木は、内田の友人がやっているという海の家に隠れていた。夏場だけ開く掘っ建て小屋だ。この時間は寝ているだろう。起きているにしろ、まともなものを食えそうな場所ではなかった。

船だと思います、と藤木は言った。マンションの沖に、白いクルーザーが一隻いたという。洋上から、部屋を見張られていたのだ。風が強く、クルージングの日和ではなかった。圭子が寝室から出てきたのが十二時過ぎ、藤木が作ったサンドウィッチを食べ、窓際の揺り椅子で海を眺めていたらしい。それを見られたにちがいなかった。

私が丸山と会う約束をしたのは三時だった。だが悦子は、一時過ぎから三度丸山の電話を受けている。ようやく私をつかまえ、事務所に釘付けにしている間に襲撃させた。辻褄《つじつま》は合う。

丸山に機密を買い戻す気などない。力ずくで取り戻すつもりだ。それははっきりした。

キッチンで、卵を焼く音がした。

「こっちへ来てくれる」

美津子の声。私は立ちあがった。食卓。椅子が二つ。むき合って坐《すわ》った。バターを塗ったトーストを彼女が差し出す。ベーコンは固く焼いてあった。私の好みを知っている。

霧のような雨が降っていた。朝七時。街はようやく動きはじめている。

シティホテルの六階に部屋を取っていた。絨毯と硝子の取り替え、壁の補修、明日まで待たなければならないだろう。今日は日曜日だ。

髭《ひげ》を当たっていた。電話が鳴る。神崎か内田かもしれない。泡だらけの顔のまま、私は受話器を取った。

　遠藤だった。

「しつこい男だな。俺のアリバイを証明しているのが丸山だってのが気に食わんのか？」

「その話じゃない」

　遠藤が言葉を切った。

「川中美津子が撃たれたよ」

「美津子が？」

　私は顔の泡を掌で拭《ぬぐ》った。

「いつ、どこで？」

「今朝の五時過ぎだ。自宅でな」

「馬鹿な」

　私があの家を出たのも五時過ぎだった。入れ代りに誰か来たということか。

「正確には、五時三十二分だ。銃声を聞いて起きた人間が何人もいた」

「で？」

「即死だろう。条痕《じょうこん》検査をすればわかるが、君の部屋を襲った連中は、立花を狙っていたわけじゃなさそうだな」

「三八口径だったのか？」

「はっきりはわからん。薬莢を残してなかったんでな」

私があの家を出たのは、五時十分か十五分ごろだった。私が立ち去るのを待っていた、としか思えない。尾行《つけ》られていたのだろうか。それとも、美津子に目星をつけた誰かが、家の近所で張っていたのか。

車を飛ばした。ほんの二時間足らず前に、のんびりと転がしてきた道だ。

郊外の丘陵に、五十戸ほどの同じ型の家が集まっている。東洋通信機の社宅だった。

パジャマの上にガウンを羽織った野次馬、警察車、警官。私はロープを潜《くぐ》った。

鑑識がはじまっていた。近づこうとした私を、警官が押し止めた。遠藤が出てきた。

「三発。背中からだ」

私は警官の腕を振り払った。

美津子は、新司の骨に足をむけるような恰好《かっこう》で、俯《うつぶ》せに倒れていた。ガウンのベルトはしっかりと締めているが、裾《すそ》は乱れていた。白いふくらはぎから膝の裏側まで見えた。血はひどい。ガウンを汚すだけでなく、畳にまで大きく拡がっていた。いまもまだ、流れ続けているようにさえ思えた。

顔は見えない。頭のそばに垂れ下がった受話器が、かすかに揺れていた。

「電話をかけようとしていたようだな」

鑑識課員が、パウダーで指紋を取っていた。遠藤が、白い手袋をヒラヒラさせた。

「客があった。かなり深い仲だろうな。多分泊っているよ。二人で早い朝食をとってる。車の音を聞いた人間はいるが、目撃者はいまのところいない。日曜の早朝で、この雨ときてるからな」

「銃声の通報があったのか？」

「俺に連絡が入ったのは、第一報の直後だった。なにしろ川中新司の家だ、最初に君の部屋へすっ飛んでいってノックしたよ。留守だった。いやフロントで確かめたら、まだチェック・インしていないという話だったな」

遠藤もシティホテルに泊っている。部屋がノックされた時、私はまだ車を転がしていたはずだ。

遠藤が私を見ていた。

「チェック・インもしてないのに、どうして部屋がわかったんだね？」

「きのうの夜、君を捜してたんだ。マンションの絨毯を替えるまで、シティホテルにいると言ってたじゃないか。フロントで部屋割りを聞いておいたのさ」

「なにか用事だったのか？」

「稲村輝夫が、あの時の共犯について吐いた。伯父との関連についちゃ、弁護士にきつく言われてるらしくて、黙秘だがね。共犯の二人は、撃たれて負傷したそうだ」

「俺が撃ったってわけか？」

「ほかに誰かいたのか、あの山に？」

「わからんぜ、それは」

「稲村が挙げられたんで、二人とも国外に出ちまった。フィリピンらしいんだがな、はっきりしない。負傷したって証拠もないし、君をどうこうってことじゃないんだ」

「美津子を撃ったのも俺だと、あんたは疑ってるんじゃないのか？　硝煙反応でもなんでも調べてみろよ」

「いずれ、アリバイははっきりさせて貰わなくちゃならん」

「この事件も、あんたの担当かね？」

「所轄の一係がやってるよ。俺は、なんていうか、オブザーバーみたいなもんさ」

「警察の捜査にもそんなのがいるのか。国際会議並みじゃないか」

「遊んでるわけじゃないぜ」

「わかってるさ。あんたがなにか狙いを持ってこの街にいるんだということはな。不愉快なのは、そいつをはっきりさせようとしないことだ」

もう一度、美津子の屍体《したい》に眼をやった。わけのわからない痛みが、躰の中を駈《か》け回っていた。

私は煙草をくわえた。火をつける前に、灰皿に眼がいった。ラーク、セブンスター、ハイライト。嚙み跡のついたハイライトの吸殻が、五本あった。二本増えている。

「どこへ行く?」

「帰るのさ。用事を思い出した」

「事情聴取に出頭してくれるだろうな?」

「所轄の一係のならな。それが正式だろう。あんたと喋るのは気が進まんよ」

私は、火のついていない煙草をくわえたまま、車に戻った。

助手席にキドニーがいた。

「なんの真似だ?」

「臨時ニュースを聞いた。遠藤警部が、さっき屍体を見せてくれたよ」

「なにをしている、と訊いてるんだ?」

「どこへ行く?」

「遠藤と同じことを訊くな」

「おまえ、このことでなにか心当たりがあるんじゃないのか?」

「病人の出る幕じゃないぞ」

キドニーは車を降りなかった。

22　生きた女

飛ばした。

日曜の朝は、まだ車が少なかった。

キドニーはなぜ私に付いてくるのか。なにを目論《もくろ》んでいるのか。病院へ行く途中で拉致《らち》同様に郊外に連れ出したのは、きのうの今日だ。透析を済ませれば、躰《からだ》はすぐ平常に戻るのだろうか。

考える余裕はなかった。話しかける余裕もない。とにかく、キドニーが自分から積極的に行動することなど、滅多にないことだ。どこへでも付いてくるがいい。なにをやるかは、俺が見届けてやる。

パトカーと擦れ違った。赤色灯を回しはじめた。Uターンに手間どって、すぐには追ってこない。ミラーの中から消えた。百キロを越えている。

「事故が怖ろしくないか、キドニー？」

濡《ぬ》れた道路だ。いつスリップするか知れたものではない。キドニーは無言だった。いくらか荒い息遣いが聞えるだけだ。

シティホテルの玄関に車を放《ほう》り出したまま、私はエレベーターに飛び乗った。閉じかかった扉を手で押さえて、キドニーも滑りこんでくる。

五階。五二四号室。

ポケットのワルサーを確かめた。

ノック。二度。さらにもう三度。

「誰？」

「川中だよ」

ノブが回る。私は躰でドアを押した。

阿部はきちんとスーツを着ていた。セールスマンのような表情も変らなかった。

「引き払うのか、ここを」

ベッドのスーツケースに私は眼《め》をやった。

「仕事になりそうもないですからね。記事ひとつものにできなかった」

「なぜ撃った？」

「なんの話ですか？」

顎《あご》に拳《こぶし》を叩《たた》きこんだ。この男からは訊《き》き出すことがある。撃ち殺すわけにはいかなかった。

仰むけに倒れた阿部の手に、拳銃《けんじゆう》が握られていた。私にむいた銃口が、かすかに揺れている。

「川中さん、私をただの新聞屋だと舐《な》めてもらっちゃ困るな」

「そう思っちゃいない。君は俺が突きつけた拳銃を、ベレッタ・ミンクスだとすぐに言い当てた。あれはいつだったかな」

「七日、いや八日前かな。あんたには、いずれ礼をしようと思っていたよ。散々俺を虚仮《こけ》にしてくれた。利用だけしてな。きのうは、丸山に赤っ恥をかかされたぜ」

「レーザーの講義をしたのは君がさきだ。それもごく初歩的なやつをな。俺はちょっとばかり新しい情報を教えてやっただけさ」

拳銃がちょっと動いた。阿部が立ちあがり、にやりと笑ってゆっくりスライドを引いた。薬室《チェンバー》に弾は入っていなかったのだ。九ミリのブローニング・ハイパワー。こいつを背中に三発食らえば、やはり即死だろう。

「後ろからしか撃てないんじゃないのか」

「自分の立場を考えてみなよ。大口は叩かないことだね。後ろの人は、宇野さんかな？」

「俺の顧問弁護士ってとこだ」

「なるほどね。だけどここは法廷でも警察でもない。向日葵《ひまわり》のバッジは役に立たんよ」

「きのう、弟の家へ行ったな？」

「線香をあげにね。川中とは友だちだった。未亡人とは初対面だったがね」

「なにを話した？」

「いろいろと、思い出話さ」

「今朝、俺が出て行ったあと、君はまた行った。美津子を張ってたのか?」

「よく俺だとわかったね?」

「これからは、あまり煙草《たばこ》に歯を立てないようにするんだな」

阿部が笑って頷《うなず》いた。

「あの女にはなにかあるような気がした。カンさ。それで張ったんだ。一時間も待たずにあんたがやってきたよ。ところが、朝まで出てこないじゃないか。妬《や》けたぜ。お愉《たの》しみだったんだろう。川中の骨がまだ家の中にあるってのに」

「なぜ撃った?」

「警察を呼ぼうとしたからさ。俺は、あんたとどういう話があったのか訊こうとしただけだったのに。かなり強引だったことは認めるがね」

「美津子は、どんなふうにこの事件に絡んでいたんだ?」

「知らんね。だが、機密の鍵《かぎ》を握ってるのはあんただ。俺はそう睨《にら》んでる。そのあんたが、夜中にひとりで来た。なにかあると思うのは当然だろう。もしかすると、あんたは手に入れた機密をあの女に預けてるんじゃないか、そんなことまで考えたよ」

「俺があの家へ行ったからか。それだけの理由で美津子を撃ったのか?」

「警察なんて言い出さなきゃ、俺も撃ちはしなかったさ」

「なぜ、俺を直接狙《ねら》わなかった？」

「危険は避けて通る主義でね」

私は笑った。

阿部との距離は二メートルちょっと。飛びかかるのは危険だった。横に跳ぶか、そこらのものを蹴《け》とばすか。

実際のところ、阿部がいきなり拳銃を出すとは考えていなかった。白を切るにちがいないと思っていたのだ。こうなるのなら、最初から鼻さきにワルサーを突きつけるべきだった。もう遅い。とにかく、拳銃をなんとかすることだ。

「丸山が嗤《わら》っていた。君はちょっとした情報とつまらん推測だけですぐに行動する、馬鹿だとな」

「丸山もいずれ泣くよ」

「そうだ。だが泣かせるのは君じゃない」

私はテーブルに狙いをつけた。うまくやれば、阿部の方に蹴とばせる。だが、横に跳ぶのは危険だろう。一動作多くなるし、後ろにいるキドニーが私に合わせて動けるとも思えない。

「ここでぶっ放せば、銃声はホテルじゅうに響く。話し合いの余地はあると思うがな」

「ないね。俺が女を殺《や》ったのを、あんたたちは知っている」

「機密を握ってるのは俺だぜ」

阿部の表情がちょっと動いた。私はテーブルに一歩近づいた。

「煙草、いいかね。君のハイライトだ」

テーブルに手を伸ばそうとした私の肩を、キドニーの躰が掠《かす》めた。止めようもなかった。銃声。キドニーが吹っ飛んだ。私は、硝子《ガラス》の灰皿を摑《つか》んで投げつけていた。避けようと頭を下げた阿部に、体当たりを食わせた。拳銃を握った阿部の手首を摑み、膝《ひざ》で下腹を突きあげる。呻《うめ》き。絡み合ったままベッドに倒れた。スプリングが激しく震動した。

非力な男だった。すぐに組み伏せた。

ドアを誰かが蹴っていた。遠藤が、首を丸くした姿勢で飛びこんでくる。拳銃を握った手をベッドに押しつけたまま、遠藤に顎をしゃくってみせる余裕が、私にはあった。

遠藤が、手錠を握って阿部の拳銃を叩き落とした。

「川中美津子を撃ったのは、こいつか？」

「調べてみろよ、拳銃があるじゃないか」

「ホテルまで君を追ってきた。部屋がどこだかわからなくてな。しかし、どうしてこいつのことを？」

「警察の手間を省いてやったんだ。あとのことは、そいつに訊いてくれ」

私はキドニーのそばへ行った。左腕を砕かれていた。ベッドのシーツを引っ剝《ぱ》がして巻きつける。ショックでのびていたキドニーが、薄く眼を開いた。出血は大したことはないが、骨は粉々だろう。立ちあがろうとした。手を貸すと、なんとか立ちあがった。

「救急車を呼べ。動かしちゃいかん」

遠藤が言う。私は電話に手を出さなかった。廊下に野次馬が集まりはじめている。

「ひとつ言っとくがな、あんたの弟は泥棒だぜ。それも仁義を知らん薄汚れた野郎だ。俺を引きこみながら、機密を握るとひとり占めにして姿を消した」

「弟を殺す気だったのか？」

「俺がやらなくても、ほかのやつらがやってくれた。当然の報いさ」

「歩けるか？」

私はキドニーに訊いた。左腕を抱えたキドニーが、かすかに頷いた。

「待て、川中。どうする気だ？」

遠藤はひとりだった。手錠をかけた阿部から離れられずにいる。

「この男を病院に運ぶ。ひどい怪我《けが》だが、命に別条はなさそうだ」

「救急車を待つんだ。それに君には訊かなくちゃならんことがある」

「あとにしてくれよ、警部。この男の躰をよく知ってる病院に連れていく。なにしろ、ほかに厄介な病気も抱えてるんでね」

遠藤が呼ぶのを振りきり、私は野次馬を掻《か》き分けた。ポケットには拳銃を持っている。

警察に同行というわけにはいかなかった。背後から、阿部のけたたましい笑い声が追ってきた。


相変らず、霧のような雨が降っていた。

キドニーは助手席で背を丸め、シーツを巻いた左腕を荷物のように膝に乗せていた。こめかみがピクピク動いている。痛みはじめたのだろう。

「なんであんな真似《まね》をした、キドニー？」

キドニーが呻いた。

「答えろよ。痛むのはわかるが、命に別条はないと言ったろう」

「あいつが、彼女を殺したからさ」

「下手をすると、死んでたぜ」

「もともと、死んだような躰さ」

キドニーが垂れていた頭をあげた。

「彼女を抱いてやったろうな、川中？」

「なぜ、俺が美津子を抱かなくちゃならん？」

「彼女はおまえを好きだった」

「そりゃそうだろう。俺はいつも店で好きなように飲ませてやってたんだ」

「冗談で言ってるんじゃない」

キドニーがちょっと呻いた。カーブで躰が動いたのだ。

「おまえも彼女を好きだったはずだ」

「いい加減にしろ。弟の女房だぞ」

スピードをあげた。抜こうとしたタクシーが、競ってきた。無理はしなかった。怪我人を乗せている。

「二年前だったよな、彼女がはじめて『ブラディ・ドール』に来たのは。再会を祝して、三人で一緒に飲んだ。おまえたち二人がお互いに魅《ひ》かれ合ってるのが、俺にはすぐわかったよ。そういう相手ってのが、世界にひとりかふたりはいるもんさ。たとえ弟の女房であり、亭主の兄貴であってもな。どうにもならないんだ。磁石みたいに引き合っちまうのさ。理屈がどうあろうと、躰の中にその磁石を持っちまっている」

「あまり喋《しゃべ》らん方がいいぜ」

「命に別条はないんだろう。喋ってた方が、いくらかでも気が紛れる」

信号停止。私は煙草に火をつけ、キドニーにくわえさせた。一度煙を吐いただけで、キドニーは首を振った。口からもぎとって私がくわえる。

「彼女もおまえも、それに気づいていたはずだ。そしてお互いに自分を誤魔化そうとしていた」

「手間のかかる飲んだくれだ、俺はそう思ってたな。実際、手を焼かされたよ」

「結構愉しそうだったぜ。口ではなんだかんだと言いながら。彼女もおまえに甘えてたんだ、酔わなきゃ甘えられなかった」

クラクションが鳴った。信号が青に変っている。車を出した。大したショックでもないのに、キドニーが呻きをあげた。

「どこか回線が切れてたんだ、彼女もおまえも。十年前のあの時、切れたのさ。だから、再会しても屈折するしかなかった」

「つまらんたわ言だ。よさないと、車をジグザグに走らせて、のたうち回らせてやるぞ」

キドニーはやめなかった。

「彼女は、裁判所の傍聴席でおまえの弟と会った。惚《ほ》れたのは弟の方さ。裁判が終ると、おまえは消えちまった。それで、長いことためらった挙句、おまえの弟と結婚したんだ。錯覚したのかもしれんし、諦《あきら》めがそうさせたのかもしれん。結婚したら、亭主には研究という性悪な情婦がいた。それだけならまだいい。彼女は、亭主が気づいていることを知っちまったんだ」

「新司がなにを気づいただと？」

「彼女が、ずっと昔からほんとうはおまえに魅かれていたってことをさ」

「馬鹿な」

「そうだ、馬鹿な男だ。性悪女に惚れたんなら、とことん惚れ抜きゃよかったんだ。そうすりゃ、彼女も苦しまずに済んだ。おかしなところに敏感な男だったよ」

煙草を窓の外に棄《す》てた。霧雨が舞いこんでくる。そのままにしておいた。

「彼女が酒浸りになったのは、この街に来てからだよ。おまえと会ってからだ。酒に惚れた、そう思いこもうとしていたよ」

「新司や美津子のことを、俺よりおまえの方が詳しいとはな」

私は笑おうとした。

「なにも知らんよ、おまえは。自分のほんとうの気持さえ、知ろうとしなかった」

「俺は、女の好みにゃうるさい方でね」

「金を払ってひと晩おもちゃにする。怕《こわ》がってたのさ、生きた女をな。おもちゃしか相手にできない、腰抜けだった。理由は自分が一番よく知ってるだろう」

また赤信号だ。煙草をくわえた。私は、キドニーの言うことを認めていなかった。たわ言だ。煙が妙にのどにひっかかった。長いまま、煙草を棄てた。

「美津子を好きだったのは、おまえじゃないのか、キドニー？」

「俺は好きだった。切なくなるくらい可愛《かわい》い女だったからな。それだけだ」

「それだけ？」

「女に惚れることはできん躰だ」

「そんなおまえに、男と女のことがわかるのか？」

「わかる、というより見える。こんな躰だからこそ、見えなくてもいいものまで見えちまう」

私の好みに合わせて焼かれたベーコン。丁寧にバターを塗ったトースト。私の舌を受け入れるため、束《つか》の間開いた彼女の歯。

「どこまで知っている？」

四度目の問いかけだった。

「え？」

キドニーが言う。答える彼女はもういなかった。

信号が青に変った。

23　男と女

神崎は部屋にいた。

朽ちかけたような木造アパートの二階で、女房を亡くしたあと、荷物を全部売り払ってここへ入った。

かなりいい給料をとっている。その気になれば、大きな家も構えられるはずだ。貧乏暮しは趣味みたいなものだった。車もそうだ。八年前にひどい中古車を買い、新車を買ってもお釣りがくるほどの修理費をかけて、いまだに乗り回している。なぜか、服だけはいつも凝ったものを着ていた。

「内田から連絡は？」

「島岡組が動いてるそうだ。佐々木《ささき》が先頭に立ってる。親分は黙認って恰好《かっこう》だろうな」

佐々木という大幹部は、稲村千吉の息がかかっていた。もともと稲村がやっている加工工場の用心棒のようなもので、島岡組が市長と渡りをつけるために幹部として招いたのだ。稲村はまだ諦めていない。しかし、機密そのものを狙っているのか。それとも丸山を潰《つぶ》す目的で動いているのか。

「あそこも、いつまでも安全とは言えねえな。内田は、要心のために『デリラ』をあの近くへ持ってきてる。燃料を満タンにして、食料も積んでな」

私のマンションを見張っていた、白いクルーザーはどこへ行ったのか。あれを見た藤木は、船のことに詳しくなかった。船型も、どの程度の性能かもまったくわからない。

「出歩くと、あんたも狙われるぜ。いや、あんたを狙って動いてるのかもしれねえ」

「いろいろとあった。忙し過ぎるな、まったく」

「十年前はこんなじゃなかった。ダンプぶっつけ合いして、死ぬかもしれねえという気はあったが、相手を殺す気なんぞお互いになかった。度胸較《くら》べよ」

私は煙草をくわえ、灰皿を探した。卓袱台《ちゃぶだい》の下にあった。

「あの女《ひと》も死んだってな。後ろから撃ち殺すなんざ、人間のやることじゃねえ。かわいそうな女《ひと》だ、惚れてたあんたに、とうとうなにも言わずじまいか」

「そんなふうに見えたか？」

「見えたね。ところがあんたは、女がからっきしときてる」

私は煙草を消した。のどにひっかかるだけだ。

「キドニーも撃たれた。もっとも、左腕を吹っ飛ばされただけだが」

私は、ポットの湯でインスタント・コーヒーを淹《い》れた。悦子が作ったのか、ハム・サンドが皿に入れて置いてある。

「脚、どうなんだ？」

「痛《い》てえよ、歩くとな。あんただって、腹のとこはどうなんだ？」

「俺のは治ったみたいだ。あまり動かしたりしないとこだからな」

私は苦いコーヒーを啜《すす》った。

テレビが、ゴルフトーナメントの中継をやっていた。画面には陽《ひ》が射《さ》している。

神崎が、顎の不精髭《ぶしょうひげ》を爪《つめ》のさきで引っ張った。頭に較べると、髭はまだかなり黒い。

「どうするんだね？」

「わからんよ。成行にまかせるしかないな」

窓の外は、相変らず霧のような雨だ。

「例の機密ってやつは、あんたが握っているのか？　それともあの娘っ子か？　俺にだけは正直に言ってくれねえか」

「俺が持ってるよ」

「考えたんだがな」

神崎が、神経痛をいたわる老人のように、畳に投げ出した片脚をさすった。

「そいつを放り出しちまうわけにゃいかねえのか？　欲しがってるやつにくれちまうのよ。俺やあんたはともかく、あの娘っ子までこれ以上危《やば》い目に遭わせなくてもいいじゃねえか。背中にひでえ怪我をしてるそうじゃねえか」

「何度もそう思った」

私は煙草をくわえた。

「欲しがってるやつがひとりなら、それで事が収まるかもしれん。二人三人と絡んでくると、手放してどうなるのか、ちょっと見当がつかん」

「手に入れた野郎が、優勝カップみてえにひけらかすって保証はねえわけだな」

煙草がまずい。酒が飲みたくなった。

「機密がどこにあるかわからんかぎり、あの娘は安全だとも言えるんだ」

「そういうことなら、あんたが握ってりゃいいさ。ちょっと人が死に過ぎる。どうもな、そんなのがやりきれねえんだ。歳《とし》のせいかな」

「あの娘は死なせんよ。俺が絶対に死なせん」

私は煙草を消した。

「それに、あの機密を、俺は弟だと思っている。なんとなく、そんなふうに思えてならないんだ」

いっそう酒が飲みたくなった。車のグローブボックスに、封を切ったばかりのワイルド・ターキーが突っこんであるのを思い出した。立ちあがって部屋を出、階段を駈《か》け降りた。

車に上体を突っこんだ時、フロントグラス越しに、黒いコートの男の姿がチラリと見えた。電柱の蔭《かげ》に隠れたようだ。

「車を取り替えないか？」

部屋に戻り、ワイルド・ターキーをひと口のどに流しこんだ。

「俺の車だって目立つぜ」

「外に客がいるみたいだ。このアパートの出口はひとつだけか？」

「一階の窓から、玄関の反対側に出られるがね、どこへ行く気だ？」

「あの二人の様子を見にな」

「昼めしにゃちょっと早《はえ》えが、そこのパンでも食っていけや。悦子がこしらえたんだが、俺にゃパンが口に合わねえ」

腹は減っていた。朝食は五時前だった。その時、美津子はまだ生きていて、私のトーストにバターを塗ってくれたのだ。

笑顔のいい女だった、ふとそう思った。

磁石みたいに引き合っちまうのさ、自分じゃどうしようもない。キドニーの声。

馬鹿げたことだ。女はおもちゃだ。それでいい。相手に心があろうとなかろうと、俺にとってはただのおもちゃだ。これまでずっと、抱く女はそうやって扱ってきた。

悦子のサンドウィッチを、ワイルド・ターキーで胃に流しこんだ。

「俺の弟のことを、薄汚い盗《ぬす》っ人《と》野郎だと言ったやつがいる」

「許せねえのか、それが?」

「確かめたいんだ。確かめてやらなくちゃならんと思う」

サンドウィッチは芥子《からし》が効き過ぎていた。私はＢＭＷのキーを神崎に抛《ほう》り、代りに整理簞笥《だんす》の上のキーを取った。

「オートマチックだからって、片脚で乗り回そうなんて気は起こすなよ」

神崎は横をむき、脚をさすっていた。

防波堤を乗り越え、浜の方から小屋に近づいた。

車は、道路から見えない松林の中に乗り捨て、五分ほど歩いてきた。神崎の車ではない。レンタカー屋で、目立たない白い車に替えた。

端から三番目の小屋だった。板戸を、二度ずつ軽くノックした。それが合図だ。圭子が顔を出した。コルト・ガバメントを握っている。

「撃ち方を知ってるのかい？」

「藤木さんに教えていただきました。いまお休みになってます」

出てこようとした圭子を、小屋の中に押しこんだ。悦子が買ってきたブルーのワンピースの上に赤いカーディガンを羽織っている。悦子の趣味はあまりよくない。やはり田舎の娘だ。それとも、圭子に似合わない色あいなのか。

「済みません、眠っちまって」

藤木が起き出してきた。小屋の中は薄暗く、藤木も圭子も眼だけが光っていた。

「いまのところ、ここは安全なようだ。できるだけ眠っとけよ」

「大丈夫です。朝方、内田さんが見えられましたよ、食料を抱えて」

「大袈裟《おおげさ》なやつだ。俺の船がどこだか、言っていなかったか？」

「さあ」

私は煙草をくわえ、藤木にも差し出した。ライターの火で、小屋の中が薄明るくなった。板戸の間からは、外の光が射しこんでいる。棒のように見えた。

藤木が圭子の拳銃を取りあげ、薬室《チエンバー》の弾丸を出して弾倉《マガジン》に詰め直した。

「どんづまりだな」

私は圭子の顔を覗《のぞ》きこんだ。

「この街からは出られそうもない。俺がここへ来るのも危険なくらいだった」

暗くて表情はよくわからなかった。煙草の火が赤い尾をかすかに曳《ひ》いた。

「美津子が死んだよ。今朝早くだ。つまらん雑魚に撃ち殺された」

圭子が息を吞《の》んだ。はっきりと聞えた。私は眼を閉じた。

一度も踊ってくれなかった、酔った美津子の声が聞えた。それは嘘《うそ》だ。はじめて店にやってきた夜、一曲だけ踊った。その時彼女は酔っていなかった。ぎこちなく、緊張したようにステップを踏んでいた。弟の妻として、改めて私に挨拶《あいさつ》に来た時だったのだ。そのあと、同席していたキドニーが、無理に水割りを勧めた。シングルを二杯くらいで、他愛なく酔っ払った。

美津子がしばしば私の店へ飲みに来ることを、新司はどう考えていたのだろうか。潰れた彼女を送り届けると、新司はいつも無表情で迎えたものだ。どうも、と私の眼を見ずに短く言い、それでもどこかやさしい仕草で彼女を抱えあげた。時には、深夜の家に誰もいないこともあった。実験で何日も家をあけることがあると、彼女ではなく新司自身の口から聞いた。

「私が撃った男は、どうなったかわかりましたか？」

「いや」

神崎と内田が見た時は、支えられながらも歩いていたという。急所ははずれていたのだろう。

「殺したかどうか、気になるのかね？」

「気が咎《とが》めている、という意味じゃありませんよ。脚を狙ったのに、二発目が下腹にいってしまいましてね。あの男が屈《かが》みこんだんです」

「殺さないように撃った、ということなのか？」

「殺すつもりなら、胸か顔の急所を撃っています。苦しみませんからね。腹を撃たれて、もし死んだのなら、ひどく苦しんだでしょう」

「殺してやりゃ、よかったじゃないか」

「屍体《したい》を残していかれれば、困りますからね。連れが二人いたので、怪我だけなら置き去りにはしないと思いました。事実、抱えて逃げていきました」

「無気味なことを、平気で言うな、君は。殺し方にも、それなりのルールってやつがあるのか、君らの世界には？」

「ありませんよ。ただ私は、殺すなら苦しませずに殺したい、そう思っただけです」

「襲ってきたのは連中なんだ。どこをぶち抜かれたって、文句の言える筋合いじゃないさ」

藤木は、自分が発砲した四五口径の薬莢《やっきょう》を拾い、寝室をきちんとし、それから部屋を出ていた。私には多分真似のできない芸当だ。

私は煙草を土間に棄て、靴で踏んだ。

「とにかく、俺は今夜にでも突破口を開くつもりだ。もうしばらくここで我慢してくれ」

圭子は、小屋の隅の丸椅子《まるいす》に腰かけ、ぼんやりしていた。

「美津子のことは気にするなよ。もうどうにもならん。君の安全は、俺が守ろう。成行だからそうするってんじゃない。俺は君を守りたいんだ」

「ひどい、ひど過ぎるわ」

押し殺したような声だった。藤木が壁際に立つ。

道路で車が停《と》まった。

私は圭子のそばへ行き、肩に手を置いた。小さな肩は慄《ふる》えていた。

「トラックです。運転手が用を足しているだけみたいですね」

壁の隙間《すきま》に眼を当てたまま、藤木が言った。再び走り去る音がするまで、藤木はそこを離れなかった。

「新司は、君のことを一度くらい好きだと言ったか？」

圭子は黙っていた。

「やつが言わなくても、君の方は言ったんだろう。二人きりで部屋に閉じこもっていた、それも何日もだ。お互いに好きでなきゃできんことだよな」

「ベッドは、二つありましたわ」

圭子の声は、意外に冷たかった。恨んでいるのかもしれない。同じ部屋に寝泊りしていた相手が指一本触れなかったとしたら、侮辱だと女は感じるだろう。

「背中の傷、もう痛まないのか？」

「大丈夫です。そろそろ糸を抜いた方がいいんですって」

「藤木も君に手を出さんのか。振られっ放しだな、君は。それほど女の魅力に欠けるとは思えんがな。むしろ非常に魅力的ですらある」

「川中さん」

藤木がそばへきた。

「こんな状況だ。二人が好きになったって、別におかしかないと俺は思うがね」

「私はともかく、お嬢さんに失礼ですよ」

藤木の声は堅かった。私は笑った。

「冗談さ。神経がピリピリしてる、三人ともな。冗談のひとつくらい飛ばしたっていいじゃないか」

私は、土間の横に作ってある板敷きにあがった。夏はここに茣蓙《ござ》でも敷き、簡単な食事を海水浴客に出すのだろう。

内田が運びこんだらしい毛布で、寝床が作ってある。警察の留置場では、毛布が二枚支給され、留置中の被疑者たちはそれでうまく寝床を作る。それとそっくりだった。

「俺はしばらく眠らせて貰《もら》うぜ。君らもいまのうちに休んでおくことだ」

横たわると、波の音が大きくなった。藤木が食事を作ると言っていた。もの言いは、客に対するように恭しかった。圭子がなにか答えている。多分、自分で作るとかいうような意味のことを。

私はすぐに眠りに引きこまれた。

24 病室

面会時間の終った病院は、閑散としていて、看板後の酒場とどこか似ていた。

ベッドが三十床ほどの、この街では中規模の病院だ。キドニーは、廊下の突き当たりの、死臭の漂うような風通しの悪い個室にいた。建物は、内も外も古く陰気だった。

「麻酔はもう醒《さ》めたんだろう？」

キドニーは天井を見ていた。長い筒のようなもので、左腕の肩から下を固定されている。ギプスではないようだ。その筒のさきから、細い指が覗いて見えた。動かない。

肘《ひじ》から下を切断するかどうか、医者はしばらく迷ったようだ。血管や神経の検査が行われ、粉々になった骨を寄せ集める手術がはじまったのは、九時をだいぶ回ったころだった。結果は見届けなかった。手がついているところを見ると、失敗ではなかったらしい。

「俺にゃ時間がないんだ、キドニー」

「きのうは、たっぷり時間がありそうなことを言ってたじゃないか」

キドニーの声は、低いがしっかりしていた。眼は天井をむいたままだ。

「喋ってくれるだろうな？」

「なにを？」

「俺がきのう訊こうとしたことをさ。新司が薄汚い盗っ人だと阿部が言った」

「ちがうと思ってるのか？」

「わからん。確かめたいんだ」

キドニーが眼を閉じた。目蓋《まぶた》がむくんでいた。乾いた唇がわずかに開き、そこから息が洩《も》れた。

「機密を盗み出してから、彼は何日もこの街を出ていかなかった」

「なにかを待っているようだった、と森川圭子は言ってたよ」

「俺を、待ってたのさ」

ベッドのそばに椅子を運んで、私は腰を降ろした。煙草をくわえたが、灰皿が見当たらなかった。

「シティホテルに三度電話してきたのも、おまえだな？」

「はじめから話そう」

キドニーが眼を開いた。私は火のついていない煙草をくわえた。

「今月の十日だった。彼が事務所に訪ねてきた。自分が心血を注いだ研究を会社から持ち出せば、罪になるだろうかと訊くんだ。問題にならん。働いて会社に儲《もう》けさせたからといって、金を持ち出すのは許されないのと同じ理屈だ。研究というのは頭の中にあるかもしれんから、微妙な点は残るがね」

「やつは頭の中のものを持ち出したんじゃない。かたちのある物さ」

「具体的になんであるのか、俺は知らん。彼が次に訊いてきたのは、会社の違法行為を社員が告発するのは犯罪か、ということだった。それも内容は言わなかった」

「犯罪にはならんな」

「しかし、会社内部での処分の対象になる可能性はある。その場合は、地位確認の訴訟をやらなくちゃならんと教えてやったよ」

私は煙草に火をつけた。灰は床に落とす。

「三日後に電話があった。その時、もう機密ってやつを盗み出しちまってたよ。会社の告発は最後の手段だと言ってた、それをやりゃ会社が潰れる危険があるとな。だが、告発の準備だけはしていた。臭いを嗅《か》ぎつけた新聞記者がいるので、その男を使う気だったらしい。阿部というのがそれだろう。そして、俺に代理人になって会社と交渉してくれと言うんだ」

キドニーは、躰も表情も動かさなかった。唇だけが、別のもののように動いている。

「笑わせるじゃないか。法律的な交渉をしてくれというんじゃない。まるで、人質をとって、その身代金について交渉してくれっていうようなもんさ。海外出張中の二名の研究員を呼び戻せ。第二研究室で研究を継続させろ。そうすれば機密を返してもいいというんだからな。世間知らずのねんねだよ。脅迫の片棒を担ぐ弁護士がどこにいる。だが、俺は引き受けたよ。正式にじゃないがね。彼は彼女の亭主だったし」

「俺の弟でもあった」

キドニーの表情は動かなかった。

「事を穏便に収めようと考えていた、最初はな」

「最初は？」

「気が変ったんだ。彼はつまるところ確信犯だ。青臭いのさ。それが鼻持ちならなかった。どこまで頑張り通せるか、試してやりたくなったってわけだ」

私は床に棄てた煙草を踏みつけた。

「シティホテルに部屋を用意してやったのは俺さ。一緒にいる女に男の恰好をさせろとも言ってやった。せいぜい三日保《も》てばいいと思ったね」

私は新しい煙草に火をつけた。

「五日経《た》っても音をあげなかった時は、なかなかなもんだと思ったよ。俺はいろいろと条件を出して引き延ばしてやった。研究は継続させるが、海外の研究員は呼び戻せないとか、すべて条件を呑むが、彼にだけは会社を辞めて貰うとか」

キドニーが息をついた。私は煙を吐き、首筋に手をやった。病院の中は静かだった。

「そのうちに、憎くなってきた。羨《うらや》ましかったのかもしれん。そのあたりの気持は、おまえにゃわかるまいな。俺も説明したくないし、うまくできそうもない」

私は灰を落とした。指に挟んだ煙草に眼をやり、次の言葉を待った。

「ホテルで女と抱き合って過ごすだけで、ヒーローになろうってのは、虫がよすぎる。運を試してやりたくなったのさ。ヒーローになるためには、運てやつが必要だ」

「それで稲村に知らせたか。同時に新司にも知らせて、逃亡のチャンスをやった」

「稲村が一枚嚙《か》んできたことは、シティホテルのバーでおまえと会っているのを見た時気づいた。おまえの口からも直接聞いたしな」

「やつは、森川圭子を抱きはしなかった。指一本触れずに、何日も同じ部屋にいたんだ」

「ふん、どこまで青臭いんだ」

「そういう男だった」

「彼が死んだ時、俺はちょっとばかり後悔したよ。すぐに忘れたがね」

キドニーの顔が、かすかに笑ったように見えた。私は煙草を棄てた。

「俺がおまえの弟を殺したと言ってもいい。どうするね、川中？」

「新司は、最後に俺に助けを求めてきた」

「だから？」

「助けてやれなかったのさ、俺が。俺が助けることまで、おまえの筋書にゃ入ってたんじゃないのか？」

「兄貴が活躍するだろうとは思ってたよ。いまも活躍中じゃないか」

「気は乗ってないがね」

私は笑った。

「俺を殺すか？　きのうみたいに、山の中へ連れていって放り出してくりゃ、俺は簡単にくたばるぜ」

「美津子はどこまで知ってた？」

キドニーが首を動かした。私はまた煙草をくわえた。椅子がギィと鳴った。

「なにも知らんだろう。堅物の亭主が女と逃げて、驚いただろうな。気持は揺れ動いたと思う。だが俺のところには来なかった。やはりおまえに引き寄せられていったな」

「なにも知らずに、ただ不安だから俺のところへ来たというのか？」

「彼が放り出したわけだからな、なにも言わずに。俺がひとつだけ感心したのは、彼の女房の扱い方だよ。女房が、ほんとうは十年も前から自分の兄貴に惚れてることを知っていたから、なにも言わずに放り出したんだ。ひと言でもおまえのことを言ったら、彼女はおまえのところにゃ行かなかったはずだ。そういう女《ひと》だからな、彼女は」

美津子のことで、新司は死ぬ前に私になにか言おうとした。私は聞こうとしなかった。なにを言おうとしたのか、いまさら考えても遅過ぎた。新司も美津子も、もういない。

「彼は女の愛し方を知っていた、少なくともおまえよりはな」

「かもしれん、という気がしてきたよ」

「猫に小判だったな」

「同じ台詞《せりふ》を、俺は美津子に言ってやったことがあった。新司とのことでな」

「どっちが猫なんだね？」

「美津子もそう訊いたよ」

キドニーが低く笑った。私は立ちあがった。

「さっきまで遠藤がいたぜ。おまえを待ってた。まだ諦めちゃおらんかもしれんぞ」

「知ってる。病院に電話を入れて、いないことを確かめてから来たんだ」

煙草を棄てた。キドニーは天井を見ていた。私が入ってきた時と、まったく同じ恰好だった。カーテンの白さが眼に痛かった。古い病院に白いカーテンは似合わない、なんとなくそう思った。

「拗《す》ね者が、抱きもしなかった女のために、無鉄砲なガキみたいな真似をした。案外そんなものなのかな」

「自分でも驚いた。はずみだな」

廊下で足音がした。けだるくスリッパを引き摺《ず》る音が、遠ざかっていった。

「煙草をくれんか」

私はキドニーの唇に煙草を差しこみ、火をつけた。二度、三度煙があがった。続けざまにスパッスパッとやるのは、パイプの癖だろう。キドニーがかすかに首を振る。

私は煙草をとって棄てた。

「帰るぜ」

「紙巻はのどにひっかかっていかん。葉が合わないんだな、俺には」

キドニーが私の方を見た。

「これからどうする？」

「さあな」

私がやらなければならないのは、ひとつのことだけだ。森川圭子を絶対に死なせない。機密など、どうでもよかった。圭子は、私にとって新司であり、美津子だ。

「パイプは無理かな」

キドニーはまだ私を見ていた。

「片手だ。葉を詰めることも、火をつけることもできんだろう」

「パイプ煙草を紙に巻いたやつがあるんだ」

「知ってるよ。ハーフ・アンド・ハーフならこの街でも見つかるかもしれん。今度来る時に買ってこよう」

「頼むよ」

私は、二度とここへ来る気はなかった。キドニーもそれを知っていた。

「じゃ」

と私は言った。キドニーは天井を見ていた。

25　街の棘《とげ》

いきなり、前方を車が塞《ふさ》いだ。

私はシートに背中を押しつけ、ブレーキの代りにアクセルを一杯に踏みこんだ。

衝撃。濡れた路面を独楽《こま》のようにスピンした。ハンドルを右に切って押さえこむ。ブレーキ。どこにもぶつからずに、なんとか路上で停まった。

小砂利のようになったフロントグラスの破片を、頭から浴びていた。

車を立て直した。ヘッドライトが片方消えている。

相手の車は、後ろむきになって塀と電柱の間に鼻さきを突っこんでいた。ドアを蹴って男が出てくるのが見えた。二人。

私も車を降りた。

「昔とちっとも変らねえな、川中さん」

島岡組の佐々木だった。もうひとりも見た顔だ。二人とも銀色に光るリボルバーを握っていた。

「助手席にいた野郎はのびちまった。こうなりゃ、穏やかに話し合うなんてことはできそうもねえな」

私も拳銃を握っていた。撃ち合うには手頃の距離だ。霧のような雨が顔を濡らした。眉《まゆ》に水滴が集まっているが、流れ落ちてはこない。まるで雪でも積もったように、眼の上に微妙な重さがある。

徐々に、二人が離れた。私は佐々木だけを見つめていた。

「稲村千吉はもう駄目だな。いまのあんたが、どういう立場だかわかるか。島岡組のお荷物さ。市長でなくなった稲村なんて、島岡組にとっちゃうるさい爺《じい》さんに過ぎんからな。それでもあんたは、稲村のために働いて、親分の御機嫌を損じている」

「稲村の親父《おやじ》さんには、大変な恩を受けてる。俺だけじゃなく、組もな。こんな時に返すのが仁義ってもんさ」

「本音かね?」

こいつは稲村の後盾で幅を利かせてきた男だ。稲村が潰れた時の、組織内での反発は大きいだろう。それはよく心得ているはずだ。馬鹿ではない。

「島岡組に警察の手が入るぜ。賭場《とば》もいままでみたいに安心して開けなくなる」

眉の端から眼尻の方へ、ひと条《すじ》水が流れ落ちてきた。それは涙のように頰《ほお》を伝った。

佐々木のでっぷりした躰が、ゆらりと揺れて、前へ一歩踏み出してきた。売り物の頰の傷痕《きずあと》を、街灯の光が照らし出した。でかい男だが、昔と較べるとすっかり肥《ふと》ってしまっている。島岡組で楽に飯を食い過ぎたのだ。

「話によっちゃ、お互いに怪我せずに済むんだがな、川中さん」

「稲村に俺を消せと言われてるんだろう」

「場合によりけりさ」

佐々木の躰がまた揺れた。私も、佐々木に数歩近づいた。

「機密が欲しいんだな?」

「察しはいいね」

「あんたが考えている以上にな。欲しがってるのは稲村か? それともあんたか?」

脚を折った馬に大きく張るような男ではない。贅肉《ぜいにく》のついた男はそういうものだ。

「金を握りさえすりゃ、島岡組は思いのままだしな。ここで稲村に忠義立てして共倒れになるのは馬鹿げてるってわけか」

「邪推が過ぎるぜ」

カシャッと撃鉄を起こす音がした。佐々木のではない。私の気を引こうとしている。この距離なら、ダブル・アクションでぶっ放しても外れるはずはないのだ。

佐々木から眼を離さなかった。お互いに銃口をむけ合っている。私が脇《わき》に立っている男に眼をやった瞬間に、佐々木の銃口が火を吹くかもしれない。

脇の男も、私を撃てはしないはずだ。私を殺しても、佐々木が死ぬ、その確率が高かった。ほんのわずかなショックでも、私の指は引金を引いてしまうだろう。

背中が、雨に濡れたようになっていた。背中だけではない。腋《わき》の下も腹も胸も、冷たく濡れている。瞬《まば》きをこらえた。

私からは動けなかった。じっと待つほかはない。脇の男の息遣いが、かすかに早くなった。さすがに、佐々木は微動だにしない。

パトカーのサイレンが聞えてきた。遠い。が、こちらへむかっている。

「ここで撃ち合うわけにゃいかねえな」

「構わんぜ、俺は」

「一緒に退《さ》がろうじゃねえか、ゆっくりと」

「いいね。ただし、あんたと俺でだ。若いのには、さきに車に戻って貰おうか」

睨み合った。サイレンが近づいてくる。ふっ、と佐々木が息を吐いた。若い男が車に駈け戻った。

私と佐々木は、むき合ったまま後退《あとじさ》りした。車を出したのは、私の方がさきだった。

街が棘《とげ》を出していた。

中央通りに出てすぐに擦れ違った車は、ルーフに赤色灯を出して強引にUターンし、追ってきた。路地を辿《たど》ってなんとか躱《かわ》す。避けていたつもりだったが、事務所の近くに出てしまった。

バックミラーの中に、ツー・トーンのマスタングが見え隠れした。地から湧《わ》き出してきたような感じがした。路地に潜んで、事務所を張っていたにちがいない。これは簡単に躱せた。私の方が、道路を知悉《ちしつ》している。

浜の小屋へ近づくわけにはいかなかった。

神崎のアパートの近くを流してみる。消防車が走っていた。私は車を停め、電話ボックスに飛びこんだ。

「燃えてるのは、あんたのBMWだ。さっきまで、島岡組のガキが一匹ここにいた。電話が入ってな、飛び出していったが、車に火をつけたのは行き掛けの駄賃だろう」

「佐々木と会った。物別れだったからな。ウイスキーを出しといてよかった」

ワイルド・ターキーは、私の乗っている車のグローブボックスに突っこんである。

「つまんねえことを喜ぶんじゃねえや。どうなってやがんだ?」

「島岡組が動き出してから、急に騒々しくなったんだな。それも、俺が佐々木とぶつかってから。やつは話し合いをするつもりだったんだろう」

「そろそろ、遠藤の旦那《だんな》でもここへ現われそうな気がするな」

「本気で怒りはじめると、やつはおっかないぜ、多分。ところで、その声なら神崎さんは無事らしいな」

「俺をどうこうしたって、はじまらねえだろうが」

「内田はどうしてる?」

「島岡組の動きを探る気でいやがる」

「駄目だ、すぐやめさせろ。いいか、すぐだぞ。どやしつけてやれ」

「わかった。野郎からはそろそろ電話が入るはずだ」

「それから、『デリラ』がいまどこだか神崎さん知ってるか?」

「上ノ磯《いそ》だ。岩場に入りこんだ小さな浜があるだろう。浜伝いに歩いていきゃ、あの小屋から二キロくらいのもんじゃねえか」

電話を切った。

警察車に注意をしながら、街を流した。島岡組で動いているのは、十人くらいのものだろうか。佐々木が組ごと動かせるとは考えられない。二度、パトカーのサイレンを聞いた。車は替えなかった。危険な分だけ、この車は利用価値がある。

路地を出た。非常配備は敷かれていないらしい。それほどの大事件ではないのだ。美津子を射殺した犯人は、すでに挙がっている。警察にできるのは、私を参考人として捜すことくらいだろう。島岡組が動いている。警察が、いや遠藤が過敏になっているにちがいない。

マスタングと擦れ違った。まったく狭い街だ。だが、私はこれを待っていた。

舗道に強引に乗りあげたマスタングが、むきをかえて追ってくるまで、私は気づかぬふりでスピードをあげなかった。それから逃げる。入り組んだ路地は避けた。乗っているのは三人。左ハンドルの運転席の男はよく見えなかったが、助手席の男が頭に繃帯《ほうたい》を巻いているのは、はっきり見えた。私にテーブルで頭を割られた、あの男だ。

距離が詰まってきた。私は左折し、それから右折した。マスタングは、ちょっともたついていた。暗い道になっていた。ヘッドライトが見えるまで待った。

港の近くに出た。車はなんとか動き続けている。人家が途切れた。マスタングが、いきなり突っかけてくる。追い脚はすさまじかった。

助手席の窓から、男が上体を乗り出している。ヘッドライトの蔭でよくわからないが、白い鉢巻のような繃帯が、街灯の明りの下で一瞬だけチラリと見えた。

視界が塞がらないところまで、ギリギリに頭を下げた。ヘッドライトが車内を射抜いた。銃声が重なる。リアウインドーがぶち抜かれていた。いい腕だ。

フロントグラスが砕けていた私の車は、もう一か所穴があくと、ひどい状態になった。まるで台風だ。霧のような雨でさえ、顔に痛かった。

からかい半分の余裕はなくなった。狭い道に飛びこんだ。銃声が追ってきた。三度、四度と曲がった。ヘッドライトが見えなくなった。しかし遠くない。

スピードをあげた。眼もあけていられないくらいだった。目的の建物が見えてきた。村上病院。

救急指定の病院ではない。玄関には錠が降りていた。玄関前に車を捨て、私は植込みに駈けこんだ。すぐにヘッドライトが近づいてきた。

マスタングのドアが開く。三人が飛び出してくる。二人は知らない男だ。玄関が蹴破られた。硝子の飛び散る音。拳銃を握った三人が、建物の中に消えた。

私は植込みから出て、マスタングのノブに手をかけた。キーは差したままだ。

不意に、玄関脇の駐車場の車の一台から、人影が出てきた。真直《まっす》ぐ、こちらへむかって歩いてくる。私はポケットの拳銃に手をやった。ずんぐりした影に、玄関の明りが射した。

「また、あんたの山カンかね、警部？」

遠藤ひとりだった。車に乗っている人間の気配もない。なんとかなりそうだ。

「今度は、ほんとの山カンさ。街を捜し回るのは所轄の連中に任せちまった。俺には土地カンがないからね」

「俺を拘束することができるのか？」

「事情聴取さ。まず、いま病院に飛びこんでいった三人のことだ」

「島岡組の連中じゃないのか。騒々しくなってきたからな、稲村も護衛が欲しくなったんだろう」

「玄関を蹴破っていくのか、護衛が。君は連中に追われていたな？」

「急いでいる。尋問はあとにしてくれよ」

「俺をあまり間抜けな刑事《デカ》にするなよ」

「腕っこきだよ。ひとりで行動したがる欠点はあるがね」

銃声が起きた。一発や二発ではない。入り乱れている。遠藤が弾《はじ》かれたように窓を見あげた。

私は玄関前の車に戻り、グローブボックスからワイルド・ターキーを取ってきた。かなり激しい撃ち合いだ。島岡組から市長の護衛が来ていたのだろう。

「三階だな。まだ撃ち合ってる」

「あの三人は？」

「知らんよ。しかし放っておいていいのか？」

「あの三人を、わざとここへ引っ張ってきたんだな」

「どういう意味かね？　俺なんかに構ってると、屍体の山ができちまうぜ」

「まったくいまいましい男だ。ほんとに俺を間抜けな刑事《デカ》にしやがった」

稲村はこれで終りだ。殺そうが殺されようが、市長の病室での銃撃戦という事実はもう覆い隠せない。

「君には、いずれ洗い浚《ざら》い吐いて貰うぞ。覚えていろよ」

しかし、遠藤は笑っていた。こいつは俺をうまく利用しているのではないか、ふとそんな気が掠めた。

遠藤が車に駈け戻る。無線を握ってまくしたてはじめた。私はマスタングに乗りこんだ。ワイルド・ターキーをひと口のどに流しこむ。散発的だが、銃声はまだ続いている。

島岡組の事務所が近くなった。

車から銃弾をお見舞いしてやるつもりだ。このマスタングは、十日以上も街中を走り回っていたはずだ。乗っているのがどういう連中か、調べればすぐにわかるだろう。丸山の名前が浮かぶ。つまり丸山から、島岡組への挑戦状というわけだ。

丸山に雇われた連中は、すでに村上病院の稲村を襲った。丸山と島岡組の全面戦争。丸山に勝目はない。相手は専門家《プロ》だ。私の目論見通りに事が運べば、私が手を出すまでもなく、丸山は潰れる。

見覚えのある車がいた。路地の奥だ。スチール・ラジアルをはいたグリーンのプレリュード。

ブレーキを踏んだ。人影はない。十二時を回っていた。

私は車を降りた。駐車しておくにはおかしな場所だ。侵入禁止の標示もある。

内田は運転席にいた。おい、と出そうになった声を、私は呑みこんだ。腹に匕首《あいくち》が突き立っている。

死んでいた。街の棘は、薔薇《ばら》の棘のように小さくはなかった。見開いたままの内田の眼を、そっと指さきで撫《な》でおろした。眼を瞑《つぶ》らせると、苦しげな表情は消えた。

血はあまり流れていない。匕首を抜いていないからだろうが、それだけではなかった。首に、紐《ひも》のようなもので絞めた痕が深く残っている。背後から首を絞め、仮死状態になったところに匕首を突き立てたにちがいない。匕首は鳩尾《みぞおち》のド真中で、それだけならかなり暴れて死ぬはずだ。

車に戻った。

島岡組か、とまず思った。しかし場所が気に入らない。事務所に近過ぎる。やり方も、不自然だ。

ワイルド・ターキーをのどに流しこんだ。ヒリつくのどが、頭に昇ってきた血をなんとか抑えこんだ。

車を出した。島岡組の事務所まで五百メートル。

古い商店のような、平屋の日本建築だ。外灯が、くすんだ看板を照らし出していた。静かだ。私は最初に考えていた通りに、看板に二発お見舞いした。怒鳴り声がした。かなり派手なもの音をさせて騒いでいたが、さすがに明りをつける愚は犯さない。

一発撃ち返してきた。どこにも当たらなかった。ゆっくり後退《バック》した。車だけは存分に見せてやった。

街の棘に刺されるのは、私ではない。私が棘だ。

住宅街に入った。背後に注意していたが、追ってはこなかった。車を電話ボックスのそばに停め、煙草に火をつけた。それから霧雨の中に出た。

「内田の車を見つけたんだ。神崎さん、これから行ってやってくれないか」

私は場所の説明をした。

「怪我してるのか？」

「いや」

神崎が電話を切った。

26　暗い海

まだ暗かった。

街の騒ぎはもう収まったのか。少なくとも、ここまで気配は伝わってこない。

私は松林に車を入れ、浜の小屋に眼を注いでいた。防波堤に沿って数十軒が連なった小屋は、長く黒く、眠った大蛇のように夜の底に横たわっていた。

霧雨は止《や》んでいた。海も凪《なぎ》の時刻に入ろうとしている。午前四時。浜の小屋を見張りはじめてから、二時間が経っていた。

夜が明けたら、森川圭子を船に移すつもりだった。車で、この街は出られそうもない。それまでは合流せずに、ここで見張っていた方がよさそうだ。圭子には、藤木がついている。

遠くに、ヘッドライトが見えた。

なんでもない車に思えた。大してスピードを出していないし、一台だけだ。

連なった小屋の端にさしかかった。車が停まった。赤い点が飛んだ。闇《やみ》に尾を曳《ひ》き、一瞬消え、突然大きくなった。大蛇が舌でも出したように赤い焔《ほのお》がひと条《すじ》吹き出し、それがすぐに屋根に燃え移った。

私は車を出した。二軒目の小屋も、同じように燃えあがった。火焔瓶《かえんびん》を投げている。小屋の少し手前で車を降りた。ツー・トーンのマスタングだ。藤木が発砲してこないともかぎらない。

走った。車は焔に照らされ、左半分だけ赤く染まっていた。車種はよくわからないが、乗っているのが二人であるのは見えた。ヘッドライトにむけて、一発撃った。

「藤木っ」

叫んだ。車がむかってきた。スピードをあげている。私を轢《ひ》く気らしい。左手を銃床に添え、両手保持でフロントグラスを狙った。引金を絞る。排出された薬莢が路面に落ちる前に、車が安定を乱し、松林に突っこんで鼻を太い幹にぶっつけた。車からは誰も出てくる気配がない。撃ち返してもこなかった。藤木っ、と私はもう一度叫んだ。

「川中さんですか？」

防波堤のむこうから、落ちついた声が返ってきた。声の方へちょっと眼をむけたが、姿は見えない。

「こっちへ圭子を連れてきてくれ。車がある。例のマスタングだ」

「わかりました」

藤木の声は、注文を受けたバーテンの声そのものだった。パチパチと、小屋が燃えあがる音が聞えてきた。かなり距離はあるが、どんどん燃え移ってきている。

私は、松林の車に拳銃をむけて立っていた。しばらくして、圭子の肩を抱くようにした藤木が、防波堤の階段を昇ってきた。道路からだと腰のあたりまでしかない低い防波堤だが、浜とはかなりの落差がある。

「撃ってはこないようですね」

私のそばを通り抜けながら、藤木が言った。圭子がどうしているのか、見る余裕はない。火勢はますます強くなっていた。古い材木を集めて建てた小屋だ。少々の湿りなど、火を勢いづかせるだけだった。

クラクションが私を呼んだ。藤木がマスタングを転がしてきた。

 むきを変えろ、と私は左手で示した。拳銃は構えていた。松林の車からは、まだ誰も降りてこない。私の撃った弾が当たったのか。しかし、二人いた。一瞬焰に照らし出された車内に、二つの頭を私は確認していた。車の中から、こちらの隙を窺《うかが》っているのかもしれない。あるいは怯《おび》えているのか。

またクラクションが呼ぶ。私は銃を構えたまま退がった。

「どこへ?」

「真直ぐだ。飛ばしてくれ。一分かそこらで、上ノ磯に着く。船があるんだ」

「やはり撃ってはきませんでしたね。私たちの姿は見たはずなのに」

「彼女を死なせちゃ、元も子もないわけだからな。それに、俺の一発が効いたのかもしれん」

「二発、聞えましたが」

「もう一発は虚仮威《こけおど》しだ。手応《てごた》えもなかった」

圭子は後部座席《バックシート》でうずくまっていた。ブルーのワンピースに赤いカーディガン。悦子なら似合う。悦子の趣味も、ほんとうはそれほど悪くはない。内田の顔が浮かんだ。あの匕首は、当分私の腹からも抜けはしないだろう。鳩尾に手をやった。

「馬鹿が」

「え？」

「いや、こっちのことだ。ところで、君はどうやって逃げる気だった？」

「海へ。暗いですからね、ちょっと沖へ出れば、まず見つからないだろうと思いました。時間を稼げば、そのうち消防車だって駈けつけてくるだろうとね」

「落ち着いた男だ」

「慌てましたよ。燃えたのが遠い方からだったんで、考える時間があったんです。それでも、お嬢さんが泳げるかどうか、まったく頭にありませんでしたよ」

「そこだ」

上ノ磯だった。

私はワイルド・ターキーを片手に、岩場の鼻に出た。狭い砂浜だった。『デリラ』は、艫《とも》から岩の出っ張りに舫《もや》いを取り、岩場と岩場の間に浮いていた。砂浜からは十メートル以上はある。ちょっと見つけにくい場所だ。錨《いかり》も入れているらしく、満ち潮に逆らっていた。

「俺だ」

船の中に人影が立ちあがった。

「神崎さん。行かなかったのか、あそこへ？」

「行ったよ。ああなっちまってるのに、俺がなにをしてやれるってんだ」

私は舫いを引いた。小さいといっても、五トンはある。砂浜に近づけて擱座《かくざ》すると面倒だった。

「待ちな、いま錨をあげる」

私は、浜に立っている圭子と藤木を呼んだ。藤木に支えられるようにして、圭子が岩を這《は》ってくる。かすかな明りが揺れた。藤木がジッポーを点《つ》けているらしい。

波が、足もとの岩を打っていた。私は舫いを引き寄せた。飛沫《しぶき》がズボンを濡らす。これくらい、秋の海では穏やかな方だ。

舷側《げんそく》が岩に当たる音がした。神崎がボート・フックを伸ばして岩の出っ張りにひっかける。

二十分ほど、沖へ真直ぐ全速《フル》で走った。せいぜい二十ノットか。歳を食っている割には、よく走る。毎週のように、内田がエンジンの点検整備をしていた。

エンジンを停め、パラシュート・アンカーを放りこむ。海図《チャート》は頭に刻みこまれているが、まだ暗かった。夜も走れるように造られた船ではない。レーダーはおろか、ライトさえないのだ。必要がないかぎりは、視界がきくようになるまで待った方がいい。

「船室《キャビン》たってなにもないが、毛布で躰を包んで横になれるくらいの広さはある。しばらく休んでろよ」

藤木が頷き、コックピットにうずくまってじっとしている圭子に、もの静かな言葉をかけた。

「かわいそうに兎《うさぎ》みてえに怯えちまってるじゃねえか」

神崎の声はものうく低かった。

私はワイルド・ターキーをのどに流しこみ陸《おか》の方へ眼をやった。浜はまだ燃えていた。遠い獣の吠《ほ》え声のように、消防車のものらしいサイレンが聞えた。かすかに風が出はじめている。凪の時刻は過ぎたのだ。

「悦子には知らせたのか？」

「知らせたが、会っちゃいねえ。俺もここへ逃げてきたってわけよ」

神崎が、コックピットに投げ出した脚をさすった。冷えこんでいる。

「神崎さんは、あの兄妹の親父みたいなもんだったからな」

「言ってもはじまらねえことは、言わねえでくれ」

「悪かったと思ってるよ」

「内田の馬鹿が。俺は注意したんだ、もう部屋へ帰れってな。野郎、聞きやがらなかった。口じゃ聞くようなことを言ってたのによ」

「俺のことを心配したのさ。あんたはその脚だ。自分が代りをしなけりゃならんと思ったんだろう」

「馬鹿野郎が」

狭いコックピットだった。肩と肩が触れ合っている。神崎の躰が、かすかに慄えているのがわかった。怒りなのか、寒さなのか。

「あのドスは見たことがあるぜ。島岡組のチンピラが持ってたやつだ。キャバレーで酔って振り回しやがったことがある」

私は煙草に火をつけ、神崎に差し出した。神崎は手を出さなかった。船が、うねりに持ちあげられては沈んでいく。

「だけど島岡組じゃねえな。わざわざドスなんか残していきやがって、見え透いてらあな。場所もよくねえ」

「俺もそう思う」

「拳銃《ハジキ》を持ってんだろ、あんた？」

「貸せんよ、神崎さん」

「あんたに借りなくたってよ、なんとでもなるんだぜ。顔は広いんだ」

「その前にケリがつく。俺がつけるよ。あの娘を安全なところに逃がしたらな」

私は煙草を海に投げた。赤い尾を曳いて飛んでいった。寒い。躰の芯《しん》まで冷えてきた。

ワイルド・ターキーを呷《あお》る。

「酒だろう。俺にもくれねえか」

「大丈夫かね？　こいつはごついぞ」

「わからねえ、飲んでみねえことにはな」

私は瓶を神崎に渡した。

「なんだっ、こりゃ」

ひと口だけで、神崎は瓶を返してきた。

浜の火事は下火になったようだ。遠くなったのかもしれない。潮流は想像以上の速さで船を流すことがある。

藤木が船室《キャビン》から現われた。

「彼女が気分でも悪くなったのか。船酔いの薬はないぜ。我慢して貰うしかない」

「音が聞えるんですが」

「音？」

私は聞き耳を立てた。しばらく、なにも聞えなかった。気のせいだろうと言おうとした時に、途切れ途切れのエンジン音が聞えた。

「車、かな？」

陸《おか》のもの音が、驚くほど近くで聞えることがある。大抵は風の具合だ。

「車ならいいんですが」

音が近づいてきた。大きく小さくなるだけで、もう途切れはしなかった。

「待てよ、ありゃ船だな」

早朝に出漁した漁船、ということも考えられた。私はエンジン音に注意を集中した。滑らかな音だ。漁船ではない。こちらへむかってきているのも、はっきりわかった。ホーンでも鳴らすべきか。しかし大型船ではない。航路からはかなり離れているはずだ。私の部屋を見張っていたという、白いクルーザーが頭に浮かんだ。闇だ。視界はまったくきかない。

「だいぶ近づいてきたな。神崎さん、シー・アンカーは揚げといてくれ」

神崎が、コックピットに腰を降ろしたままの姿勢で、パラシュート・アンカーのロープを引きはじめた。

不意に、闇が割れた。強力な探照灯《サーチライト》だ。青黒い海面が浮かびあがる。すぐそばだ。正確にこちらの位置を捕捉《ほそく》している。

「保安庁の警備艇なんかじゃねえぞ。もしそうなら、スピーカーなんか使って警告してくるはずだ」

「例の船だろう、多分。レーダーを持ってるみたいだな」

「逃げるかね？」

海面を舐《な》めていた探照灯が、横薙《よこな》ぎに動いた。完全に捕捉された。神崎の顔が、スクリーンにでも映し出したように、闇に浮かんだ。眩《まぶ》しそうに手を翳《かざ》している。

私は運転席に腰かけ、エンジンを始動させた。

微速《スロー》でジグザグを切る。いくらか遅れながら探照灯がついてきた。

「全速《フル》で飛ばせよ。相手はでかそうだ。スピードはそんなに出ねえぞ」

「わかるもんか。それにこの暗さだぜ。真直ぐ突っ走るんでもないかぎり、危険だ」

「畜生。こっちだけがストリップかよ。いつまで尻振ってたって、埒《らち》はあかねえぞ」

舳先《へさき》を陸《おか》にむけた。レーダーまで備えている船だ。二十トンはあるだろう。吃水《きっすい》も深いはずだ。陸際の勝負なら、こちらにもやりようがある。

探照灯は、船からはずれては黒い海面を舐め、また捕捉してきた。形のない虫がまつわりついてくるようだ。

圭子が出てきた。私は、ブツブツと相手の船を罵《ののし》っている神崎と舵《かじ》を代った。内田が一番うまかったが、神崎もかなりやる。

「スローでやれよ。ジグザグは大きく小さく適当にだ、いいな」

「まるっきりのストリップ踊りだよな。性質《たち》のよくねえ魚を相手にする時と同じだ」

圭子の顔を、探照灯が照らした。白い横顔だった。大きな眼が、じっと私を見た。

私は、ちょっと頷いてみせた。言葉をかけようとした時、彼女の顔を闇が覆った。

「なにか、飲物でもなかったかな?」

「ビールがありましたが」

藤木が言う。

「彼女にだよ。インスタントだが、コーヒーがいいかな。熱いやつだ。この揺れと暗さでコンロを扱えるか?」

「やってみましょう」

バーテンが船室《キャビン》に消えた。どこまでもバーテンでいるつもりらしい。

「腰を降ろせよ。寒いだろう、俺にくっついてるといい」

「会社の船ですわ、きっと」

また探照灯。短く刈った彼女の髪が、風に靡《なび》いていた。柔らかい髪だ。

「東洋通信機が船を持ってるのか?」

「船舶通信機の実験用だそうです。でも、所長がよく釣りにお使いになりました」

彼女の息遣いが、耳をくすぐった。躰を近づけ、私の耳もとで喋っている。探照灯が船からそれるとまったくの闇で、彼女の表情さえ見定め難かった。

「どれくらいの大きさなんだ？」

「よくわかりません。見たことはないんです」

「東洋通信機の船なら、レーダーを備えてたって不思議はないな」

「申し訳ありません。あたしのために御迷惑をおかけして」

「秘書みたいな口のきき方は、そろそろやめたらどうだ。君は機密を盗む手助けをした。こりゃ事実だろう。いわば、犯罪者として逃げてるんだ」

彼女が黙りこんだ。私は、暗い海面を探る光の条に眼をやっていた。手を伸ばしてみる。柔らかい髪が触れた。それから頬。濡れていた。飛沫などではない。

私は、ワイルド・ターキーを呷った。躰を暖めたかった。こいつはすぐに効く。そしてすぐに醒める。

「あたし、なにも持っていません」

「しかし持ってた。いま持ってないってことを、連中にどうやって信用させる？」

探照灯が一瞬船をとらえた。涙が、彼女の頬で夜光虫のような光り方をした。女を泣かせている。馬鹿げたことだ。煙草をくわえ、ポケットのライターを探った。見つからない。

「夜が明ければなんとかなるさ。いまは暗くてなにもできん」

当てはなかった。もうすぐ夜が明ける、わかっているのはそれだけだ。

藤木が、船室《キャビン》から這い出してきた。かすかなコーヒーの香りが、潮の匂《にお》いの中に入り混じった。コーヒーを受け取った彼女が、軽い音をたてて啜りはじめる。

探照灯が船に貼《は》りつきはじめた。ジグザグが小さくなっている。陸《おか》はまだ遠いが、神崎は危険を感じているのだろう。船の揺れで、潮の目が近いことがわかる。

陸《おか》の火は消えていた。消防車のものらしいライトが、いくつか見えるだけだ。あんな小屋が燃え尽きるのは、あっという間だろう。揺れが激しくなる。

「代ってくれ」

舵輪《だりん》を握ったまま、神崎が言った。

「潮が強くて舵がきかねえんだ」

私は立ちあがった。

潮に任せた。全速《フル》で飛ばして探照灯を振り切っても、レーダーからは逃れられない。このまま、夜明けを待つのだ。

「俺にもコーヒーを貰えねえか。ほんとは昆布茶《こぶちゃ》があるといいんだが」

「海の上なのに昆布がない。おかしなものですね」

藤木の歯が白く光った。

「前を見てろよ」

神崎が言う。見ていても同じだ。見つめるほど闇は深くなる。

火をくれ、と私は藤木に言った。ジッポーの火が差し出される。くわえたままだった煙草を近づけた。

「おかしな野郎だ。幽霊みてえに突っ立ってるかと思うと、おかしくもねえ冗談なんか飛ばしやがって」

藤木が船室《キャビン》に消えると、神崎が低く言った。

エンジンの軽い唸《うな》り。船室《キャビン》のかすかなもの音。舳先が切っていく波の音。神崎の呟《つぶや》き。聞えるのはそれくらいのものだった。

27　危険海域

風が強くなった。

風が闇《やみ》を吹き払ったように、夜が明けた。

白い大型クルーザーだ。六十フィート以上はありそうに見える。すぐ近くまで迫っていた。百五十メートルというところか。

全速《フル》で突っ走った。ピタリとついてくる。図体《ずうたい》の割には速そうだ。

「『龍王《りゅうおう》』だと。聞いたことあるか？」

神崎は双眼鏡を覗《のぞ》いていた。

「あるよ。東洋通信機の船とは知らなかった」

伊豆のマリーナにそういう大型クルーザーがいる、という話は聞いていた。いい船の情報は早い。どこかでそれを見た連中が、吹聴《ふいちょう》するのだ。ボルボの三百七十馬力ガソリン・エンジンを二基搭載しているという。見たかぎりでは居住性を重視した船型だが、二十ノットは軽く出るにちがいない。

私は、徐々に船を陸《おか》に寄せていった。まともにやり合わず、はぐらかした方が無難だ。もう闇ではない。こちらにも眼《め》はある。

「もっと飛ばせねえのかよ?」

「一杯だ。わかってるだろう」

「ほんとに性悪女だな。あんたが『デリラ』なんて名前をつけるからだぞ」

「船のスケールがちがうんだよ。それにこいつはもう婆《ばあ》さんだ、あまり無理もさせられんだろう」

海岸が見える。家の屋根も、走っている車も、そのむこうの山も、厚い雲の下でくすんでいた。

暗礁が近づいてきた。海面の色でそれとわかる。よく知っている海だ。強い潮流もある。ここへ誘いこめないか。

速度は落とさなかった。『龍王』は、暗礁を怕《こわ》がって抑えはじめている。追ってこい。この海域へ入ってこい。『龍王』が舵《かじ》を左にとった。いくらか距離があいた。すさまじい銃声が轟《とどろ》いた。しばらくしてもう一発。当たりはしなかった。お互いに揺れている船だ。

「なんでえっ、いまの音は。大砲でも積んでやがんのか。拳銃《ハジキ》なんかじゃねえぞ」

大口径のライフルだろう。なまやさしい音ではなかった。

「もっと陸《おか》に寄るぞ」

「危《やば》いぜ、このあたりは」

「近づかれて、あれをぶっ放されたんじゃかなわん」

「岩にぶち当たったって、同じじゃねえか」

私は船を陸《おか》に寄せた。『龍王』は、並行して沖を走っている。うねりが出はじめていた。岩礁に当たった波が盛りあがり、割れ、白い飛沫《ひまつ》を散らせた。根較《こんくら》べのようなものだった。『龍王』はこちらへ近づけないが、私の方も岸へはつけられない。危険な岩場が続く。

「気になるな」

海沿いの道路を、ずっと船と並行して走っている車がいた。東洋通信機なら、船舶電話などお手のものだろう。陸《おか》と連絡し合っていることも考えなければならない。

「腹が減ったよ」

私は藤木に言った。

「パンとソーセージでよろしいですか？　こんな場合ですから」

この男は、いつまでもバーテンだった。

私は、こちらの銃器の残弾を計算していた。私のワルサーに三発。藤木のガバメントには多分五発。

相手は銃器が豊富だと考えた方がいいだろう。なにしろ、大口径のライフルまである。撃ち合いは避けた方がいい。

車は、しつこく岸をついてくる。暗礁と岩礁を縫って進む以外になかった。速度は落とした。だが、エンジンを停《と》めるのは危険だ。このままだとどう踏ん張っても、あと一時間で暗礁のない海に出てしまう。どこかでUターンするべきか。この海域から出れば、『龍王』はすぐに攻撃をしかけてくるだろう。

燃料計に眼をやった。まだ大丈夫だ。だが、『龍王』は何日でも保《も》つにちがいない。

圭子が、バターを塗ったパンとソーセージを持ってきた。コーヒーもあったが、私はワイルド・ターキーで胃に流しこんだ。

「気分は？」

「平気ですわ、これくらい」

うねりに揉《も》まれている。こんな緊迫した状況でなかったら、かなり海に慣れた連中でも酔うかもしれない。

彼女がちょっと笑った。この女の笑顔ははじめてだ。いっそう少女っぽくなる。美津子の笑顔が不意に浮かんだ。瞬間、私は狼狽《ろうばい》し、圭子から眼をそらした。

「煙草《たばこ》を喫《す》いたい。ライターがないんだ」

「俺のを使いな」

神崎が圭子に使い棄《す》てのライターを渡した。片手では火がすぐに消える。圭子が白い手を差し出してきたが、それでもうまく風が遮れない。

「君がくわえて点《つ》けてくれ」

圭子が煙草をくわえた。しばらくして火のついた煙草が私の口に差しこまれた。

わずかだが、『龍王』が距離を縮めてきた。銃声。二十メートルほど岸寄りの岩礁が、子供の頭ほど吹っ飛んだ。まったく、鯨でも撃てそうなライフルだ。

藤木が出てきた。別段銃声を気にしているふうもない。

「俺が罠《わな》に嵌《はま》ったってことかな」

「いずれは、こうなるはずだったんでしょう」

「もっといいかたちで、こうなりたかったってことさ」

丸山は、あの漁村の波止場に、私の船がないことを確かめたのだろう。潜伏している場所は海の近くだと、それで見当がつく。岬のビーチ・ハウス、夏だけ海の家になる何か所かの浜の小屋。人家から離れた場所といえば、私ですらそれくらいしか思いつかない。海上に船、陸に車を待機させ、いぶし出す。巧妙な作戦だ。船で逃げたのは、むこうの思う壺《つぼ》だったろう。

「沖に浮いていて、消防隊員にでも救出して貰《もら》った方がよかったかもしれんな」

「そのあと、お嬢さんはどうなるんです？」

「警察に保護して貰うしかないな。こうなるよりましだっただろう」

「なんて？」

圭子が口を挟んだ。

「盗まれたものを取り戻すために、持主が追ってきますって、警察に駈《か》けこむんですか？」

私は笑った。この女を守るのは、私の役目だ。いまでも、絶対に守る気でいる。私は、ただ彼女を守るだけでなく、そのことで別のなにかを守る気でいるのだ。すでに失ってしまった、なにかを。

「君も肚《はら》が据ったようだな。秘書みたいなもの言いもしなくなった。土壇場にゃ強い、そう思ってたよ」

でなければ、機密を盗み出す真似《まね》もできないだろう。女の顔はひとつではない。

「どうするかだ」

私は岩礁を避けるために、右に舵を切った。岩礁より、見えない暗礁の方が怕い。小さな漁船も入らない海域だった。

「ニュースをやっています」

藤木がラジオを持ってきて、ボリュームをあげた。八時のニュースだ。昨夜、村上病院を襲撃した三人のうち、逃亡していたひとりが逮捕されたことを伝えていた。ひとりは現場で逮捕され、ひとりは銃撃戦で重傷を負っている。稲村千吉も負傷したらしい。

市長が銃撃されるというショッキングなニュースを、アナウンサーはいくらか過多な感情を混じえて伝えている。

寒村の漁師の倅《せがれ》から市長にまでのしあがった男。葉巻を飴《あめ》の棒のようにしゃぶり、断定的なもの言いをし、市民の間には妙な人気を持ち続けていた男。立志伝の最後の頁《ページ》は、血と銃弾で書かれたというわけだ。

「暗礁を見逃すんじゃねえぞ」

神崎はニュースに興味がなさそうだった。また銃声が轟いた。かすかだが、船体にショックがあった。

舳先《へさき》の鉄板が撃ち抜かれている。

「あんなライフルがあんのかよ」

舳先に這《は》っていって、神崎が穴に手を伸ばした。こんなクルーザーの船体など、紙のように撃ち抜く威力を持ったライフルが、確かにあることはある。しかし、誰が撃っているのだ。もう四、五発は飛んできている。そいつの肩がはずれていても、おかしくはない。

「浸水する場所じゃねえ。だけどあんなライフルがほんとにあるのかよ?」

「俺も一度撃ったことがあるよ」

二年前だった。ネバダの砂漠。銃はルガーのナンバー・ワン・シングルショット。実包《カートリッジ》は四五八ウインチェスター・マグナム。

距離五十メートルで、コンクリートブロックを粉々にした。

私のほかに五人いた。私が反動《リコイル》で転倒するという方に、みんな二十ドルずつ賭《か》けた。

私は倒れなかった。的を撃ち砕き、さらに十発近く撃って、人間大の岩をバラバラにした。百ドルが懐に入った。だが、肩が痛かった。ホテルへ戻って調べると、右肩に掌《てのひら》で覆いきれないくらいの青い内出血が拡《ひろ》がり、かすかに腫《は》れていた。

あんなライフルを、何発も撃ち続けられる男がそういるとは思えない。いささか体力に自信があり、ライフルを扱い馴《な》れた私でさえ、十発が限界だった。

笹井か。躰《からだ》は充分だ。しかしあの男は、銃器を扱うタイプには見えない。そういう臭《にお》いがまったくしなかったのだ。

「いい腕なんだろうな。当てやがったんだから。あいつを機関部に一発食らったら、どういうことになるんだ」

「スピードをあげる。神崎さん、そこから海水《みず》の中を覗いててくれ」

さらに十メートルほど、船を岸に寄せた。たった十メートルで威力が変るわけではないが、距離は遠くなる。

船にスピードが乗ってきた。

「ライフルをぶっ放される方が、まだましじゃねえか」

岩礁の海域はもうしばらく続く。岸は切り立った崖《がけ》。その崖の上の道を見あげる余裕は、もうなかった。

舳先に腹這いになった神崎が、右手を回した。左に舵を切る。大きな暗礁をかろうじて躱《かわ》した。

「怕いかね？」

圭子がそばに立った。

「とっても。慄《ふる》えてますわ」

しかし、声は慄えていない。

「煙草が欲しい」

ライターを擦っている気配がある。圭子の手が私の口に伸びてきた。

「新司を好きだったのか？」

煙草をくわえたまま言った。声が口の中でくぐもっている。聞き取れなかったかもしれないと思い、私はもう一度くりかえした。

「答えろよ」

「頷《うなず》いてますわ、さっきから何度も」

「脇見ができないんでね」

神崎の左手が回る。船底になにか触れた。弾《はじ》かれたように、神崎が首をこちらに捩《ね》じ曲げた。

「大した音じゃなかった。裂けたとしたら、沈没《チン》するだけのことさ」

「下手糞《へたくそ》と言おうと思ったんだ」

煙を吐いた。浸水している気配はない。神崎の右手。躱したようだ。

「利用されたと思ってるんじゃないのか、新司に？」

「シティホテルで、最初の二、三日はほんとにそんな気分でしたわ。なにをなさろうとしているのか、わからなかったから」

「美津子のことは、なにか言ってたかね？」

「心配なさってはいませんでした。ちょっと不思議でしたけど」

美津子は私のところへ行く、新司はそう考えていたのだろうか。そして、それでいいと思っていたのか。女の愛し方を知っている男だった、少なくともおまえよりは。キドニーの言葉が頭に浮かんだ。

神崎の左手が回った。それからすぐに右手。暗礁が多くなっている。『龍王』は沖を走っていた。あと一海浬《マイル》くらいで、この海域は抜ける。

「ほんとに、君を抱かなかったのか?」

「紳士なんですよ、あの方」

「真面目《まじめ》にも、ほどってやつがあるだろう。藤木だってそうだ」

神崎が両手を回した。どうしようもない。後進《アスタン》をかけるには遅過ぎた。海面が黒くなった。また船底でいやな音がした。裂ける時は、紙のように裂ける。

「藤木は、なにをしている?」

「後ろに腰を降ろして」

圭子が言葉を切った。うねりが船を持ちあげた。

「海を見てらっしゃいます。遠くじゃなくて、すぐ下の水の中を覗くみたいに」

「煙草を棄ててくれ」

圭子の手が伸びてきた。

「君にゃ降りて貰うぜ」

自由になった口で、私は藤木にむかって大声を出した。

「私、ですか?」

「もうすぐ岩礁がなくなる」

「お気遣いは無用ですよ」

「逆さ。海岸沿いの道路を、車がついてきてるのはわかるだろう」

「なにをやればいいんです？」

「砂浜が見えてきたら」

神崎の左手。右に舵を回す。

「海に入ってくれ。『龍王』に気づかれないようにな。岸まで泳いだら、車の連中も撒《ま》いて貰わなくちゃならん」

「私でなくちゃいけないんですか？」

「死ぬのは君が最初だ。船を操縦できるなら別だが」

「わかりました」

「島岡組に連絡を取ってくれ。佐々木という男だ。事務所に電話をすれば、つかまるはずだ。俺も、森川圭子も、丸山も、浜岡砂丘《はまおかさきゅう》にいると伝えてくれりゃいい」

「しかし」

「ほかに手はない。このまんまじゃ、追いつめられるだけだぜ」

「浜岡、ですね？」

「御前崎《おまえざき》のむこうさ。陸沿いに突っ走る。十時過ぎにゃ着けるだろう。それまで船が無事ならの話だが」

「連絡したあと、私はどうすりゃいいんですか?」

「好きなようにしてくれ。車の連中を撒けたら、君にゃツキがある」

神崎の左手。言いもしないのに、圭子が私に煙草をくわえさせようとした。私は首を振った。

海面が、いくらか静かになった。岩礁の海域を抜けようとしている。

「車は?」

「見えます」

「全速《フル》で走る、十秒だけな。それからエンジンを停めると、惰性でしばらく走るだろう。その間に降りてくれ」

「服が濡《ぬ》れますね」

「水に濡れるだけならいいさ」

岩礁がほとんど見えなくなった。遠い、右前方の浜には、漁船が引きあげられている。

じゃ、と藤木が言った。

「前進全速《フル・アヘッド》」

神崎がふりむいた。岩礁は見えなくとも、まだ暗礁はある。推進器《スクリュー》が水を弾き飛ばした。空転し、ひと呼吸置いてから、船に加速感が出てくる。十秒。エンジンを切った。

次第に惰力が弱まり、船の動きが頼りなげになった。微速《スロー》でエンジンをかける。コックピットに、藤木の姿はなかった。

28　性悪女

ギリギリまで岸に寄せた。

遠浅の海ではない。船上の顔が見えるところまで、『龍王』は近づいてきた。

全速《フル》で突っ走る。それでも二十ノットがせいぜいだ。軽い船脚で『龍王』はついてきた。

まだかなり余力がありそうだ。

舳先が波を割る。飛沫《しぶき》が雨のように降りかかってくる。うねりに持ちあげられ、落ち際、船底が海面を打つ。いきなり、『龍王』が突っかけてきた。海底の砂が見えるところまで、岸に寄った。砂が舞いあがり、海水《みず》が褐色に濁った。擱座《かくざ》させようという気だ。陸《おか》に近過ぎるので、銃を使う気はないらしい。沖でなら、銃声はすぐに拡散する。

「車は？」

「走ってるよ。後ろの野郎が、顔《つら》を突き出して双眼鏡で覗いてやがら」

「藤木が降りたのは、気づいてないな」

圭子がそばへ立った。煙草、と私は言った。差し出されてくる彼女の手。かすかな慄え。

船体が波に乗り、一瞬だが宙に浮いて落ちた。船室《キャビン》でなにか崩れ落ちる音がした。船具と食料と毛布。ほかになにかあったか。頭にはなにも浮かばない。

「気をつけな。いよいよ、あそこだぜ。スピードを落とした方がいいんじゃねえか」

風上の神崎の声はよく通った。舳先で飛沫を浴び、ズブ濡れになっている。

「無茶すんじゃねえ、落とせ」

全速《フル》のまま突っ走った。ここは勝負どころだ。小回り、吃水《きつすい》の浅さ、武器はその二つしかない。ここで『龍王』を暗礁の中に引っ張りこんでやる。

岩礁が、二つ三つ海面に頭を出し、波をたち割っていた。暗礁も拡がっている。水の色でそれがわかった。まだ深い。ここの暗礁で危険なのは、三か所しかない。はっきり頭に刻みこまれている。あとは、水面に突き出た岩に近づかなければいいのだ。

舳先が、盛りあがった波に突っこんだ。飛沫、というより水の塊りが顔を打った。殴られたような衝撃だ。暗礁。猫の爪《つめ》のように水面下に隠れている。二か所、三か所、続けて躱した。全速《フル》のままだ。突き出た岩が、飛ぶように後方に遠ざかっていく。

抜けた。岩で乱れた海面から、またなだらかなうねりの海に抜けた。百五十メートルの距離で後方にぴたりとついてきた『龍王』は、岩礁の中に強引に突っこんできている。

「見ろ、引っ張りこんでやったぞ」

暗礁に乗りあげれば、それきりだ。さあ、突っ走ってこい。

急に、『龍王』との距離があいた。暗礁にやられたのか。ちがう。

「後進全速《フル・アスタン》をかけてるようだな」

どんどん遠ざかっていく『龍王』の船尾で、白い飛沫が舞いあがっていた。

船は小さな動きができない。車とはちがう。五メートル前方に障害物を発見した、ハンドルを切る、という具合にはいかないのだ。水と舵の関係は、路面とタイヤの関係よりも何倍ものろい。その上、ブレーキがない。車のつもりで舵を切ると、とんでもないことになりかねない。この船さえそうだ。三十トン近くはありそうな『龍王』の扱いは、ずっと難しいだろう。

二十ノットのスピードで、暗礁にむかって突っこんできた。それを停めるには、錨《アンカー》をぶちこみ、エンジンを後進《アスタン》にかけるしかない。それでも、惰力を止めるにはかなりの距離が必要だろう。

「ぶつからなかったのか?」

舳先の神崎がふりむいた。

「停めるのに手こずっただけみたいだな。まだアスタンのまんまだ」

「惜しいところだったじゃねえか」

「まあな」

圭子が煙草を差し出してきた。酒だ、と私は言った。しばらくして、ワイルド・ターキーが出てきた。気持よくのどが灼《や》けた。

「この辺の海は、庭みたいなもんさ。いちいち海図《チャート》を覗く手間なんかかけなくても、暗礁も潮の目もちゃんと頭に入ってる」

御前崎を回り、遠州灘《えんしゅうなだ》を突っ走り、三河湾の蒲郡《がまごおり》あたりまで、月に一度はトローリングに出かけた。暗礁の多い場所は、いい釣場でもある。

蒲郡までなら、途中で一度給油しなければ燃料は保たなかった。そう遠くない将来に、三十フィートくらいで、性能のいい船がある。そんなやつが欲しかった。買えるはずだった。

いや、間違いなく買える。『デリラ』という船名は、その時返上する。もともと、けばけばしい色に塗りあげられた中古の船体を見て、思いつきにつけた名だ。それでも、最初と較べると、信じられないくらいよく走るようになった。金をかけただけでは、こうは若返らなかっただろう。内田が、手間と時間をかけたのだ。まるで、年増女《としまおんな》にいかれてしまった小僧っ子みたいな入れこみようだった。

浜が湾曲している。あまり近づき過ぎると横波を食う。ちょっと沖に出した。うねりが強い。飛沫が頭から降ってきた。

いつの間にか、陽《ひ》が射《さ》しはじめていた。雲の割れ目から、宗教画のような棒状の光が海面に落ちている。

「だいぶ離したたな」

「いまごろ、慌てて錨を巻き揚げてるぜ。海図《チャート》も見ねえで、馬鹿なやつらだ」

「神崎さん、そこは濡れるだろう。こっちで休めよ。愛鷹岩《あしたかいわ》はもう過ぎた」

「濡れついでよ。御前岩《ごぜんいわ》も、あんた突っ切るつもりなんだろう」

車は、相変らず海岸沿いの道路をついてくる。『龍王』は、うねりに隠れてもう見えなくなっていた。

「結構頑張るな、この婆さん」

「後家の踏ん張りみてえなもんだろうよ」

煙草、と私は言った。コックピットに坐《すわ》りこんでいた圭子が立った。

「もうありませんわ」

「じゃ、酒だ。海の上なら白バイも追っちゃこない」

空は晴れていくのに、うねりはかえって大きくなっていた。風も強くなった。むかい風だ。ワイルド・ターキーを呷《あお》った。まだ指四本分は残っている。

御前崎の手前で、『龍王』が追いついてきた。さすがに速い。うねりを舳先でたち割っている。

しかし、あまり近づいてはこなかった。御前崎の突端から一海浬《マイル》あたりの地点に、御前岩と呼ばれる岩礁がある。そして、岬から御前岩の間には、暗礁が散在しているのだ。海図《チャート》と首っ引きで走っているのだろう。愛鷹岩の二の舞いを怖れているにちがいない。

御前崎の突端に舳先をむけた。全速《フル》だ。微速《スロー》で走りたいところだが、そうすれば御前岩を迂回《うかい》した『龍王』に先回りをされる。

飛沫がひどくなった。岸に近づけば近づくほど、海は表面の変化が激しい。波が崩れる。崩れた波がぶつかり合う。岩で砕けた波が滝のようになって落ちてくる。

銃声がした。

「どてっ腹をぶち抜かれたぞ」

「放《ほ》っとけ」

どんなに大きくても、直径が一センチ程度の丸い穴だ。浸水したところで、大したことはない。いまは、この暗礁をなんとか乗り切ることだけだ。

銃声を最後に、『龍王』は沖に遠ざかりはじめていた。

舳先に腹這いになった神崎が、叫びながら手を動かす。右手、左手、目まぐるしかった。半分も、舵輪《だりん》はついていけない。白く泡立った海面の下に、暗礁の濃い色が束《つか》の間覗き、遠ざかっていく。海底で静止している、とは見えなかった。海に棲《す》む、巨大で兇暴《きょうぼう》な動物のようだ。

「なにかに摑《つか》まってろ、絶対に放すなよ」

圭子に言った。振り返る余裕はなかった。神崎が叫んだ。岩が迫ってきた。船腹を擦《こす》る。爪をひっかけられただけだ。まだ牙《きば》は立てられていない。波を潜《くぐ》った。そんな気がした。

一瞬だが、頭の上まで波がきたのだ。神崎が舳先にへばりついている。

「いるかっ？」

叫んだ。また岩が迫る。飛沫。もう一度叫んだ。返事はない。声を出せ、なんでもいい、声を出せ。

チラリと、白い灯台が視界の端を掠《かす》めた。また波を被《かぶ》った。正面からだ。横からなら簡単に転覆している。

「いるのかっ？」

ううっ、と呻《うめ》くような声が聞えた。圭子はいる。神崎も舳先にしがみついている。もうちょっとだ。踏んばれ、婆さん。ここを乗り切ったらドックで娘みたいな化粧をさせてやるぜ。右だっ、神崎の叫び。よし。おまえは性悪女なんかじゃない。俺の可愛《かわ》い子ちゃんだ。まったく、悲しくなるくらい頑張ってくれるじゃないか。そして従順だ。結婚してやってもいいぜ。また正面から波がきた。でかい。

「いるかっ？」

圭子の呻き。舳先にへばりついた神崎の背中。

最後の大波だった。御前崎をかわした。それも、岸のすぐ間近でだ。崖の岩に手が届きそうだった。

御前崎を回ると、風はいっそう強くなった。西風。こいつは怕い。漁師は大西《おおにし》と呼んで怖れている。こいつにやられ、太平洋を流れ流れて、シアトルあたりまで持っていかれた漁船が何隻もいる。船上に残っているのは、白骨の屍体《したい》だけだ。時には、鍋《なべ》の中から人骨が出てくるという。人肉を食った人間も食われた人間も、シアトルでは同じ骨になっている。ただし、冬場の話だ。いまはまだ、ただ西から吹いている強い風というに過ぎない。

「ひでえクルージングがあったもんだ」

神崎がコックピットに這い戻ってきた。もう岩礁はない。うねりに注意していればいいだけだ。

圭子が、いきなりのどを鳴らして嘔吐《おうと》した。緊張が緩んだ時にそうなることは、よくある。

「煙草をくれ」

言ってからないことに気づいた。ワイルド・ターキーはなくなっていないか。彼女が瓶を抱いていた。

「そいつを寄越せ」

「ひどく気持が悪くって」

また吐いた。蒼《あお》ざめ、濡れた顔。汗なのか飛沫なのか、わからなかった。介抱などしない方がいい。別の方へ気分をそらしてやることだ。

「酒だ。そいつを持ってこい」

のろのろと、彼女が這ってきた。

車は見えなかった。海沿いの道は、御前崎で行き止まりだ。それは心得ているだろう。岬の内側を通って、また現われるに決まっている。『龍王』との連絡まで途切れてはいないはずだ。

「かなり離したな」

神崎が双眼鏡を覗いた。御前岩を迂回してきた『龍王』の姿は、陽を浴びて輝く白い小さな点にしか見えなかった。

「浜岡って言ってたな、あんた」

「それくらいで、燃料が切れる」

「当てはあんのかい」

「いや」

「あっちの船にゃ、丸山が乗ってるぜ」

「ほんとうか?」

「ライフルをぶっ放したのは、野郎じゃねえのか。確かに野郎だよ、ライフルを抱えてやがら。見てみるか」

神崎が双眼鏡を差し出す。私は首を振った。

長身の、引き緊《しま》った躰。茫洋《ぼうよう》とした光を湛《たた》えた、あの細い眼。銃を扱ってもおかしくはない。むしろぴったりだ。それにまだ四十代。熟練していれば、大口径のライフルも使いこなせるだろう。

「所長は射撃が上手よ。すごい銃を持っているんですって。日本じゃ持っちゃいけないことになっている銃だそうよ」

「それに釣りと船が好きってわけか」

私は笑った。自分とまったく同じ趣味を持っている男が、追いかけてくる。ちがう状況で出会っていたなら、親しくなったかもしれない。それがなんとなくおかしかった。

「内田は、野郎の差し金だな、間違いねえ」

「おかしな気を起こすなよ、神崎さん」

波が船腹を叩《たた》いた。どん、と太鼓を打つような音がする。どてっ腹にあけられた風穴はどうなったのか。浸水する位置なのか。いまのところ、船に大量の海水《みず》が入った兆候はない。

「四六〇ウェザビー・マグナム」

彼女が呟《つぶや》いた。悪心は一時的なものだったらしい。顔色もよくなっている。

「丸山がそう言ったんだな」

「弾だそうです。なんとなく覚えてました」

世界最強の、ライフル実包《カートリッジ》だ。でかい男の中指よりも、まだ太く長い。あれなら、クルーザーの船腹くらい、軽く撃ち抜いてしまうだろう。

「かなり近づいてきたぜ。いい船だな、二十五ノットは出してやがる」

十時五十分。浜岡までは、なんとか燃料は保ちそうだ。

海沿いの道が見えてきた。あの車は待っていた。船と並んで、また走りはじめる。

29 砂丘

燃料計。もうほとんど腹は空っぽだ。

十一時二十分。考えていたより、いくらか時間がかかった。むかい風のせいだ。

巨大なトーチカのような、原子力発電所の建物が遠くに見えた。そして砂丘。海水浴場によくあるような、ただだっ広いだけの砂浜ではない。小山が幾重にも重なったようになっている。落差が大きいのだ。多分、強い西風の影響だろう。

「砂丘に逃げこみゃなんとかなると考えてんじゃあるまいな」

「引っ張ってきたんだぜ、『龍王』をここまで。勝負はこれからさ」

「あの藤木ってのは、どうしたかな」

「気になるかね？」

「どういう男なんだ？」

私は舳先を陸《おか》にむけた。

まだ、一海浬《マイル》くらいは走れる燃料が残っていた。それでも、私は舳先を陸《おか》にむけた。

『デリラ』に最後の踏ん張りをさせてやれる。全速《フル》で砂丘に突っこむのだ。

「これからどうなるか、俺にも見当がつかん。やれることをやってみるしかないんだ。俺は君を守るつもりでいる、命がある間はな」

圭子を見た。彼女が、かすかに頷いた。大きな眼が私にむいている。私の顔が、彼女の瞳《ひとみ》に映っていた。

「ま、俺から離れないことだ」

圭子がもう一度頷いた。

「なにかに摑まってろよ」

神崎が言った。浜が間近に迫っている。

船底が砂を擦った。スピードが鈍る。それでも『デリラ』は、さらに十メートルは進んだ。底が、完全に砂を嚙《か》んだ。『デリラ』は切なげに身を震わせるだけになった。

私はエンジンを切った。舳先がしっかりと砂に食いこんでいるので、波を受けてもほとんど揺れない。

波打際まで十メートル。しばらく待った。浜に人影は現われなかった。『龍王』は五十メートルの沖合いにいる。

撃ってはこない。追いつめたと思っているのだろう。確かに追いつめられた。しかし、まだ負けてはいない。

「ひと泳ぎやらかすか。どうせこっちはズブ濡れなんだ」

私は、圭子の肩を叩いた。

まず神崎が舳先から飛び降りた。圭子、私と続く。波が躰を押した。冷たさはそれほど感じない。胸のあたりの深さしかないが、泳いだ。

砂に立った。ちょっと泳いだだけで、圭子は喘《あえ》いでいた。神崎はまだ海水《みず》の中だ。片足で泳ぐのはつらいのだろう。波に揉まれながら、ゆっくりと歩いてくる。

「ゴムボートを降ろしてやがるぞ」

浜に立ち、ふりかえった神崎が言った。『龍王』のクルーが慌てている様子はない。

「急ごうか。船外機付きのボートらしい」

神崎が上着を脱いだ。

「あんたの上着も貸してくれ。腿《もも》を縛っておきてえんだ」

「傷が開いたか？」

「ちょっとな。先に行ってくれ」

私は圭子の肩を抱いて走りはじめた。急な斜面。足の底で砂が崩れていく。濡れた躰が、すぐに砂にまみれた。

神崎が追ってきた。しっかりした足取りだった。下りは半分滑るように降りる。また急な丘。這いながら登る。圭子の息遣いが荒くなっていた。背中の傷は大丈夫なのか。カーディガンが赤いのでよくわからないが、出血しているようには見えない。

二つ目の丘を降りた。神崎を待った。ほとんど脚は引き摺《ず》っていなかった。

三つ目の丘の頂に、人影がひとつ現われた。ちょっと離れたところに、もうひとつ。左右の斜面にはまたひとつずつ。

左右の二人が拳銃《けんじゅう》を握っていた。正面の男が、トランシーバーに口を当てている。袋の鼠《ねずみ》。後ろからは、ゴムボートの連中がやってくるだろう。その中に丸山がいるはずだ。

「立ってることはねえやな。腰でも降ろそうじゃねえか」

神崎が腰を降ろした。私は圭子の肩を抱いて立っていた。しばらく、動きはなかった。

後方の砂丘に、人影が三つ現われた。逆光の中だ。シルエットだけでも、丸山の姿が私にははっきりわかった。笹井もいる。

「川中君」

よく透《とお》る声だった。私の掌《て》の下で、圭子の肩がピクリと動いた。丸山の影は、戦場を行く兵士のように、ライフルを抱えている。

「丸山さんかね？」

神崎が言った。立ちあがり、眩《まぶ》しそうに掌で光を遮りながら、丘の頂を見あげた。

「あんたが欲しがってるものは、ここにある。俺が持ってるんだ」

神崎が歩きはじめた。なにをする気だ。

「俺だけ、見逃して貰いてえんだ」

不意に私は神崎に渡した上着に拳銃を入れたままだったことに気づいた。

「神崎さん」

銃声が耳を打った。踏み出そうとした私の足もとで、砂が弾ける。やめろ、やめるんだ。

その叫びが、かえって神崎の行為に真実味を与えた。

「金なんて言わねえからよ。見逃して貰うだけでいいんだ」

また、私の足もとで砂が弾ける。

神崎は急いでいなかった。一歩一歩、ゆっくりと斜面を踏みしめていった。

中腹で一度、息を入れるように神崎が立ちどまった。それから一歩踏み出した時、続けざまに三発の銃声が起きた。私の叫びが消された。重い、劈《つんざ》くような銃声が、すべてを覆いつくした。神崎の躰が、宙に飛んだ。飛びながら、背中が爆発するように裂けた。内臓が散った。砂に落ちた神崎の躰は、二つに千切れたように奇妙に捩じ曲がり、折れていた。

丸山が助け起こされるのが見えた。ライフルは握ったままだ。反動《リコイル》で倒れたのか。それとも、神崎の弾がどこかを傷つけたのか。

神崎の屍体に駈け寄ろうとした。また足もとの砂が弾ける。撃っているのは、左の砂丘の頂にいる男だ。

「動くなよ、川中君」

丸山の声はしっかりしていた。

二人が斜面を滑り降りてきた。笹井が、神崎の手から拳銃をもぎ取る。もうひとりは、私のそばへ来て躰を探った。そいつは、スナブ・ノーズのリボルバーを握っている。笹井は銃を持っていないようだ。

「もうひとり、いたはずだ」

笹井の懐しい声だった。

「海に落ちちまったよ。御前岩の暗礁を突っ切る時はひどかったからな」

笹井が手を挙げた。

丸山がゆっくりと斜面を降りてくる。左手が血にまみれていた。薬指のさきが吹っ飛んでいるようだ。

丸山は、白いハンカチで薬指を巻いた。歯と右手を使って、器用に根もとを縛る。それから、耳に詰めていたイア・プロテクター代りの煙草のフィルターを、右手の指さきでつまみ出して砂に棄てる。

「惜しかったな、神崎さん」

「そう、惜しかった」

丸山が笑った。私の後ろの圭子に、ゆっくりと眼をやる。細い眼に、一瞬鋭い光がよぎった。

「可愛い悪魔だ。散々手こずらされたが、とうとうここまで追いつめた」

「だいぶ無駄な死人を出したね、丸山さん」

「君が」

丸山の眼が私にむいた。私は無意識にポケットの煙草を探った。

「君が邪魔をし過ぎた。それも、もう終りのようだね。いささか、疲れたよ」

「煙草、ないかね？」

丸山の方へ、私は指を二本突き出した。丸山が、笹井を見て軽く頷いた。笹井がセブンスターを差し出してくる。

煙を吐いた。陽の光が、神崎の飛び散った内臓と血を照らし出していた。血は砂に吸いこまれ、それほど拡がっていない。

丸山が正面、笹井がその脇、リボルバーを握った男は後ろだった。丸山はベルトでライフルを肩にかけていた。ウェザビー・カスタム。一度見たことがある。笹井が神崎からもぎ取ったワルサーには、もう弾はないはずだ。三発しかなかった。四発、いや五発あれば、丸山を倒せたかもしれない。

丘の頂には、相変らず四人立っていた。降りてくる気配はない。顔見知りはひとりもいないようだ。

「俺の部屋で撃たれた男はどうした？」

「死んだよ。君があれほど腕のいいボディ・ガードを雇っていたとは思わなかった」

「自分の脚で逃げたって話だぜ」

「だからさ。腹だった」

「医者に看《み》せてやらずに、苦しませながら死なせた、ということだな」

「吉岡《よしおか》、あのボクサー崩れだがね、あの男は病院だ。救急車で運ばれたからね。廃人だろう、今度こそ。頭を強く打っていたそうだ」

「小屋に火をかけたのは、あいつか？」

「もうひとりは逃げた。吉岡が連れてきたあぶれ者だよ。とにかく、こちらにも死人は出ているんだ」

「お互い五分《ごぶ》だから、手打ちでもしようってことかね？」

煙草を棄てた。靴で踏む。砂の奥に潜りこんでしまうまで踏み続けた。時間。いまはそれだけだ。一分一秒でも稼ぐことだ。

「私のものを返して貰いたいと思うんだが」

「あんたのもの？　まあいい、条件がある」

視線がぶつかった。そらさなかった。

「なんだね?」

「第二研究室でレーザーの研究を続けることだ。海外に飛ばした研究員を呼び戻してね。冷却の必要がほとんどない新しい媒質は完成してるんだろう。高性能の小型電池だって、その連中に研究させりゃいい」

「残念ながら、研究には蓄積というやつが必要なんだ。電池の研究は、うちでは一朝一夕には無理だね」

「あんたの頭にゃ、なにがあるんだ。レーザーを利用した通常兵器か? それとも核融合爆弾みたいなもんか?」

「なぜ兵器にこだわるんだね?」

「拳銃みたいな発振器ひとつで、バズーカもしのぐ破壊力が出せる。出力を調整すりゃ、自動小銃くらいの威力にもなる。エネルギー源が太陽電池かなにかになれば、無限の銃弾を持ち歩いているのと同じだしな。戦争の革命じゃないか」

「兵器に関心はない」

「だが、あんたは兵器を売ってるはずだ。たとえば、ミサイルに組みこむレーダー追尾装置とか、コンピュータとレーダーを組み合わせた迎撃網とか。どれも旧式のものだろうが、欲しがっている国はいくらでもある。南米のダミーをいくつも通して、技術者ぐるみでそれを売ってるんじゃないのか。勿論《もちろん》、金のためにゃなんでもやる、中央の政治屋と組んで

た。

丸山の表情は動かなかった。私は笹井に視線を移し、煙草をもう一本くれと指で合図した。

「知らんな」

のことだろうけどね」


「父はそれに気づいたんです」

不意に圭子が言った。声が慄えている。

「会社の若い人が、外国でおかしな仕事をさせられてるって。軍事技術者として、会社は社員を外国に出してたんです。父は、それを確かめに南米へ行きました」

「だから？」

丸山が笑った。

「彼らはすべて、会社のために働いてる。倒産を回避できたのも彼らの力だ。日本の五倍の報酬を受けて、喜んで働いているよ。彼らが提供しているのが軍事技術かどうかは、見解の相違だな。鉄板を輸出すれば、それで軍艦が造れるし、ブルドーザーに大砲を積めば戦車になる。言い出せばきりがないよ」

「父を、殺したわ」

「君のお父さんは、実直な研究者だった。優秀ではなかったが、ああいう人が研究室には必要なんだ。惜しい人だったよ」

「父を殺したわ、外国へ連れ出して」

「誤解だよ、圭子」

丸山はまだ笑っていた。私は煙を吐いた。圭子の息遣いが背後で聞えた。神崎の飛び散った内臓が一片、丸山の足の後ろに落ちていた。それはまだ生きた色をしていて、海辺の砂に棲む奇妙な軟体動物のように見えた。

私は焦《じ》れはじめていた。なにか起こりそうな気配はどこにもない。丘の頂の四人は、相変らず突っ立ったままだ。

「つまらん話はもうよそう。俺の条件は呑《の》めんのか？　それだけ答えてくれ」

「呑めないね」

「幻の研究になるな」

「川中君、あのマイクロフィッシュがひとつだけだと思ってるのかね。私が怖れているのは、あの研究を他社が手に入れることだ。資本力のある大きな会社とは、まともに勝負できんからな」

機密にコピーがあるとは、馬鹿げた話だ。盗まれる確率も倍になる。

「はったりが下手だね、丸山さん」

「死ぬ気なのか？」

「おかしいかね？」

「なんのためだ？　なんのために、革命的な研究を抱いて死のうとする？」

「自分でもわからんよ。意地かな」

「いいとも条件を呑もう。そう言うことは簡単だよ、言うだけなら。しかし、君の条件にはまったく現実性がない。つまり保証がないんだ」

「折合いはつかんな」

「馬鹿な男だ。まず、彼女の内臓が飛び散るのから見物して貰おうか」

丸山が、銃床の弾帯からばかでかい実包《カートリッジ》を一本抜き出して装塡《そうてん》した。

「断っておくが、君は殺さんよ、川中君。医学は発達しているんだ。薬品の力で君を喋《しゃべ》らせるのは、不可能ではない。そして君は、喋ったあと廃人になる」

「立派なもんだ。そこまでやってのしあがりたいのか」

「私は、東洋通信機を世界的な企業にしたい。できるんだ、いまならできる」

「自分のためだろう」

「社員と家族のためだ。私は信念に従う。そのために何人殺すことになってもな」

「青臭いことを言ってくれるぜ。あんたは、俺をどうにもできんよ。彼女を殺せば、俺も死ぬ。この状況じゃ、玉砕するのは簡単だろう」

煙草を棄てた。靴で踏もうとした。銃声が連続した。ライフルではない。後ろの男のリボルバーでも、丘の頂の男たちの拳銃でもなかった。もっと遠い。

丸山が顔をあげた。笹井が斜面を駈け登っていく。丘の頂の男が三人、転げ落ちてきた。もうひとりも消えている。多分反対側に落ちたのだろう。

私は砂を蹴《け》った。頭から突っこんだ。丸山は、銃床で私を弾き飛ばそうとした。ほんの一瞬、私のタックルの方が速かった。がっ、と丸山ののどが鳴った。銃床は私の腰を打っただけだ。銃を摑み、砂にもつれこむ。丸山は銃を放さなかった。私は馬乗りになり、すぐに自分から倒れこんで躰を入れ替えた。スナブ・ノーズが私を狙《ねら》っている。組んだまま砂の上を転がり回った。隙《すき》を見て、肘《ひじ》を丸山の脇腹に叩きこんだ。丸山のこめかみに、青虫のような静脈が浮き出した。さらに転げ回る。一瞬の静止も危険だ。膝《ひざ》を立て、丸山の躰を持ちあげるようにして、立った。立った時はスナブ・ノーズとの間に、丸山の躰を盾のようにして入れ、足を飛ばしていた。銃を摑んでいる四つの手のひとつが放れた。銃が私の武器になった。銃身を首筋に叩きこむ。丸山が膝を折った。私は、砂に転がりながら銃を構えた。両手でスナブ・ノーズを突き出し、叫んでいる男の姿が視界を掠めた。

二発の銃弾が、私の顔のそばの砂を弾き飛ばした。私は片膝立ちになり、狙いもつけずに撃った。すごい反動《リコイル》だった。それが幸いした。私の躰が吹っ飛び、次の瞬間、私がいた場所に銃弾が突き刺さった。

「走れ」

叫んだ。その前に、圭子は走りはじめていた。スナブ・ノーズを握った男は、ライフルを怖れているのか、砂に伏せていた。私も走った。走りながら排莢《はいきょう》し、弾帯の実包《カートリッジ》を装塡した。斜面を駈け登る。足もとの砂を、弾が飛ばした。ふりむき、ライフルをむける。男が伏せた。むかいの丘の中腹にいる笹井も伏せた。丸山は倒れたまま動いていない。撃たなかった。私が斜面を登りきり、圭子の後に続いて滑り降りるまで、一発も飛んでこなかった。

「止まるな」

圭子は肩で息をしていた。もうひとつ丘を這い登った。ふりかえると、丸山の躰を抱えるようにして、笹井が斜面を滑り降り、海の方へ走るのが見えた。

私も海の方へ行こうとした。圭子がなにか叫んだ。よく聞き取れない。彼女の手が、私の腕を摑む。指さした方角に、藤木の姿があった。私は彼女を藤木の方へ押した。砂丘の端の、松林のあたりだ。藤木は手で呼んでいた。彼女が走った。

私は彼女と反対側の斜面を駈け降り、海岸を見渡せる丘の頂に立った。

海。ゴムボート。擱座した『デリラ』。沖を漂う『龍王』の白い船体。

丸山が、自分で走ってゴムボートに乗りこむのが見えた。笹井のほかに、もうひとり乗っている。海面が白く泡立った。船外機がかかったようだ。音は聞えない。ゴムボートが、波に持ちあげられながら、沖へ進んでいく。それを銃声が追った。銃声だけは、かすかに聞えた。二人、三人、四人目に佐々木の姿が見えた。ゴムボートが遠ざかっていく。

私はライフルを構えた。足を開き、腰を落とし、『龍王』の白い船体に照準を合わせた。船の構造が頭に浮かぶ。クルーズスペース、船室《キャビン》、運転席。コックピットの下にエンジンがあり、その近くに燃料タンクもあるはずだ。タンクの中はガソリン。当たれば引火する。引金を絞った。右肩から脇腹のあたりまで、なにかがぶつかってきたような衝撃があった。頭の中で、キーンと金属音が鳴った。鼓膜も衝撃を受けている。なにも聞えなかった。

弾は船の中に吸いこまれた。しかしなにも起きない。駄目だ。エンジンも燃料タンクも、おそらく吃水線の下だろう。水の中では、弾の威力はまったくなくなる。

もう一発装塡した。ゴムボートを狙った。見える的だ。鉄板に覆い隠されたものを撃つわけではない。反動《リコイル》。銃声が遠くで聞えたような気がした。ゴムボートの三人が、崩れるように海に落ちた。波打際にいた佐々木が、七、八人と一緒に海に飛びこんでいく。私のことは気にならないのか。

私は右肩を回した。最後の弾だった。コックピットの、計器板の位置に見当をつけた。反動《リコイル》。銃声はやはり遠かった。待った。しばらくして、コックピットから黒い煙があがった。銃を棄て、私は走った。

急な丘を、四つ越えた。

松林の中で、藤木が車のドアを開いて待っていた。圭子は後部座席《バックシート》にいる。藤木の口が動いた。私はそれを手で制し、小指で耳の穴をマッサージしながら、何度も唾《つば》を呑みこんだ。ようやく、聴覚が少し戻ってきた。

「島岡組の連中ですよ」

藤木の声は遠い。

「わかってる。佐々木がいた。だが、俺にゃ見むきもしなかったぞ」

「機密が丸山の手に渡った、そう教えてやりましたから。それで、この砂丘であなたとお嬢さんが殺されることになったとね」

「煙草、あるか？」

「買う暇がありませんでした」

まだ声が遠い。藤木は車を出さなかった。

「どうした？」

「神崎さんが、まだ」

「死んだ、あの人は」

車が走りはじめた。後ろをふりかえると、圭子は眼を閉じてぐったりしていた。

「急ぐ必要はないぜ」

「警察が来ます。最初の銃声が聞えた直後に、私が通報しました。一一〇番です。大袈裟《おおげさ》に言っておきましたから、機動隊でも来るかもしれませんよ」

「君は、いつから来ていた？」

「二時間ほど前から。ただ、原子力発電所のむこうの方にいました。三十分ばかり前に来た島岡組の連中も、最初はそっちを捜してましたよ。銃声を聞いて駈けつけたんです」

海沿いの道からそれた。

「N市へ戻りますか？」

「遠回りだが、この道で行こう。途中でパトカーに停められるのはごめんだ」

煙草が喫いたかった。酒も飲みたい。馬鹿げた結末だった。神崎まで死んだ。シートに躰を沈めた。なにも考えたくなかった。眼を閉じる。眠れはしないが、眼だけは強く閉じていた。

30 火

途中のドライブ・インで食事をした。

私と藤木は、胃袋が不平を言わないくらいの量を詰めこんだが、圭子はほとんど口をつけず、コーヒーを一杯飲んだだけだった。

急がなかった。街はずれで、しばらく様子を見た。陽が落ちるのは早かった。五時。ほとんど暗くなっている。

「事務所へ行くか、俺の部屋へ行くか、どちらにするかだな」

煙草に火をつけた。海水を浴び、全身がベトついている。その上、砂にもまみれた。バスを使いたいところだ。さっぱりして、新しい服に着替えてしまいたい。

「遠藤の旦那《だんな》が多分待ってると思うんだが、どっちかな?」

「同じじゃありませんか。いずれは会わなくちゃならないんでしょう」

「いま会いたくはないんだ。いま顔《つら》をつき合わすと、張り倒しちまうかもしれん。いや、あいつが俺を張り倒すかな。とにかく、もうしばらくあいつにゃ会いたくないな」

「私はよく存じあげません」

「その、馬鹿丁寧な口のきき方は、いい加減にやめてくれないか。うちの従業員にゃ、店でだけそんな言葉を使うようにさせてる」

「私は、従業員ではありませんよ」

「いまから従業員さ。手痛い欠員が出た。補充の第一号だ」

街には、いつもの夕方がやってきている。街に突き出ていた棘《とげ》は、もう消えていた。ラジオが、また臨時ニュースをはじめた。同じニュースを、ほとんど三十分おきに飽きずにくりかえしている。

いつまでたっても、状況ははっきりしない。わかったのは、浜岡砂丘の銃撃戦で、死者三名、重軽傷六名が出たということだけだ。死者の中には、神崎が入っているのだろう。逮捕者の氏名の中に笹井や島岡組の佐々木の名はあったが、丸山の名はなかった。

現場はまだ混乱しているらしい。

私は、ポケットの百円玉を親指で弾き、宙で摑んだ。左手の甲に置く。表。

「事務所だ」

藤木が笑って頷いた。

商店街に入った。酒屋の前で、私は藤木の手を押さえた。

ジンとトニック・ウォーターを買った。

「ケンタッキー・バーボンはどうなさいました？」

「ジン・トニックがやりたくなった。事務所にも冷蔵庫はある」

圭子はなにも喋ろうとはしない。後部座席《バックシート》に横たわったまま、眼を閉じてじっとしていた。眠っているのかどうかはわからない。

路地に入った。私は圭子に声をかけた。圭子が躰を起こす。

「降りるぜ。俺の事務所だ」

圭子が頷いた。

「車をどこかに置いてきます。駐車中のやつを失敬してきましたんでね」

藤木が車を出した。

私と圭子は、狭い階段を並んで昇った。遠藤はいなかった。目星をつけた場所で待っているのが、やつのやり方だ。いまはどこの切株に腰を降ろしているのか。

「ひどいな、こいつは」

事務所が、滅茶苦茶に荒されていた。電気もつかない。徹底的になにかを探した、そんな感じだ。窓の外の明りで、散乱した書類が白く浮かびあがって見えた。

ライターを点けた。神崎が『デリラ』の上で圭子に渡した使い棄てのライターだ。

デスクの抽出《ひきだし》、書類棚、ロッカー、全部ひっくりかえされている。冷蔵庫の中のものまで散らばっていた。

「派手にやられましたね」

階段を駈け昇ってきた藤木が言った。

「金庫を持っていきやがった」

大したものは入っていないはずだ。帳簿、従業員の保険証書、現金が百五、六十万。ほんとうに大事なものは、銀行の貸金庫にある。佐々木だろう。そしてやつは逮捕された。いまのところ仕返しの方法もない。

中身がぶちまけられて転がっている植木鉢を、私は拾いあげた。神崎が可愛がっていたサボテンが入っていたやつだ。何度も名前を聞かされたが、私は覚えなかった。

デスクの硝子《ガラス》製の大きな灰皿の上に、植木鉢を置いた。散らばっている書類や郵便物を、藤木に掻《か》き集めさせる。植木鉢の中でダイレクト・メールに火をつけ、私はライターを消した。ライターは、焼けて手で持てないほど熱くなっていた。

「ジン・トニック。氷もレモンもいらんよ」

藤木の顔も圭子の顔も、焔《ほのお》に照らされて薄赤く闇に浮かんでいる。

どこからかグラスを見つけて、藤木が温《ぬる》いジン・トニックを持ってきた。

「立ってないで掛けろよ。どうせ引越すつもりの事務所だったんだ」

書類を植木鉢に入れた。焔が大きくなった。ずらりと並んだ数字が、黒い焦げに侵されながら燃え、灰になった。手当たり次第に、私は紙を放《ほう》りこんだ。

「君はもう安全だろう。君を捜そうとするやつはいなくなった。なにをやろうと、どこへ行こうと自由だよ」

闇の中で、焔に照らされた圭子の顔が赤く揺れた。私は煙草に火をつけた。それから温いジン・トニックを胃に流しこんだ。圭子を守り通した、という満足感はどこにもなかった。自分がなぜ、意地を張るように圭子を守ろうとしたのかさえ、よくわからなかった。あるのは、いくらかの疲労と、重い虚脱感だけだった。

「どうする、君はこれから？」

圭子は答えない。じっと燃え盛る火に眼をやっている。

「仕事なら、紹介してやれる。多少の金を用立ててもいいぜ。確か、病気のお母さんがいたな」

「あのマイクロフィッシュ、どうなったのかしら？」

「知らんね。俺にゃ関係ない。関係したいとも思わん。もう沢山だよ」

「でも、貴重な研究なんですよ。それも、弟さんが何年も寝食を忘れて完成させた」

「どうでもいい、と言ったろう」

「消えてしまってもいいんですか、あれが？」

「どうせ人間が作ったもんだろう。近いうちにまた誰か作るさ。現に、君のお父さんや俺の弟と一緒に研究してきた連中は、まだいるんだ」

デスクの紙は、まだ沢山あった。植木鉢の底では、燃えた紙が熾《おき》のように赤くなっていた。かすかな熱気が、顔の表面にまで漂ってくる。

私は欠伸《あくび》をした。この娘とさよならをして部屋へ帰り、眠る。すると朝が来るだろう。いままでとはいくらかちがう朝だが、朝であることに変りはない。二日経《た》ち、三日経つと、それがいつもの朝というやつになる。

結局私が帰るところは、自分の部屋の冷たいベッドしかなさそうだった。あの部屋の揺り椅子《いす》で、老人のように海を眺めて暮すのが、私には似合っているのかもしれない。

「マイクロフィッシュは、どこかにあるはずだわ」

「だとしても、俺にゃ捜す気はないね」

事務所全部を燃やしてしまいたい衝動が、不意にこみあげてきた。大した衝動ではなかったが、底に黒いものが澱《よど》んでいる。私は焔を見つめた。

しばらく無言だった。焔が小さくなり、私は新しい紙を足した。燃やす紙の質によって、焔の色が微妙に変化することに気づいた。大した発見ではないが、私は焔を注視した。死んだ美津子の弔いは誰がしたのだろう、ふとそう思った。私の役目だったのではないか。新司の弔いは、美津子がひとりでやってくれたのだ。

「あなたは、どう思うの？」

圭子が藤木に言った。藤木も焔を見つめていた。

「ねえ、どう思うの？」

「わかりません。関心もありませんね」

私は立ちあがって、窓を薄目に開けた。闇の中で、外に流れ出していく煙が、奇妙にくっきりと見えた。

「捜さなくちゃいけないわ」

「なぜ？」

私は自分の椅子に戻った。新しく紙を足し、空になったグラスを振った。藤木が黙って立ちあがる。

「貴重な研究なんです。弟さんのためにも捜すべきだわ」

「生きていれば、新司が捜しただろう。やつにとっちゃ貴重なものだった。それだけのことさ」

「御兄弟のことじゃありませんか」

「大して仲のいい兄弟じゃなかったよ。生きていれば、これからほんとうの兄弟になれたかもしれんがね。とにかく、この話はもう終りにしてくれ」

死に過ぎたのだ。人が死に過ぎた。あの研究に関係がある人間もない人間も、何人もが死んだ。

私は、新しい煙草に火をつけた。それから、床に散らばった書類を、椅子から腰をあげずに掻き集め、デスクに置いた。明日からは、また書類の数字に憂身《うきみ》をやつすことになる。今日は、洗い淩《ざら》い燃やしてしまおう。

「捜す必要はないわ」

圭子が笑った。焰で赤く照らされた顔の陰翳《いんえい》が、一瞬深くなった。

藤木が、ジン・トニックを持ってきてデスクに置いた。そのまま、立って焰を見つめている。

「どこにあるか、私は知っているの。捜す必要なんかないわ」

「君が？」

ジン・トニックを呷った。ワイルド・ターキーにすればよかった、と思った。

圭子が立ちあがった。椅子が後ろに倒れ、床にぶつかる音が暗い部屋に響いた。

「あなたが持ってるのよ、川中さん」

「ポケットは空っぽだがね」

圭子は拳銃を握っていた。コルト・ガバメント。女には似合わない拳銃だ。私は、声をあげずに笑った。

「馬鹿にしないで。撃ち方は藤木さんに習ったわ」

「そりゃ撃てるだろう。この距離ならはずしっこないしな」

「退《さ》がって。椅子のままよ。壁に背中がくっつくまで」

私は言われた通りにした。ジン・トニックは放さなかった。

「君がどうやって所長室の金庫を開けたか、見当がついてきたよ」

「銃でも突きつけたと思ってるの？」

「いや。可愛い悪魔だと丸山は言ってた。圭子と呼び捨てにもしていたな」

「それがどうしたのよ？」

「可愛い悪魔だ、確かに。銃なんか持つとちょっと怕いがね」

圭子が、デスクの書類を植木鉢に押しこんだ。しばらくして焔が大きくなった。圭子の顔が赤く揺れた。

「どこにあるの？」

「なぜ、俺が持ってると思うんだ？」

「簡単なことよ。あれは、あたしが持っていた。あなたに港で助け出されるまでね。その時に誰かに奪われた。でも、誰も手に入れちゃいなかったわ。ということは、助け出したあなたが取った、それしか考えられないの。チャンスだって一番あったはずよ」

「なるほど。筋は通るな」

圭子がまた植木鉢に紙を入れた。私は温いジン・トニックを口に流しこんだ。

「あの時から、俺が機密を握ってることを、君は知ってたのか？」

「知ってたわ。考えればわかることよ。みんなが、あたしかあなたが持ってると考えてた。そして、あたしは持っていない」

「知ってて、よく黙り通していられたな。見あげたもんだよ」

「余計な連中が多過ぎたわ」

「そうだな」

ジン・トニックの残りを全部口に流しこむ。空のグラスを床に抛《ほう》った。グラスの割れる音が、むなしく闇に響いた。火は燃え盛っている。ワイルド・ターキーでのどを灼きたかった。

銃口は、ぴたりと私にむいて動かない。藤木は圭子の脇に突っ立ったままだ。圭子は藤木に注意を払わなかった。

「どうやって、新司を誑《たぶら》かした？」

「あなたも国外へ飛ばされる、どこかの開発途上国で初歩的な電子兵器の技術者として一生を終えることが決まった、そう言ってやったの。新媒質の研究は、所長が私物化して兵器産業に売るつもりらしいともね。前に一度、あたしひとりだけで金庫を開けたことがあるの。どれが発振器の設計図なのかわからなかったわ」

「どうしても、新司が必要だったわけだ」

「結婚してもいい、と思っていたわ。設計図も一緒ならね。でもあの人は、盗み出すとおかしなことを言いはじめたの。十五、六の子供みたいなことをね。そして、決して私にマイクロフィッシュを渡そうとしなかったわ。襲われてどうにもならなくなるまでね」

植木鉢の中に、次々に紙が足された。

「君に所有権があるとは思えんな」

「あたしのものよ。新媒質の基礎研究をしたのは父よ、十年以上もかけて。当然、あたしが受け継ぐ権利があるわ」

「実直だが無能だ、丸山は君のお父さんのことをそう言っていた」

「父の研究よ」

「やはり、金かね？」

「レーザー光線が、いまどれほどの可能性を持っているものか、あなたは知らないのよ。新しい媒質を使った発振器なら、百億円でも兵器産業は飛びついてくるわ。レーザー核融合だって、実現に大きく近づくわけだし、そうすれば、とてもお金に換算することができないくらいよ」

　私は口笛を吹いた。

「なんに使うんだね、そんな大金を？」

「余計な話はもうやめて。マイクロフィッシュを早く返していただきたいわ」

　圭子の指が、白い封筒をつまみあげた。植木鉢の火。私の字で私に宛《あ》てた封筒が、焔に包まれた。百億円が燃えている。

「待てないわよ」

「君には渡せんね」

「藤木さん」

　圭子がチラリと藤木に眼をやった。藤木はじっと突っ立ったままだ。藤木さん、と圭子がもう一度言った。藤木が、一歩圭子に歩み寄った。手を伸ばし、無造作に圭子の拳銃をもぎ取った。子供から、おもちゃでも取りあげるような仕草だった。

「早く、この男から訊《き》き出して」

「間違えないでください、お嬢さん」

　藤木は無表情だった。焔の明りが顔で揺れているが、表情は動かなかった。

「私は拳銃を返していただいただけです。これは私のものだ。護身用にお貸ししていただけですからね。そして、お嬢さんにはもうなんの危険もありません」

「百億円が」

　圭子が叫んだ。

「欲しくないというの、あなた」

「どうでもいいんです。ただ、拳銃は返していただきます」

「いいよ、藤木君」

　私は立ちあがり、圭子のそばに歩み寄った。

「どこにあるか教えよう。植木鉢の中さ。いま君が燃やしちまった封筒だ」

　圭子が、鳥の啼《な》き声に似た奇妙な叫び声をあげた。いきなり火の中に手を突っこむ。焔が小さくなり、闇が濃くなった。

　私は新しい紙を、植木鉢に放りこんだ。マイクロフィッシュは、枠の厚紙だけが黒い炭のようになって残っていた。

「馬鹿よ、あんたは」

「利巧じゃない、そいつは確かだ」

　圭子の手が、枠の残骸を握り潰《つぶ》した。焔に照らされた顔が、赤い鬼面のように見えた。

「泣くのもわめくのも、外に出てからにしてくれ。俺はもうしばらく、ここで静かに飲んでたいんだ」

「馬鹿よ、狂ってるんだわ」

呟きながら、のろい足取りで圭子が後退《あとじさ》りした。ドアから出ていくまで、長い時間がかかったような気がした。

私は、ジンの瓶に口をつけ、生《き》のまま飲みくだした。乾いた味がする。

「君は彼女を抱いたな？」

「怯《おび》えていました、とても」

「それで注文に応じたってわけか、水割りでも出すみたいに」

銃声がした。二発。

私と藤木は一瞬顔を見合わせ、ドアから飛び出した。階段を駈け降りる。

一階と二階の間のフロアーに、圭子が倒れていた。赤いカーディガンが、本物の血で染まっている。

下から見あげているのは、丸山だった。

「川中」

呻くような声。銃が私にむいた。

藤木が一歩踏み出した。まるで標的のように、銃口に躰を晒《さら》した。よせ、と言う間もなかった。

丸山の銃が火を吹いた。

藤木は倒れなかった。腰だめにしたコルト・ガバメントから、続けざまに弾が飛び出していった。毬《まり》のように飛んだ丸山は、それきり動かなかった。顔と胸が赤かった。

「掠《かす》りもしなかったな。一度死に損うと、こんなものですよ」

藤木は、拳銃を握った手をダラリとさげた。

「君は、ただ注文に応じたってわけじゃなかったんだな。彼女に惚《ほ》れちまってた」

「怯えていましたから。ほんとうに怯えていたんだと思いますよ」

「しかし、惚れちまったさ」

「そうでしょうか？」

「未練があったんだよ、浮世に」

「やりきれませんね、まったく」

「女と本気で付き合うってのは、いつだってやりきれんものさ」

私は、藤木の手から拳銃を取った。

握りしめた圭子の右手の指を開き、拳銃を握らせた。そして一発撃った。硝煙反応くらい、残しておくのが親切というものだ。

「川中さん」

「行こうぜ、人が来る」

「しかし」

私は階段を昇って事務所に戻った。藤木はついてきた。

火は消えかかっていた。新しい紙を足す。

「明日から、『ブラディ・ドール』に出てマネージャーをやってくれ」

「すぐにまた、欠員になりますよ」

「なりゃなった時のことさ」

ジンを呷った。ワイルド・ターキーが欲しい。火が小さくなった。紙を四、五枚まとめて入れた。せめて火くらい盛大に燃やしてやろう。

藤木は火を見ていた。私も、大きくなった焔に眼をやった。


最初に、制服の警官がとびこんできた。

「警察庁の遠藤警部が来てるだろう」

私が言うと、警官は出ていった。しばらくして、遠藤がひとりで入ってくる。笑っていた。

「丸山もあのざまか。俺はまたカンを狂わせた。君のマンションを張っていたんだ」

「百円玉さ」

「なに?」

「こっちの話だ」

「頭に来てるんだぞ、俺は」

それでも遠藤は笑っていた。私は火に紙を足した。

「あんたは、これでこの街から引きあげるんだろう。警察庁に戻るんだ」

「ほう、なぜかね？」

「あんたの標的は、丸山だった。警察庁は、海外での丸山の動きを摑んだ。それで、丸山を潰すためにあんたを送りこんだんだ。ちがうか？　警察庁には、外事課とかいうのがあるそうじゃないか」

「野次馬みたいなもんだったぜ、俺は」

「利用したんだよ、俺を」

「警官が市民を利用したりはせんよ」

遠藤がまた笑った。

「ところで、君は下の撃ち合いをどう説明するつもりなんだね？」

「なにも。機密を盗んだやつと盗まれたやつが、最後に出会《でくわ》して殺し合った。それじゃいかんのか？」

「川中さん」

藤木が立ちあがろうとした。私は手で制した。

「遠藤の旦那は、いつもすべてをお見通しなのさ。俺たちが説明することあない」

遠藤が、火のそばへ椅子を運んで腰を降ろした。私は煙草をくわえた。

三人とも、しばらく無言で火を見ていた。部屋の中の火とは奇妙なものだ。どうしても眼が吸いよせられる。

「例の機密はどうなった?」

「燃えたよ」

「燃えた?」

「死んだ人間と一緒にな」

「これで、すべてが終りか?」

「あんたが終りにしてくれりゃいいのさ。それくらいやったってよかろう」

「機密ってのは、どんな代物だったんだ?」

「フィルムだよ、大人の親指の爪くらいの」

「なにが写っていた?」

「いろんな人間の、たわけた夢さ」

「そんなに小さなものにか」

ジンを呷った。階下は騒々しかったが、事務所の中は静かだった。

「俺にも酒をくれ」

「勤務中だろう」

「もう、俺の仕事は終ったよ」

私は、ジンの瓶を手で押した。

「あれはないのか？　七面鳥のラベルのついてるバーボン」

「ワイルド・ターキー。俺も欲しいと思っていたところなんだがね」

「どうするんだ、君らはこれから？」

「さあ、わからんな」

遠藤がジンを呷った。それから掌で口を拭《ぬぐ》い、瓶を藤木に回す。藤木がひと口飲み、私に差し出す。

「なにか、俺にできることは？」

「ないね」

「なにもか？」

「ここから出ていってくれりゃいい」

私はジンを呷った。もう一度、瓶を遠藤に回した。黙って遠藤が手を出す。笑ってはいなかった。

本書は昭和六十年四月に刊行された角川文庫を底本としました。

ハルキ文庫

き3-23

さらば、荒野《こうや》 ブラディ・ドール❶

著者 北方謙三《きたかたけんぞう》

2016年9月18日第一刷発行

発行者 角川春樹

発行所 株式会社角川春樹事務所
〒102-0074 東京都千代田区九段南2-1-30 イタリア文化会館

電話 03(3263)5247(編集)
03(3263)5881(営業)

印刷・製本 中央精版印刷株式会社

フォーマット・デザイン 芦澤泰偉
表紙イラストレーション 門坂 流

ISBN978-4-7584-4032-5 C0193 ©2016 Kenzô Kitakata Printed in Japan
http://www.kadokawaharuki.co.jp/[営業]
fanmail@kadokawaharuki.co.jp[編集]　ご意見・ご感想をお寄せください。

時代小説文庫

北方謙三

三国志 一の巻 天狼の星

時は、後漢末の中国。政が乱れ賊の蔓延《はびこ》る世に、信義を貫く者があった。姓は劉、名は備、字《あざな》は玄徳。その男と出会い、共に覇道を歩む決意をする関羽と張飛。黄巾賊が全土で蜂起するなか、劉備らはその闘いへ身を投じて行く。官軍として、黄巾軍討伐にあたる曹操。義勇兵に身を置き野望を馳せる孫堅。覇業を志す者たちが起ち、出会い、乱世に風を興す。激しくも哀切な興亡ドラマを雄渾華麗に謳いあげる、北方〈三国志〉第一巻。

（全13巻）

北方謙三

三国志 二の巻 参旗の星

繁栄を極めたかつての都は、焦土と化した。長安に遷都した董卓の暴虐は一層激しさを増していく。主の横暴をよそに、病に伏せる妻に痛心する呂布。その機に乗じ、政事への野望を目論む王允は、董卓の信頼厚い呂布と妻に姦計をめぐらす。一方、兗州を制し、百万の青州黄巾軍に僅か三万の兵で挑む曹操。父・孫堅の遺志を胸に秘め、覇業を目指す孫策。そして、関羽、張飛とともに予州で機を伺う劉備。秋《とき》の風が波瀾を起こす、北方〈三国志〉第二巻。

（全13巻）

北方謙三
三国志 三の巻 玄戈の星

混迷深める乱世に、ひときわ異彩を放つ豪傑・呂布《りょふ》。劉備が自ら手放した徐州を制した呂布は、急速に力を付けていく。圧倒的な袁術《えんじゅつ》軍十五万の侵攻に対し、僅か五万の軍勢で退けてみせ、群雄たちを怖れさす。呂布の脅威に晒され、屈辱を胸に秘めながらも曹操を頼り、客将となる道を選ぶ劉備。公孫瓚《こうそんさん》を孤立させ、河北四州統一を目指す袁紹《えんしょう》。そして、曹操は、万全の大軍を擁して宿敵呂布に闘いを挑む。戦乱を駈けぬける男たちの生き様を描く、北方〈三国志〉第三巻。

（全13巻）

北方謙三
三国志 四の巻 列肆の星

宿敵・呂布《りょふ》を倒した曹操は、中原での勢力を揺るぎないものとした。兵力を拡大した曹操に、河北四州を統一した袁紹《えんしょう》の三十万の軍と決戦の時が迫る。だが、朝廷内での造反、さらには帝の信頼厚い劉備の存在が、曹操を悩ます。袁術軍の北上に乗じ、ついに曹操に反旗を翻す劉備。父の仇敵黄祖《こうそ》を討つべく、江夏《こうか》を攻める孫策と周瑜。あらゆる謀略を巡らせ、圧倒的な兵力で曹操を追いつめる袁紹。戦国の両雄が激突する官渡《かんと》の戦いを描く、北方〈三国志〉待望の第四巻。

（全13巻）

時代小説文庫

北方謙三

史記 武帝紀 一

匈奴の侵攻に脅かされた前漢の時代。武帝劉徹《ぶていりゅうてつ》の寵愛を受ける衛子夫《えいしふ》の弟・衛青《えいせい》は、大長公主《だいちょうこうしゅ》(先帝の姉)の嫉妬により、屋敷に拉致され、拷問を受けていた。脱出の機会を窺っていた衛青は、仲間の助けを得て、巧みな作戦で八十人の兵をかわし、その場を切り抜ける。後日、屋敷からの脱出を帝に認められた衛青は、軍人として生きる道を与えられた。奴僕として生きてきた男に訪れた千載一遇の機会。匈奴との熾烈な戦いを宿命づけられた男は、時代に新たな風を起こす。

(全7巻)

北方謙三

史記 武帝紀 二

中国前漢の時代。若き武帝・劉徹は、匈奴の脅威に対し、侵攻することで活路を見出そうとしていた。戦果を挙げ、その武才を揮う衛青は、騎馬隊を率いて匈奴を撃ち破り、念願の河南を奪環することに成功する。一方、劉徹の命で西域を旅する張騫《ちょうけん》は、匈奴の地で囚われの身になっていた——。若き眼差しで国を旅する司馬遷《しばせん》。そして、類希なる武才で頭角を現わす霍去病《かくきょへい》。激動の時代が今、動きはじめる。北方版『史記』、待望の第二巻。

(全7巻)

時代小説文庫

北方謙三
史記 武帝紀㈢

中国・前漢の時代。武帝・劉徹《りゅうてつ》の下、奴僕同然の身から大将軍へと昇りつめた衛青《えいせい》の活躍により、漢軍は河南の地に跋扈する匈奴を放逐する。さらに、その甥にあたる若き霍去病《かくきょへい》の猛攻で、匈奴に壊滅的な打撃を与えるのだった。一方、虎視眈々と反攻の期を待つ、匈奴の武将・頭屠《とと》。漢飛将軍と称えられながら、悲運に抗いきれぬ李広《りこう》。英傑去りしとき、新たなる武才の輝きが増す——。北方版『史記』、風雲の第三巻。

（全7巻）

北方謙三
史記 武帝紀㈣

前漢の中国。匈奴より河南を奪還し、さらに西域へ勢力を伸ばそうと目論む武帝・劉徹《りゅうてつ》は、その矢先に霍去病《かくきょへい》を病で失う。喪失感から、心に闇を抱える劉徹。一方、そんな天子の下、若き才が芽吹く。泰山封禅に参列できず憤死した父の遺志を継ぐ司馬遷《しばせん》。名将・李広《りこう》の孫にして、大将軍の衛青《えいせい》がその才を認めるほどの逞しい成長を見せる李陵《りりょう》。そして、李陵の友・蘇武《そぶ》は文官となり、劉徹より賜りし短剣を胸に匈奴へ向かう——。北方版『史記』、激動の第四巻。

（全7巻）